TOUTANKHAMON

Paru dans Le Livre de Poche :

Aménophis :
1. Le Prince de lumière
2. Le Breuvage d'amertume
3. Vénérable Tiyi

Les pharaons mènent à la vie éternelle
autobiographie

Les Histoires d'amour des pharaons (2 vol.)

Néfertiti et Akhenaton :
1. La belle est venue
2. L'Horizon d'Aton
3. Le Faucon d'or

La Pharaonne :
1. La Princesse de Thèbes
2. Le Pschent royal
3. Le Voyage d'éternité

Thoutmosis :
1. Le Rival d'Hatchepsout
2. L'Ibis indomptable
3. Au royaume du sublime

Zénobie, l'héritière de Cléopâtre

VIOLAINE VANOYEKE

Toutankhamon

*

L'Héritier

ROMAN

MICHEL LAFON

À Philippe.
À Marie-Françoise et Guy.

« Que ta tombe occupe tout ton esprit
Garnis-la car elle protégera ton corps
Occupe-toi de ta vie ensuite
Fais comme les puissants
Dont le corps est abrité dans des sépultures. »

Précepte du sage Any
(XVe siècle avant J.-C.).

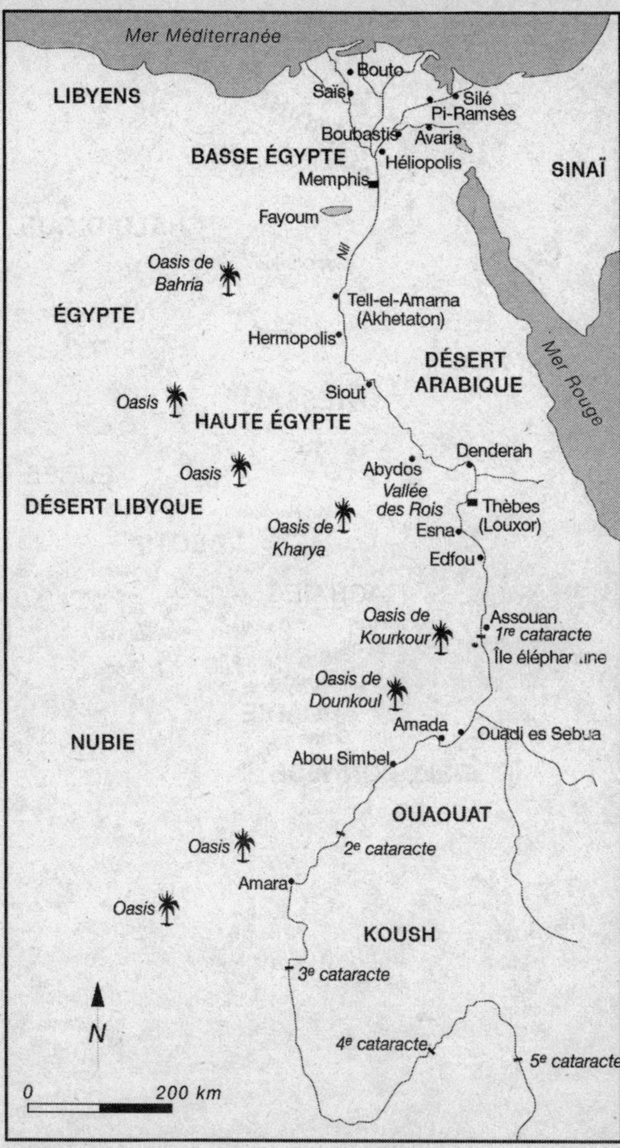

L'Égypte et la Nubie

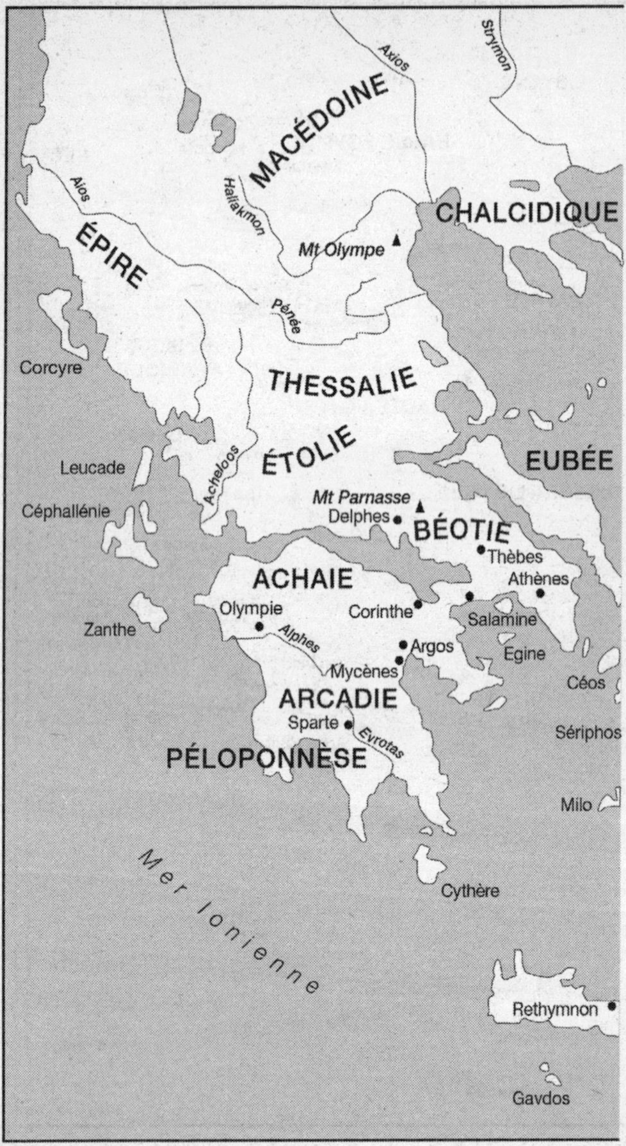

La Grèce antique et l'Asie

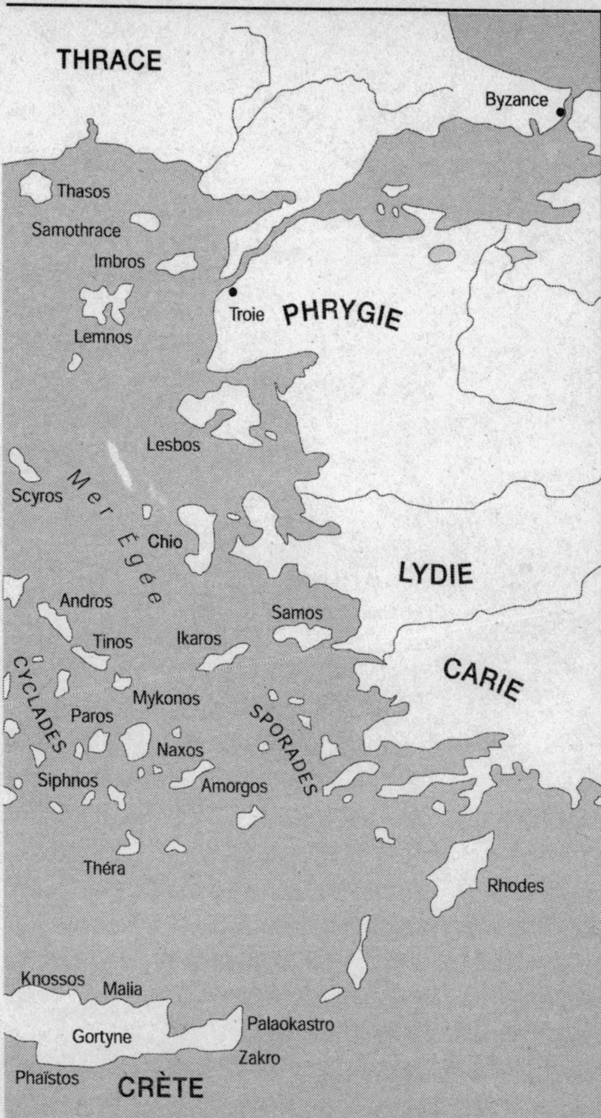
THRACE
Byzance
Thasos
Samothrace
Imbros
Troie
PHRYGIE
Lemnos
Lesbos
Scyros
Mer Égée
Chio
LYDIE
Andros
Samos
Tinos
Ikaros
CYCLADES
CARIE
Mykonos
Paros
SPORADES
Naxos
Siphnos
Amorgos
Théra
Rhodes
Knossos
Malia
Palaokastro
Gortyne
Zakro
Phaïstos
CRÈTE

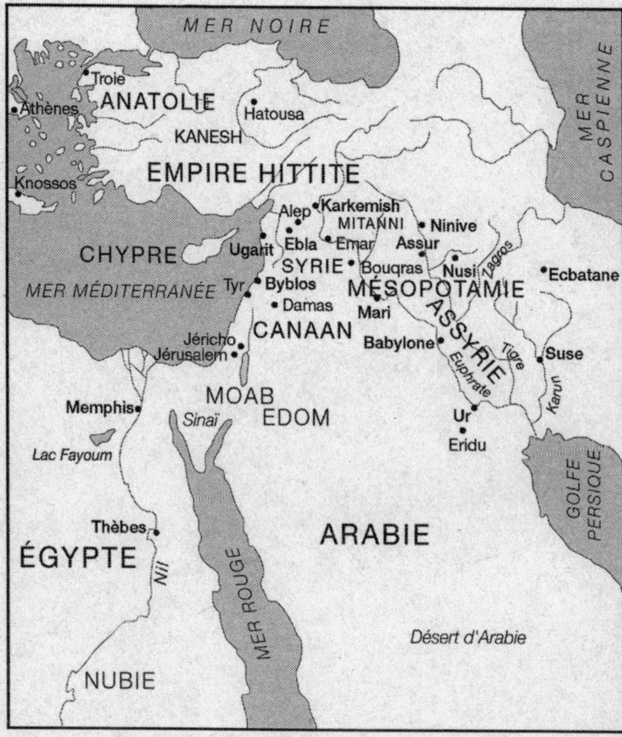

Anciens pays du Proche-Orient
(xve siècle av. J.-C.)

Avant-propos

La XVIIIe dynastie commence avec le pharaon Ahmosis. Ce roi s'illustra en repoussant des envahisseurs appelés « Hyksos » qui régnèrent en Égypte. Les Indo-Européens s'installaient alors en Asie Mineure.

Aménophis Ier, fils d'Ahmosis et d'Ahmès-Néfertari, et son gendre Thoutmosis Ier surent protéger le territoire de leur ancêtre.

Thoutmosis Ier fut un général exceptionnel. Il eut avec sa première épouse un fils qui fut appelé Thoutmosis II. Marié à sa demi-sœur Hatchepsout, seule héritière de sang royal, Thoutmosis II n'exerça le pouvoir que peu de temps. Il eut une fille avec Hatchepsout : Néférou-Rê. Celle-ci semble morte très jeune bien qu'une inscription fasse peut-être allusion à elle à une époque où Thoutmosis III régnait seul et où Hatchepsout avait disparu. Sans doute Thoutmosis II et Hatchepsout eurent-ils une seconde fille appelée Méryrêt-Hatchepsout II.

Je suis aujourd'hui la seule à avoir reconstitué la vraie vie d'Hatchepsout qui était, lorsque j'ai entrepris ce labeur comme une enquête policière, une véritable énigme. Je suis également la première à m'y être sérieusement intéressée et à y avoir consacré une bonne partie de ma vie. Pendant ces recherches, je n'ai d'ailleurs rencontré personne, sur quelque lieu et dans quelque pays que ce fût qui eût mon objectif : reconstituer au détail près et avec la plus grande minutie possible la vie d'Hatchepsout. Une entreprise gigantesque qui m'a conduite à reconstituer aussi celles de ses aïeux et de ses descendants. Aujourd'hui, alors même que je poursuis ce travail, je suis amenée à sillonner toutes les régions ou à examiner tous les documents et toutes les inscriptions qui permettent encore et toujours de parfaire nos connaissances.

Lorsque j'ai commencé mon travail chez les Égyptiens qui m'appellent depuis « La Pharaonne » et que je l'ai poursuivi en Grèce, à Chypre, au Liban et dans tous les pays où s'étaient rendus les rois de la XVIIIe dynastie, leurs soldats ou leurs fonctionnaires, j'ai avancé, au regard de mes conclusions et des découvertes, des hypothèses qui se sont révélées exactes des années plus tard. Je renvoie les lecteurs à ma trilogie « *La Pharaonne* » *Hatchepsout*[1] et à mon autobiographie *Les pharaons mènent à la vie éternelle*[2], qui est le complément historique indis-

1. Voir la trilogie « *La Pharaonne* » *Hatchepsout*, Violaine VANOYEKE, également parue sous coffret, Éd. Michel Lafon.

2. Voir l'autobiographie, *Les pharaons mènent à la vie éternelle*, Violaine VANOYEKE, Éd. Michel Lafon.

pensable de ma trilogie sur Hatchepsout et de ma saga sur la XVIIIe dynastie. On y trouve la biographie que j'ai reconstituée sur Hatchepsout et j'y décris la manière dont je suis parvenue à donner des réponses à toutes les questions que l'on se posait. Qui était Hatchepsout ? Combien de temps avait-elle régné ? Comment s'était-elle imposée sur le trône alors qu'elle n'était encore qu'une enfant ? Pourquoi son père avait-il décidé de la former à son rôle de roi ? Qui était son architecte Senmout ? Hatchepsout avait-elle combattu en Asie ? En Nubie ? Senmout et Hatchepsout avaient-ils été assassinés ? Néférou-Rê devait-elle prendre la succession d'Hatchepsout ? Avait-elle été la première Grande Épouse de Thoutmosis III ? Hatchepsout et Thoutmosis III étaient-ils rivaux ? Senmout avait-il voulu devenir pharaon ? Que nous apportaient l'exploration des deux tombes d'Hatchepsout, qui sont extrêmement difficiles d'accès, la première nécessitant des notions d'alpinisme, la seconde étant longue et pentue (*cf.* mon autobiographie) ainsi que l'analyse des deux tombes de Senmout et de celle de ses parents ? Comment s'effectuaient les expéditions dans les pays lointains comme celles du Pount ou du Sinaï ?

Je raconte, là encore dans mon autobiographie, comment je suis repartie sur les pistes des anciens mineurs de turquoise et de malachite au plein cœur du Sinaï, sur des sites difficilement abordables, et comment j'ai reconstitué le parcours des soldats partant en campagne vers l'Asie ou l'Euphrate.

J'ai également apporté des réponses à bien d'autres

questions : comment une femme telle qu'Hatchepsout pouvait-elle devenir pharaon ? Comment expliquer ses transformations et sa volonté d'apparaître en homme ? Comment a-t-elle reconstitué sa naissance divine ? Quelles étaient ses constructions à Karnak et pourquoi certaines d'entre elles ont été jugées trop originales et trop « révolutionnaires » ? Que nous révélait le temple d'Hatchepsout et notamment sa troisième terrasse qui vient d'être ouverte, en partie, au public ? Comment expliquer sur ce temple la double chapelle d'Anubis ? Que nous apportait l'inestimable inscription du sanctuaire du Speos Artemidos en Moyenne Égypte construit par Hatchepsout et Thoutmosis en l'honneur de Pakhet ? J'ai également publié à ce sujet de nombreux articles scientifiques et les journalistes m'accompagnent régulièrement, depuis des années, sur les lieux de mes travaux, rendant ainsi compte de l'avancée de cette gigantesque entreprise.

Depuis la parution de mes ouvrages et articles, d'autres livres ont été publiés sur le sujet reprenant mes conclusions d'une manière souvent confuse et ne citant pas toujours leurs sources… Or, pour réussir à reconstituer la vie d'Hatchepsout à partir d'un gigantesque puzzle de données, éparpillées dans de nombreuses régions et dans plusieurs pays, il m'a fallu, sur le terrain, suivre en permanence des pistes parfois ardues. Comme je suis actuellement la seule à effectuer ce travail, je l'ai naturellement étendu à toute la dynastie.

Mon travail sur les prédécesseurs et les successeurs

d'Hatchepsout et sur l'ensemble de la XVIIIe dynastie se poursuit et j'ai coutume de faire profiter les lecteurs de mes romans de mes dernières découvertes en la matière. Mon expérience du terrain me permet d'appréhender au mieux une telle époque et de tels rois car il faut, pour ce faire, travailler dans de nombreux pays du Bassin méditerranéen mais aussi dans d'autres pays plus difficiles d'accès, ce que je fais régulièrement. Ce travail réclame des conditions physiques parfois exceptionnelles pour escalader des montagnes, descendre des falaises abruptes ou ramper dans les tombes. Il faut également faire face à des coûts importants et j'en profite pour remercier tous ceux qui m'ont spontanément apporté leur aide parmi lesquels plusieurs entreprises internationales.

Il est impossible de reconstituer la vie de personnages comme Hatchepsout, Néfertiti ou Akhenaton sans travailler sur place. À chaque saison, je découvre des détails nouveaux, jusque-là laissés de côté, qui me permettent de compléter la vie d'Hatchepsout, des Thoutmosides, des Aménophis… si bien que des thèses que j'ai fait admettre il y a dix ans sont reprises aujourd'hui par tous.

*
* *

Méryrêt-Hatchepsout II se maria avec Thoutmosis, troisième du nom, fils de Thoutmosis II et d'une fille du harem, Iset.

Thoutmosis III devint pharaon à la mort de son père Thoutmosis II. Hatchepsout, qui devait assurer la régence, s'imposa comme Pharaon à part entière dans la septième année du règne. Elle régna pendant vingt-deux ans, laissant son neveu Thoutmosis III à l'écart. S'entourant de fonctionnaires et de prêtres dévoués à sa personne, organisant des expéditions dans les pays les plus lointains, combattant elle-même les Nubiens, restaurant les temples en ruines, elle sut s'affirmer dans une Égypte prospère.

Mais les peuples d'Asie devenant menaçants, Thoutmosis III[1] allait devenir le sauveur de l'Égypte, le plus grand pharaon de tous les temps, celui qui passerait l'Euphrate pour imposer la puissance de l'Égypte en Asie. Son épopée demeure exceptionnelle. Après avoir vécu dans l'ombre d'Hatchepsout, la pharaonne fille d'Amon, Thoutmosis III devait briller au firmament de l'Histoire.

Aménophis II, le fils qu'il eut avec la reine Tiâa prit, à sa mort, la tête d'un pays gigantesque. Parce qu'ils avaient favorisé les échanges entre l'Égypte et les autres pays, Hatchepsout et Thoutmosis III avaient ouvert l'Égypte à de nouvelles religions. Les héritiers de la dynastie allaient changer la face du monde dans un tournant fondamental de l'Histoire. Thoutmosis IV épousa des princesses mitanniennes. Son fils, Aménophis III[2], allait devenir

1. Voir *Thoutmosis*, Violaine VANOYEKE, Éd. Michel Lafon.

2. Voir *Aménophis*, Violaine VANOYEKE, Éd. Michel Lafon. À la fin de chaque trilogie se trouve une mise au point sur les découvertes récentes.

l'un des plus grands bâtisseurs. Son nom reste lié au temple de Louxor et aux Colosses de Memnon qui flanquaient son temple de millions d'années à Thèbes-Ouest. Il fit construire non loin de là le domaine de Malqatta où vécut la cour, ainsi que de nombreux temples en Nubie. Son épouse Tiyi fut l'une des plus grandes reines d'Égypte, qui entretenait alors des liens privilégiés avec le Mitanni menacé par les Hittites. Des royaumes nouveaux s'imposaient, d'anciennes villes au pouvoir déchu revenaient sur le devant de la scène. Peu à peu se dessinait l'adoration en un dieu unique, une divinité solaire.

Déjà, sous le règne d'Hatchepsout, comme je l'ai démontré ailleurs, « la Pharaonne » tendait à adorer exclusivement le dieu Amon et la déesse Hathor, qu'elle disait être sa nourrice, une vénération proche du monothéisme qui aurait entraîné, *a posteriori*, le martelage de son nom sur les murs des temples et sur les listes pharaoniques.

J'ai déjà expliqué, dans plusieurs articles parus il y a dix ans, qu'Hatchepsout, comme d'autres rois de la XVIIIe dynastie, avait délaissé le culte d'Osiris à Abydos et qu'il était possible de voir dans le martelage du nom d'Hatchepsout une vengeance des prêtres d'Osiris, dieu des morts au rôle primordial pour la vie dans l'Au-Delà, qui était en quelque sorte « remplacé », dans l'esprit d'Hatchepsout, par la déesse-vache Hathor. Ce martelage pouvait aussi avoir été fait par des adorateurs du dieu solaire Aton qui auraient effacé l'image du dieu Amon, celle d'Hatchepsout qui se prétendait « fille d'Amon », celles de Mout et du favori d'Hatchepsout, Senmout, dont le nom aurait alors été confondu avec celui de Mout. D'autres martelages ont, bien entendu, été effectués par des successeurs d'Hatchepsout comme cela se pratiquait souvent, les pharaons mettant ainsi leur nom à la place de celui de leurs prédécesseurs.

Ce qui importe est la thèse que j'ai avancée il y a plusieurs années et qui me paraît, aujourd'hui, de plus en plus évidente. Les premiers souverains de la XVIIIe dynastie tendaient au monothéisme bien avant le règne d'Akhenaton, un monothéisme qui a été favorisé par les échanges effectués avec les autres pays et par des peuples qui se sont installés en Égypte et qui a abouti à la création d'une ville en l'honneur du seul dieu Aton, « Akhetaton ».

Amoindrie par la peste qui n'épargna pas la famille royale, l'Égypte dut également supporter la révolte des prêtres d'Amon qui s'opposaient à l'adoration du dieu unique Aton. Pour renforcer son pouvoir, Akhenaton accepta de régner avec son demi-frère Semenkharê quelques mois avant son décès. À la même époque disparurent la reine Tiyi, Néfertiti et plusieurs de ses filles.

Je place, à la fin de chaque trilogie, des explications sur les mystères et les découvertes actuelles au sujet des personnages et des périodes que je traite : un point historique réactualisé qui me paraît essentiel pour les lecteurs souhaitant tout savoir sur les fouilles et les recherches en cours. Un cahier-photos central permet aussi aux lecteurs d'« entrer » parfois dans des lieux interdits au public ou difficiles d'accès. Le choix de statues, d'objets retrouvés à Amarna (autrefois Akhetaton), à Louxor, en Nubie ou à Saqqarah que j'ai fait, les temples ou les tombes fermées au public, les peintures de la vie quotidienne sous la XVIIIe dynastie permettent ainsi aux lecteurs de « rencontrer » les figures de cette dynastie et d'estimer leurs réalisations.

Violaine VANOYEKE

Quatorzième partie

I

Meritaton se blottit contre la poitrine de Semenkharê. Bien qu'elle se fût pliée aux volontés de son père Akhenaton qui l'avait prise pour compagne comme ses autres sœurs, elle avait conservé pour Semenkharê, qui avait partagé pendant quelques années le pouvoir avec son père, des sentiments passionnés.

– Nous sommes tous affligés par la mort de Pharaon, dit-elle à Semenkharê, cependant…

– … nous sommes également soulagés de pouvoir vivre enfin comme nous l'avons toujours souhaité.

– Devons-nous l'avouer ?

– N'est-ce pas la vérité ?

Meritaton semblait fragile dans sa fine tunique en lin de qualité, confectionnée dans les ateliers de la Maison du roi. De petite taille, maigre comme l'était sa mère Néfertiti, la peau un peu jaune et triste, le visage à peine maquillé, elle préférait souvent les tenues sobres et discrètes aux vêtements d'apparat. Sa robe arrivait à ses chevilles en se rétrécissant après les genoux. Aussi avançait-elle à petits pas en faisant attention au moindre de ses gestes. Elle ne portait qu'un bracelet en haut de chaque bras, de fines chaînettes aux chevilles et un sobre diadème orné de quatre turquoises. Ses gestes étaient lents, presque mous, son caractère moins affirmé que ne l'était celui de sa mère.

– Tu as accepté ton destin sans faillir et tu as le sens du devoir, lui dit Semenkharê en l'attirant sur un divan de couleur pourpre aux teintes fatiguées.

– Que pouvais-je faire d'autre ? Je n'ai aucune raison de me réjouir. J'ai perdu des sœurs qui m'étaient chères et mes parents. Ma grand-mère Tiyi a rejoint les jardins d'Osiris. Mon adorable grand-père a enfin trouvé la paix dans le domaine de l'Au-Delà... Nous ne comptons plus les disparitions.

– J'ai perdu ma mère, moi aussi, alors que la reine Tiyi et ses filles avaient été longtemps épargnées par la peste qui ravage notre pays.

Semenkharê n'avait pas une morphologie imposante. Il appréhendait la vie avec philosophie, ne s'extasiant jamais outre mesure et ne se lamentant pas plus sur un malheur. Malgré son jeune âge, il réconfortait Meritaton et savait trouver les mots qui lui redonnaient la joie de vivre.

– La fille d'Akhenaton deviendra la nôtre, dit-elle à Semenkharê en lui caressant la main avec affection comme une enfant qui recherche la protection d'un père.

– Qu'elle devienne forte et qu'elle vive longtemps !

Conscient des voyages que faisaient chaque jour les Égyptiens pour retourner dans leur ville de

Thèbes, Semenkharê se demandait s'il allait fêter son couronnement à Akhetaton ou dans la ville d'Amon.

– Tu entends ces cris ? lui dit Meritaton. Des Égyptiens embarquent pour Thèbes. Qui va rester ici ?

– Nous. Pour l'instant, installons-nous dans les appartements de tes parents et préparons au mieux les funérailles d'Akhenaton. Nous aviserons ensuite de ce qu'il convient de faire.

Meritaton, qui n'avait pas pris la peine de se coiffer et qui avait laissé pendre ses cheveux, eut un mouvement gracieux de la tête qui les fit voleter dans tous les sens. Elle se leva, les doigts noués, hésitant manifestement à s'exprimer.

– Semenkharê, dit-elle soudain en se retournant vers lui, sais-tu si mon père a été assassiné ?

– Que dis-tu ?

– Je répète ce que j'entends.

– Si Akhenaton a été tué, pourquoi le saurais-je ?

– Parce que tu vas prendre le pouvoir, diriger seul l'Égypte et ne plus partager ton titre avec lui.

Semenkharê se leva, un peu déçu.

– Ainsi donc tu me crois capable de tuer ton père pour diriger seul notre pays ? Je n'ai pas choisi cette place. La reine Tiyi m'a toujours soutenu. Elle m'a convaincu d'aider son fils Akhenaton malgré mes réticences. Akhenaton lui-même m'a demandé de régner avec lui. Je n'aime guère le pouvoir.

– Mais tu es plus populaire que ne l'était Akhenaton.

– Je suis à ce poste parce que les fonctionnaires et les membres influents de la famille royale l'ont voulu. Je ne convoitais rien. Si Toutankhaton avait l'âge de régner, je lui laisserais volontiers le trône.

– Il n'est guère plus jeune que toi.

– C'est le fils d'Akhenaton et de Kiya.

– Qui le sait ? Il est officiellement l'enfant d'Aménophis III et de Kiya.

– Ce secret n'en est plus un.

Leur intimité fut dérangée par Horemheb qui avait retrouvé, depuis la disparition d'Akhenaton, tout son enthousiasme. Se faisant tout juste annoncer, entrant d'office dans le bureau de Semenkharê, il lui parla avec de grands gestes sans se soucier de la présence de Meritaton.

– Par Horus, l'Égypte est sauvée, dit-il au jeune Égyptien.

– Sauvée ? Alors que nos ennemis nous menacent de toutes parts ?

– Je parlais de la religion égyptienne, de ses dieux, de son essence, de sa raison d'être…

Horemheb avait gagné des années. Svelte, grand, robuste, il affichait sa satisfaction quitte à blesser les filles du roi défunt.

– Les dieux ont choisi. Que pouvons-nous contre leur volonté ?

– Les dieux ? Ou le dieu solaire Aton ? demanda de nouveau Semenkharê tandis que Meritaton se mettait en retrait pour laisser les deux hommes s'expliquer.

– Cessons cette comédie, par Amon ! Tous les Égyptiens se sont pliés à contrecœur aux souhaits d'Akhetaton. Il est temps de reprendre une vie normale. La peste nous épargnera dès que nous aurons franchi le seuil du temple de Karnak, des paniers d'offrandes à la main.

Semenkharê ressentait une grande affection pour Akhenaton qui était sensible et pacifique. L'ambition et l'assurance d'Horemheb l'agaçaient même s'il appréciait la compagnie de sa femme Moutenejmet, la sœur de Néfertiti.

– Tu parles comme un général à ses soldats, dit-il. Je te croyais à la retraite. Pêcher était devenu ton activité favorite.

Horemheb eut un sourire crispé.

– Tu l'as dit toi-même. Nos adversaires sont à nos portes. Il faut trouver des solutions et repousser chaque danger. Ce sera difficile car Akhenaton et, avant lui, Aménophis III ont laissé la situation se détériorer. Même si les lettres diplomatiques de la reine Tiyi ont retardé les échéances, personne n'est là pour recevoir les rois hittites ou babyloniens et pour leur écrire. Même nos anciens alliés peuvent devenir nos ennemis.

– Que proposes-tu ? demanda Semenkharê dans un souffle en se rasseyant comme s'il était accablé par une terrible nouvelle.

Le général s'approcha de lui et lui lança un défi sur un ton autoritaire qui fit trembler Meritaton.

Son époux allait-il partir pour la guerre alors qu'elle devenait enfin sa femme ?

– Meritaton ! ajouta Horemheb. Ton grand-père Aÿ t'expliquera ce que nous attendons de la Grande Épouse royale.

La jeune femme savait qu'elle n'avait pas la popularité de sa mère. Elle n'aimait guère être mise en avant. Pourtant, le peuple semblait l'approuver et l'apprécier.

– Prétends-tu que nous allons reprendre la guerre ?

– Reprendre ? Nous sommes perpétuellement menacés. Je vais mobiliser toutes les troupes que je pourrai trouver.

– Elles ne sont plus entraînées.

– Nous le savons tous. Mais je vais y remédier. Motiver des mercenaires est à la portée de n'importe qui. Je souhaite une armée enfin compétente, disciplinée, obéissante et unie. Qu'un seul étranger enrôlé dans nos troupes ose tuer l'un de nos alliés comme nous l'avons vu dans le passé et je l'exécuterai de mes mains !

– J'imagine que tu attends de moi que je prenne la tête de ces troupes, ajouta Semenkharê.

– Nous en reparlerons. Tu dois, avant tout, songer à ton couronnement. Tu vas être nommé Pharaon, Taureau puissant, Roi unique de ce pays !

Meritaton laissa échapper la coupe qu'elle tenait entre ses doigts. Une servante la ramassa et se précipita pour lui servir une tranche de melon et de la bière fraîche.

– Tu es pâle, maîtresse, lui dit-elle. Que puis-je pour toi ?

– Tire ce rideau et laissons ces hommes régler leurs affaires. Je ne veux plus les entendre. Appelle une harpiste… La fille de Henutama, celle de Mai et la jeune Tama. Elles m'accompagneront. Je n'ai pas les talents musicaux de ma mère mais je prends plaisir à jouer. J'oublie ainsi les malheurs qui frappent l'Égypte, cette horrible maladie, les ennemis qui nous menacent, la tristesse qui me ronge lorsque je songe aux êtres chers que j'ai perdus. Mes sœurs n'avaient commis aucun crime pour disparaître si jeunes. Pourquoi les divinités se sont-elles acharnées sur elles ? La mort de ma chère Maketaton en couches m'a beaucoup troublée. Je revois son corps déchiré par la douleur, son visage émacié, ses membres impuissants qui se débattaient devant une assistance impuissante, ses yeux exorbités qui appelaient à l'aide. Pauvre Maketaton ! La disparition de Moutemnebo m'a également beaucoup choquée.

Meritaton paraissait soudain si accablée que son cou disparaissait dans ses épaules. Oubliant le décorum de la cour, elle enfouit son visage entre ses mains et cacha ses larmes.

– Maîtresse, je vais appeler l'épouse d'Aÿ. Elle est si tendre, si douce, si affectueuse. Elle a fait face à tous les malheurs avec courage et passe son temps à réconforter les autres membres de la famille royale.

– Elle fut une si tendre nourrice pour les reines !

Ne l'alarme pas, dit Meritaton en reprenant des couleurs et en essuyant ses joues humides. Une Grande Épouse doit donner l'exemple.

Meritaton fut secouée d'un frisson. Elle réclama un châle en lin et s'enveloppa dedans comme un enfant fragile qui cherche à échapper aux colères de son père ou à un danger inconnu. Les yeux fixes, le front immobile, son esprit partit dans de lointaines pensées. Tantôt elle souriait, tantôt elle pleurait de nouveau en refusant, cette fois-ci, de cacher sa peine.

Alors que sa servante allait s'éloigner pour accomplir ses tâches habituelles, elle la regarda de ses yeux d'adolescente marquée par les épreuves.

– J'ai surtout peur pour les enfants de la famille royale, murmura-t-elle. Osiris n'épargne plus personne. Il va nous faire payer cher le fait de l'avoir délaissé !

– Penses-tu, maîtresse, que nous devons honorer les anciens dieux ?

– Je ne sais plus que faire. J'avoue mon impuissance. Mais Iÿ, le neveu de la reine Tiyi, saura me conseiller car il a toujours été honnête. Son intelligence m'impressionne. Il doit venir à Akhetaton pour la cérémonie du couronnement.

Des éclats de voix l'interrompirent.

– Horemheb est décidément très exigeant, dit-elle en écoutant les propos du général. Semenkharê ne s'en laissera pas conter.

Elle écarta le châle en se redressant et se sentit plus heureuse.

– N'est-il pas merveilleux que nous soyons enfin

réunis, Semenkharê et moi ? demanda-t-elle à la servante qui ne comprit pas la question.

– Sans doute, Grande de beauté, répondit-elle en croyant que le chagrin troublait l'esprit de la reine.

– Partager la couche de mon père était un honneur. L'enjeu est d'importance pour qui n'éprouve aucun sentiment envers un autre homme. Mais les battements du cœur ne se contrôlent pas.

– Surtout lorsque la jeunesse s'en mêle…

– Je suis peut-être trop naïve, dit Meritaton en souriant. La reine Tiyi nous encourageait pourtant à sortir souvent ensemble, Semenkharê et moi. Je sais que Néfertiti l'approuvait.

Elle s'étira le dos et renvoya les musiciennes.

– Va travailler et ne t'occupe plus de moi, dit-elle à la servante.

Elle souleva légèrement le pan du rideau qui la séparait de son époux. Celui-ci ne paraissait pas approuver Horemheb et tenait tête au vieux soldat qui avait retrouvé toute sa vigueur. La jeune femme eut soudain l'impression que les malheurs qui frappaient la famille royale n'étaient pas tous envoyés par les dieux. Des hommes puissants, qui s'étaient tenus à l'écart pendant le règne de son père, se réunissaient et discutaient sur la place publique. Ils avaient tous des plans et des idées. Ils refaisaient le monde à leur guise. Ceux qui avaient pris le parti d'Akhenaton se taisaient, écoutant avec attention fonctionnaires et notables prêts à gouverner l'Égypte.

Du jour au lendemain, aucun Égyptien ne se rendait plus dans les temples d'Aton. Ses autels restaient nus et blancs sous le soleil. Aucune offrande, aucune fleur fraîchement coupée, aucun panier de victuailles n'y était déposé. Les anciens mets pourrissaient et faisaient le plaisir des corbeaux qui tournaient inlassablement au-dessus d'Akhetaton, guettant la mort et la maladie.

Même les fonctionnaires les plus serviles rejetaient les anciens cultes et parlaient de la résurrection du pays. L'architecte Samout, le chef de la police Maou, l'émissaire Artashup, le fidèle Toutou, le riche Panéhesy, tous pensaient désormais à l'avenir de l'Égypte comme si Akhenaton n'avait jamais existé.

– S'il était encore en vie, Ramosé aurait-il agi de même ? Les hommes de pouvoir ont tout décidé. Ils risquent de nous imposer leurs volontés. Semenkharê aura-t-il le courage de leur résister ?

Meritaton eut soudain l'impression que Néfertiti et Akhenaton devaient disparaître et que leur destinée avait été tracée par les puissants.

– Qui a changé le cours de leur destin ? Depuis quand la fin de ma mère et de mon père était-elle prévue ?

Elle laissa le rideau retomber comme s'il lui brûlait les doigts.

– Les dieux me troubleraient-ils l'esprit ? Qu'est-ce que j'invente ? Néfertiti a succombé à la peste et mon père…

Mais elle n'était pas certaine que sa mère fût morte de maladie pas plus qu'elle n'expliquait le décès de son père. Maintes questions occupèrent alors ses pensées. Elle n'avait ni réponses ni solution.

II

Après avoir donné au roi des conseils qui ressemblaient plus à des directives, Horemheb s'apprêta à rejoindre Thèbes où l'attendaient les Grands Prêtres de Louxor qui avaient retrouvé le sourire. Tous ceux qui avaient été mis à l'écart devant le nouveau pouvoir des prêtres d'Aton ruminaient leur vengeance. Seul Iÿ, le neveu de la reine Tiyi, satisfait de la tournure que prenaient les événements, calmait, comme il l'avait toujours fait, les dissensions entre les uns et les autres.

Campant près de l'embarcadère royal sous un soleil de plomb, le torse nu et encore ferme, les épaules rougies par les rayons, le pagne éblouissant de blancheur, la ceinture miroitant d'or et les poignets cerclés de larges bracelets en argent, Horemheb serrait les poings en donnant des ordres précis, d'une voix forte et grave. Personne n'aurait osé le contredire. Les jambes légèrement écartées, les mollets saillants, les pieds protégés par de simples chaussures en cuir aux lanières assouplies par les entraînements et les exercices, le général observait tout de ses yeux de faucon. Rien ne lui échappait. Il dominait le rivage de sa prestance et de sa présence exceptionnelle qui répandaient, autrefois, la crainte dans les rangs ennemis.

– Allons ! Chargez ces jarres un peu plus vite !

Les hommes en pagne portaient sur leurs épaules des palanches en bois auxquelles étaient suspendues de lourdes jarres. Peinant sous le poids, ils n'en accélérèrent pas moins le pas pour ne pas subir les coups de quelques responsables trop zélés. Ceux-ci se contentaient de frapper leur long fouet à terre en soulevant la poussière.

Horemheb plaça son couteau devant lui et caressa le manche d'or orné de dessins mythologiques. Il avait gagné cette arme magnifique lors d'un combat mémorable et l'avait volée à son adversaire après l'avoir tué de son épée.

– Il ne sera pas nécessaire, dit Horemheb en souriant. Nous avons la situation bien en main.

Un char arriva près de lui en soulevant le sable qui bordait le Nil.

– Moutenejmet ! Je ne t'attendais pas. Ne t'avais-je pas saluée ? Je ne resterai pas longtemps à Thèbes…

La jeune femme avait perdu son air candide et sage. Elle le regarda froidement et, aidée de son cocher, descendit de son véhicule avec grâce.

– Ce que j'ai à te dire ne pouvait attendre ! lui dit-elle sans le quitter des yeux.

Elle tenait un fouet et tapotait l'intérieur de sa main avec le long manche aussi souple qu'un roseau.

– Je ne comprends pas ! répondit Horemheb avec sévérité.

– Je vais être claire et concise. Tu pourras ainsi embarquer dès que ces dernières jarres seront chargées.

Elle l'entraîna à l'écart et lui fit face.

– Horemheb, je t'ai épousé parce que tu prétendais ressentir pour moi de l'affection. Tu n'étais qu'un général. Un soldat remarquable qui a sauvé l'Égypte à maintes occasions mais un simple militaire. J'appartiens à la famille royale et y entrer constitue un immense privilège. Tu y as gagné du prestige, du pouvoir et des titres. Néfertiti, ma chère sœur, était opposée à ce mariage car elle ne te faisait pas confiance. Naïve et amoureuse, je n'ai vu en toi qu'un homme chevaleresque et affectueux. Épouser un militaire plus âgé que moi ne me promettait pas de soirées radieuses car tu n'es pas homme à participer aux festins et à apprécier la culture si ce n'est pour boire et ripailler. J'ai grandi, Horemheb, et aujourd'hui, les paroles de ma chère Néfertiti me reviennent à la mémoire.

Horemheb s'impatientait.

– Déployez la voile ! lança-t-il aux marins. Ne peut-on parler de tout cela à mon retour ? Je souhaite revenir ici très vite.

– Pourquoi ? Les funérailles d'Akhenaton n'auront pas lieu demain. L'embaumeur vient tout juste de commencer son travail.

– Je n'aime pas m'éloigner de toi.

– Tu n’aimes pas être loin de la cour et de ce qui s’y manigance.

– Que signifient tes allusions ? Suis-je trop vieux pour toi ?

– Horemheb, tu es entré grâce à moi dans la famille d’Akhenaton. Aussi dois-je savoir ce qu’il en est. Le peuple murmure que le pharaon a été assassiné, que l’on complotait contre lui. Tu semblais te désintéresser de la situation. Or, depuis le décès du roi, tu passes ton temps avec Aÿ. Vous vous activez. Vous échafaudez des plans.

– Que prétends-tu ? Que je suis à l’origine de la disparition d’Akhenaton alors que la peste emporte tous les Égyptiens ?

– Tu n’as jamais approuvé Akhenaton !

– Je ne suis pas le seul !

Malgré son assurance, Horemheb évitait le regard de son épouse.

– J’insiste, Horemheb ! répéta Moutenejmet.

– Regarde autour de toi ! Les Égyptiens paraissent heureux. Pleurent-ils leur roi ? Regrettent-ils leur reine ? Se lamentent-ils ? Les femmes ont-elles coupé leurs cheveux en signe de deuil ? La plupart ont quitté Akhetaton !

– Ainsi donc tu avoues ta complicité dans ce meurtre…

– Akhenaton a péri de la peste comme ta pauvre sœur. Ne cherche pas plus loin !

– C’est faux ! Les médecins sont formels à ce sujet. Ils ne connaissent pas les raisons de la mort du roi !

– Personne ne prendrait le risque de tuer Pharaon.

– Sauf des hommes sûrs d'eux et de leur pouvoir.

– Rares sont ceux qui ont accepté les réformes d'Akhenaton. Sa disparition va peut-être sauver l'Égypte !

– Les dieux ne t'inspirent guère. Que dis-tu là ?

– Nous devons veiller à tout.

– Nous ? Mais Semenkharê est toujours en vie !

– Semenkharê est un enfant…

– Facile à diriger.

– Je n'en suis pas persuadé.

Moutenejmet baissa enfin la tête.

– Ainsi donc tu serais prêt à jurer que tu n'as pas prémédité la mort d'Akhenaton ?

– Je suis offusqué que tu puisses le penser.

– Ma franchise t'a-t-elle blessé ? demanda-t-elle à son mari en étant soulagée par ce qu'elle venait d'entendre.

– Je suis plutôt étonné par ton discours. Je croyais que tu te désintéressais de la politique, que ta vie te plaisait et que tu avais confiance en moi.

Moutenejmet ne répondit pas. Elle prit la main de son époux et l'attira vers l'embarcadère.

– Que les dieux et les vents poussent ton bateau suffisamment fort pour que tu reviennes vite.

– Ma mission est agréable. Je vais enfin annoncer aux Grands Prêtres d'Amon qu'ils sont les bienvenus à Akhetaton et que la cour va retourner vivre à Thèbes. Je ne veux pas qu'ils aient l'impression d'être victorieux. Le pouvoir des prêtres d'Amon a toujours été très fort. Aménophis III s'en méfiait à juste titre. S'ils s'étaient montrés plus discrets, les rois n'auraient peut-être pas senti la nécessité de quitter Thèbes pour organiser ailleurs un contre-pouvoir.

– Les Égyptiens peuvent te faire confiance. Tu sais mieux que personne parler aux hommes et les rassurer.

– J'avoue que j'ai longtemps attendu cet instant mais je n'ai rien fait pour le précipiter.

– Je te crois, par Horus. Tu as raison : l'Égypte a besoin de toi et de personnages comme mon père qui connaissent le pouvoir et ses coulisses. En l'absence d'un roi expérimenté, vos conseils et vos actes sont précieux.

Horemheb serra sa femme contre lui et embarqua aussitôt. Dès qu'il fut dans son propre bateau, son visage changea. Ses traits se durcirent. Il n'admettait aucune réplique, aucune fantaisie, aucune discussion.

– Poussez ce siège sous le dais ! Que les porte-éventails m'entourent ! Quittons au plus vite cet embarcadère !

– Honorable Horemheb, lui dit le chef d'équipage, il vaut mieux ne pas hisser la voile. Il n'y a pas de vent. Nous devrons ramer.

– Je me demande quel jour je vais arriver à Thèbes ! Tout est fait pour me retarder. J'ai une mission urgente à remplir. Ne peut-on multiplier les rameurs ?

– Il faudrait changer de bateau, prendre celui du roi qui est plus long…

– … et recommencer le chargement ! Tu aurais dû me prévenir avant.

Le chef d'équipage n'osa pas rétorquer qu'il s'était éveillé à l'aube avec un petit vent matinal et que celui-ci était tombé depuis peu.

– Scribe ! Assieds-toi sur le pont près de moi et prends tes rouleaux. Je veux que tu me lises lentement la liste des travaux entrepris par Akhenaton pour détruire l'image du dieu Amon ou de tout autre dieu. N'omets rien. Cite-moi tous les endroits, tous les temples, tous les sites éloignés ou non, égyptiens ou étrangers. As-tu réussi à réunir les documents ?

– L'archiviste me les a fournis mais il refusait que je parte avec eux. Il prétend que ces documents vont entrer dans la Maison de vie et que nul n'a le droit de les emporter avec lui. Je devais les consulter sur place.

– Il s'agit d'un cas de force majeure.

– Je lui ai donné cette réponse qui n'a pas paru le satisfaire. Il est responsable de ces rouleaux. S'ils disparaissaient ou s'ils étaient endommagés, Pharaon le punirait sévèrement.

– J'aurais dû les lui demander moi-même et lui signer une décharge. Ne blâmons pas sa conduite. Il fait correctement son travail et ne doit remettre de tels manuscrits sous aucun prétexte. Ne révèle à personne qu'il t'a fait cette faveur car il serait effectivement puni. Des archivistes peu recommandables ont, autrefois, fréquenté le palais lorsque la cour habitait à Malqatta. Louons les services d'un homme honnête et correct qui respecte le roi et assume ses fonctions avec zèle.

– Honorable Horemheb, la liste est très longue et je doute que notre court voyage suffise pour que j'aie le temps de tout t'apprendre. Le défunt Akhenaton, qui repose maintenant auprès d'Osiris (cette remarque fit sourire Horemheb)… ou d'Aton car j'ai cru comprendre que le pharaon n'appréciait guère le dieu des disparus, a fait de multiples réformes…

– … et beaucoup de destructions. Puisque la liste est longue, commençons dès maintenant.

Horemheb fit un geste à son épouse qui le regardait s'éloigner et s'assit sous le dais. Puis il claqua dans ses mains pour ordonner qu'on l'éventât et que les musiciennes se tussent pendant qu'il travaillait.

– Qu'on apporte de l'eau et du vin léger ! Posez un guéridon ici ! Donnez-moi une corbeille de fruits frais. Que les rameurs peinent en silence !

Dès que le bateau eut lentement pris la direction de Thèbes et que Moutenejmet fut remontée dans son char, Horemheb écouta très attentivement la litanie du scribe. Il l'arrêtait souvent et demandait à un autre scribe posté de l'autre côté de son siège de noter de nouveaux ordres qu'il comptait bien faire approuver par Semenkharê.

– Akhenaton a ordonné le martelage complet de toutes les statues d'Amon dans le temple de Karnak. Je doute que les ouvriers aient tout détruit.

Mais note que je souhaite effacer toute trace de cet acte criminel. Amon doit ressurgir de ses cendres.

– « Lorsque Amon est représenté aux côtés d'un membre de la famille royale ou d'un ancien pharaon comme Hatchepsout, fille du dieu, ou Aménophis né d'Amon et de la Grande Épouse de Thoutmosis, je veux que le pharaon lui-même soit effacé », poursuivit le scribe en lisant les écrits d'Akhenaton.

– Quelle infamie, murmura Horemheb. Qu'on tente de restaurer les images chéries de tous les pharaons, de tous ceux qui ont dirigé l'Égypte avant nous !

Le scribe continua. Il relut les volontés d'Akhenaton de détruire une partie des temples nubiens construits en l'honneur d'autres dieux que la divinité solaire. Rê-Horakhty, le dieu Bès, peu souvent représenté au pays de Ouaouat, et Hathor étaient épargnés. L'Égyptien en arriva au passage qui évoquait les transformations des peintures murales dans le temple de Séboua.

– Comment imaginer qu'Aménophis III lui-même ait pu approuver son fils sur ce point et donner l'ordre de reléguer Amon au fond d'une pièce sombre ?

– « Le vautour et le soleil doivent apparaître immédiatement aux regards de ceux qui s'aventureront jusqu'au temple de Séboua », continuait le scribe.

Aucun édifice, qu'il fût du pays allié de Ouaouat ou de celui plus belliqueux de Koush où les

Égyptiens continuaient à exploiter les mines d'or, n'échappa à la vigilance d'Horemheb.

– Même si je veux commencer par les temples les plus importants, aucun endroit assailli par les ouvriers d'Akhenaton ne sera oublié.

Le général avait, cependant, conscience de la masse de travail que représenteraient de telles restaurations. Il lui faudrait laisser les carrières ouvertes par Akhenaton en pleine activité, embaucher un très grand nombre d'artisans.

– Où vais-je les trouver ? réfléchit-il tout haut. Je viens de conseiller à Semenkharê de recruter le plus possible parmi tous les corps de métier. Les mercenaires ont causé tellement de dégâts à l'étranger. Ils ne respectent pas toujours leur contrat et se retournent parfois contre nous sur le champ de bataille lorsqu'on leur promet une meilleure prime ou que l'issue du combat penche en faveur de nos ennemis. Si Semenkharê choisit des volontaires parmi les ouvriers, les artisans, les artistes, les peintres, les sculpteurs, les tailleurs de pierres dont la force et la précision peuvent être précieuses dans une bataille, des lieux resteront dégradés. Il faudrait des années et des années de règne pour tout reconstruire !

Quelque peu accablé par la longueur de la liste qu'il savait imposante mais qu'il avait sous-estimée, Horemheb demanda au scribe de faire une pause.

– Tu n'as plus de papyrus et ton encre a séché au soleil, dit-il au second scribe qui s'évertuait à prendre des notes en appuyant la pointe de son calame sur le papyrus râpeux.

Ayant eu l'autorisation de se lever et de se dégourdir les jambes, les deux scribes rejoignirent le chef d'équipage à la proue du bateau. Le trafic nilotique était très calme. On sentait que le pays était en deuil et que le peuple était inquiet pour l'avenir.

Horemheb se pencha au-dessus du bastingage et observa deux barges qui transportaient des blocs de pierre vers le nord.

– Nous en aurons besoin… se dit-il en se frottant le front et en essuyant la sueur qui coulait vers son cou. Je n'imaginais pas qu'Akhenaton avait été aussi rapide. Détériorer en si peu de temps ce que tous les Égyptiens ont mis si longtemps à édifier, à embellir, à agrandir !

Le général savait aussi que les Égyptiens auraient d'autres priorités dans les mois à venir. Semenkharê et son épouse devraient s'imposer. L'armée tenterait de rétablir la splendeur de l'Égypte qui avait perdu, dans l'esprit de ses voisins son éclat et surtout sa puissance. Les rois étrangers prenaient plus volontiers parti pour les Hittites de plus en plus redoutables et agressifs ou pour les Babyloniens qui avaient entretenu de nombreux échanges épistolaires avec les pharaons. Les ambitieux se rapprochaient sans crainte des frontières de l'Égypte et la convoitaient ouvertement. Le Nil généreux attirait tout le monde.

– Il est temps de démontrer de nouveau combien

l'Égypte est riche, forte et supérieure aux autres pays. En laissant ses troupes partir seules au combat ou en inspection, Aménophis III a permis aux plus acharnés de convoiter notre pays et, en se désintéressant des dangers qui l'encerclaient, Akhenaton a encouragé la multiplication de ces rapaces qui vivraient volontiers sur les bords du Nil. J'espère seulement que les dieux me donneront suffisamment d'années de vie pour rétablir la situation.

III

L'un des Grands Prêtres de Karnak, le respectable Meni, qui avait retrouvé ses fonctions dans l'édifice consacré à Amon, vint accueillir Horemheb sous le premier pylône de Karnak. Le général retrouva avec joie la cour hypostyle aménagée par Aménophis III, les salles d'Hatchepsout et de Thoutmosis III, le temple de Mout, celui de Khonsou et la chapelle où reposait autrefois la barque divine.

Les prêtres le regardèrent, l'air hagard.

– Nous n'étions pas revenus ici depuis des mois, expliquèrent-ils au général. La barque a disparu. Les murs ont été dégradés et martelés. Nous devons voir chaque jour le palais d'Akhenaton et les embellissements qu'il a faits en l'honneur d'Amon avant de le mépriser et de le renier. Tous ces édifices rappelant le roi que nous haïssons devraient être détruits à leur tour. Ces pylônes, ce Gempaaton, ces scènes retraçant la vie quotidienne à l'époque d'Akhenaton sont pour nous des supplices.

– Vous avez raison, prêtres. Nous allons remédier à tout cela. J'ai conscience que vous avez hâte de vous installer dans ces lieux où vous vous sentiez bien.

Nepnefer, qui avait autant d'influence que Meni, s'avança à son tour.

– On raconte que le jeune Toutankhaton est le fils d'Akhenaton et de la favorite Kiya…

– Les rumeurs vont vite. En réalité, ces bruits reposent sur les convictions de sa mère qui est décédée et qui ne peut donc nous en dire davantage. Kiya était la favorite d'Aménophis III lorsqu'elle a eu cet enfant après la petite Baketaton. Aménophis III l'aimait tellement qu'elle a su lui redonner sa jeunesse, sa virilité et sa force. Aussi le pharaon a-t-il délaissé pendant plusieurs mois les femmes du harem et son épouse Tiyi.

– Tes réserves et ton discours laissent entendre que Toutankhaton serait, en vérité, l'enfant d'Aménophis III.

– Je constate seulement qu'à l'époque où Toutankhaton est né, Kiya était très proche du roi et qu'Aménophis IV n'était que le prince héritier. Pourquoi Kiya aurait-elle eu une liaison avec cet adolescent ?

– On raconte, Horemheb, dit le prêtre en l'entraînant vers le *dromos* qui reliait le temple de Mout à l'un des pylônes monumentaux de Karnak, que Kiya a toujours aimé Aménophis IV-Akhenaton et que Aÿ, le père de Néfertiti, était parfaitement informé de leurs sentiments. Il serait même intervenu auprès du roi du Mitanni, le père de Kiya, pour arranger une alliance entre le prince égyptien et la princesse asiatique.

– Il est décidément difficile de garder un secret en Égypte ! répliqua Horemheb en riant. Le prêtre Aÿ que tu connais bien te dira ce qu'il en est. Aujourd'hui, soit nous ajoutons foi aux paroles de Kiya qui prétendait que le père de Toutankhaton était Aménophis IV-Akhenaton, soit nous penchons pour la version officielle en acceptant qu'il soit le fils d'Aménophis III…

– Quand il grandira, peut-être ses traits en révéleront-ils davantage.

– Pourquoi attaches-tu tant d'importance à Toutankhaton ?

– Parce qu'il pourrait devenir Pharaon après la disparition d'Akhenaton.

Horemheb s'adossa sur le socle d'un des sphinx qui bordaient l'allée sableuse menant au temple de Karnak d'où il distinguait, au loin, les différentes portes.

– Toutankhaton est un peu jeune pour régner.

– Qui va remplacer Akhenaton ? demanda le Grand Prêtre, inquiet.

– Semenkharê restera au pouvoir. Au lieu de partager le trône avec Akhenaton, il régnera seul.

– N'est-il pas trop jeune lui aussi ?

– Il sera bien entouré. N'ayez plus aucune crainte. Ce que vous avez vécu ne se reproduira plus. Il faut, pourtant, en tirer quelques leçons. Je doute que les rois égyptiens qui monteront sur le trône acceptent désormais facilement de partager leur pouvoir avec le clergé d'Amon. Restez discrets et ne vous exprimez pas si ce n'est en cas de nécessité.

Horemheb reprit ses déambulations au milieu des statues de Sekhmet qu'Aménophis III avait fait construire en grand nombre pour se protéger des maladies. Des dizaines de représentations de la déesse à tête de lionne entouraient l'une des salles principales. Un peu plus loin, de part et d'autre d'une porte, se trouvaient deux statues majestueuses d'Aménophis III assis. Horemheb les observa avec nostalgie.

– Souvenez-vous du règne et des exploits d'Aménophis III lorsqu'il était jeune et de la bonté de la reine Tiyi, son auguste épouse. Le reste ne fut qu'une parenthèse malheureuse et extrêmement douloureuse pour tous.

Rassurés par ces paroles réconfortantes, les prêtres invitèrent Horemheb à leur table.

– Nous fêtons, ce soir, notre retour à Karnak et, bien entendu, le dieu Amon, lui dit Meni. Pourquoi ne partagerais-tu pas notre festin ?

Les prêtres avaient fait dresser des tables devant le temple de Karnak illuminé par d'innombrables torches. Des dizaines de domestiques s'activaient avec joie. Des femmes décoraient les tréteaux, recouverts de linges brodés, de pétales de fleurs roses et rouges et répandaient des senteurs sur les chaises et la terre. La nuit promettait d'être douce et envoûtante et la lune, expressive et lumineuse, présente dans sa plus belle rondeur. Des enfants formaient des ribambelles autour des serveurs qui tentaient, en vain, de les chasser. Certains se tenaient timidement à l'écart en contemplant d'un regard gourmand et envieux les paniers de fruits et de légumes que les cuisiniers commençaient à apporter. Recouverts d'une serviette blanche les protégeant des mouches et de la poussière, les fruits embaumaient.

– Nous avons beaucoup d'invités, ce soir, ajouta Meni en entraînant Horemheb vers les salles de Thoutmosis et les obélisques. Sortons du temple et allons nous installer.

– Voici l'heure que Toutankhaton préfère entre toutes, dit-il au Grand Prêtre en contemplant le ciel rougeoyant. Cet enfant est sensible et troublant. Il lui arrive de rêver les yeux ouverts et de réfléchir longuement. Il s'isole volontiers alors que les garçons de son âge se montrent volubiles et joueurs.

– Peut-être a-t-il une santé fragile…

– Il n'est guère solide. Mais je crois que sa nature est tournée vers la réflexion et la sagesse plutôt que vers l'action. Sur certains points, il ressemble beaucoup à Semenkharê. Voilà pourquoi je ne pense pas qu'il y aura un jour de rivalité entre eux et qu'ils se battront pour obtenir le pouvoir.

Dès que les prêtres furent sortis du temple, Meni présenta un nouveau devin à Horemheb.

– Il vient de Babylone et parle parfaitement notre langue.

– Je m'étonne que des prêtres d'Amon écoutent les divagations d'un devin… dit Horemheb en saluant froidement le Babylonien.

– Tu te méfies de moi comme de nombreux notables, dit aussitôt l'étranger. Tu as tort, Horemheb. Je te connais de réputation et je te respecte. Je serais heureux de partager ce festin en ta compagnie.

– Le devin a passé sa matinée à interpréter les rêves des épis de blé et des vaches, lui expliqua Meni en riant et en l'entraînant à l'écart pour donner des ordres aux jeunes femmes chargées de répandre des pétales sur le sol.

– Et qu'en a-t-il conclu ? demanda le général, amusé par ces fantaisies dont étaient friands les Égyptiens.

– Que nous devrions faire le maximum de récoltes et d'approvisionnements ; que le Nil nous aiderait, qu'il ne faudrait pas hésiter à échanger de l'orge contre de l'or au cas où l'inondation serait moins abondante que l'année dernière…

– Par les dieux, je parie qu'il t'a proposé son orge contre l'or d'Amon !

– Tu as parfaitement compris.

– Pourquoi ne lui fais-tu pas donner cent coups de bâton pour le punir ?

– Parce qu'il me divertit.

Le repas promettait d'être exceptionnel. Les prêtres avaient fait venir des côtes asiatiques des figues, des raisins, du miel, de l'huile et des fruits qui avaient supporté le voyage par mer. Ils avaient commandé des poireaux, des concombres, des pastèques, des melons, des poissons, des dattes et des figues de sycomores, plus petites que celles qu'ils mangeaient habituellement, à des marchands venus de la mer Rouge.

Gros consommateurs de viande, les Égyptiens connaissaient trois sortes de bœufs. Les prêtres avaient choisi des bœufs très gras qui avaient été abattus après avoir été engraissés pendant des semaines, des bœufs plus maigres dont ils appréciaient les abats, notamment la rate et le foie, et des bêtes plus petites généralement réservées aux sacrifices.

– Avant de manger, nous allons faire, comme autrefois, un sacrifice important à Amon, ajouta Nepnefer. Ces oundjou feront l'affaire.

Horemheb suivit des yeux les bœufs de petite taille que l'on entraînait vers le lieu du sacrifice. Des cuisines proches de l'entrée du temple émanaient des odeurs délicieuses qui soulevaient les remarques des curieux. Pigeons, oies, grues, cailles, sarcelles, poissons – muges, mormyres, latès, chromis – se préparaient avec soin. Des senteurs d'ail et de fèves cuites dans une sauce à l'oignon chatouillaient les narines de tous ceux qui s'attardaient sur la place.

– Tiens ! Prends ces amuse-gueules, dit Nepnefer à Horemheb. Ce sont des rondelles d'oignons. On dit que Toutankhaton en raffole et qu'il en grignote toute la journée !

– Quand il ne mange pas des radis ou de la laitue avec de l'huile et du sel.

– La plante du dieu Min rend les hommes amoureux et les femmes fécondes…

– Si l'on en croit le dicton, Toutankhaton tombera amoureux avant même de pouvoir honorer sa femme ! dit Horemheb en prenant une datte dans un panier.

– Ce sont celles des palmiers doum. Sers-toi !

Horemheb n'avait jamais vu autant de noix de coco, de grenades, d'olives et de pommes, même à la cour de Néfertiti. Les Égyptiens, qui connaissaient les pommes depuis peu, prenaient plaisir à les croquer à tout moment de la journée. Quelques enfants les dévoraient des yeux en mâchant des tiges de papyrus et des rhizomes de plantes aquatiques.

Tandis que les invités des proches villages arrivaient, Horemheb prit place entre le devin et Meni. Des femmes peu vêtues apportèrent des vases remplis de lait fermés par des touffes d'herbes, du miel et des grains de caroubiers. Des hommes s'occupèrent des récipients d'huile d'olive et de moringa.

– Nous possédons maintenant nos propres ruches, expliqua le Grand Prêtre aux personnes qui entouraient Horemheb. Les abeilles travaillent dans des jarres. Puis nous récoltons le miel que nous conservons dans des jattes de pierre cachetées.

– Auparavant, les cuisiniers envoyaient dans le désert des serviteurs chargés de ramasser le miel.

– Notre système est plus efficace.

Afin de servir correctement les invités et de présenter au mieux les divers plats, une centaine de jeunes gens apportèrent, les uns des réchauds en métal pour tenir les sauces au chaud, d'autres du charbon de bois et du bois de feu pour alimenter de petits brasiers allumés entre des blocs de pierre, d'autres encore des brocs, des marmites et des bassines en poterie. À côté d'Horemheb furent disposées deux petites tables à trois pieds sur lesquelles furent soigneusement placés trois récipients contenant du beurre, de la crème et de la graisse d'oie et de veau.

Non loin de là, deux cuisiniers tournaient lentement de longues cuillères dans des marmites pleines de ragoût. Un autre s'occupait des grillades de volailles, plumait, vidait des pigeons et leur coupait la tête et le bout des ailes avant de les embrocher. Une femme alignait sur plusieurs plats des poissons crus qui avaient séché au soleil et en sortait d'autres de la saumure. Un assistant salait les cailles et les canards que les Égyptiens mangeraient crus, rôtis ou bouillis, avant de préparer la boutargue avec des œufs de muges.

De chaudes odeurs de pains faits avec de l'orge et du froment provenaient des fours. Les quantités de pains et de pâtisseries étaient telles que des dizaines de femmes pilaient les grains, les écrasaient à l'aide d'une pierre en jetant le son dans des bassines, tamisaient la farine et disposaient dans des moules coniques, préalablement chauffés, la pâte pétrie mélangée au levain. Puis elles bouchaient ces moules placés dans des trous prévus à cet effet et surveillaient la cuisson.

On apporta aux convives qui mangeaient de l'oignon de minces galettes cuites dans le sable du désert.

– Buvons à la résurrection d'Amon ! dit le Grand Prêtre Meni avec enthousiasme en se levant et en s'emparant de son gobelet en faïence.

On disposa, non loin des tables, des cruches imposantes pleines de bière nubienne, réputée pour son amertume, de grenadine et de vin du Delta.

– J'espère que nous aurons suffisamment de bière, ajouta Meni en se rasseyant après avoir trinqué car nous n'avons pas eu le temps de préparer de la bière et de la laisser fermenter. La nôtre est moins amère que celle-ci. Nous avons fait rassembler suffisamment de dattes pour mélanger leur jus avec de la pâte d'orge et de froment. Nous aurons ainsi de belles réserves !

– Je l'apprécierai d'autant plus que je n'ai pas bu de bière depuis ce matin ni pris de collation dans l'après-midi,

Des servantes presque nues apportèrent des cuillères, des couteaux et des fourchettes, des ustensiles à potages, à purées, à sauces, à compotes et à entremets.

– Pour une fois, aucune femme ne préside le festin… remarqua Horemheb. C'est peut-être mieux ainsi.

– Tu n'as rien vu. Nous serons entourés de danseuses. J'ai fait venir des fruits et des desserts inconnus des Égyptiens. Certains plats sont même agrémentés de rose et de fleurs de thym. Connais-tu meilleur ingrédient pour relever les viandes ou les pâtisseries aux pommes ?

Horemheb se sentit revivre sous le ciel étoilé de son pays qu'il croyait perdu à jamais. Revenir à Thèbes et festoyer devant le temple de Karnak lui procuraient un indicible plaisir.

IV

Horemheb avait fait ouvrir toutes les fenêtres du palais thébain qui n'avait pas accueilli la famille royale depuis des années. Il fit embaucher une centaine de jardiniers, fit nettoyer les pièces, dépoussiérer les murs et les peintures, laver les mosaïques et les carrelages à grande eau, parfumer les salles, changer les plantes qui avaient fané, couper des bouquets de fleurs fraîches qu'il fit placer dans tous les coins, sur des colonnes, dans des niches, sur des meubles.

– On raconte qu'Horemheb a partagé, hier, le festin des Grands Prêtres d'Amon, dit Aÿ en s'avançant vers le général.

– Aÿ ! Je ne pensais pas voir, en ce jour, le père de Néfertiti et de ma divine épouse. Ne devrais-tu pas te trouver avec Semenkharê ? Nous nous étions mis d'accord pour que le jeune roi ne dirigeât jamais seul et que tu contrôlerais les préparatifs de son avènement.

– Rassure-toi ! Je ne suis pas venu te surveiller. Je dois me rendre le plus rapidement possible dans les carrières d'Assouan pour l'édification de plusieurs statues en l'honneur du nouveau roi. J'ai juste fait escale ici. Mais on ne parle déjà plus que de ce repas symbolique qui scelle l'amitié entre le roi et le clergé d'Amon…

– J'avoue ne pas avoir aussi bien mangé depuis les fêtes de l'an 12 du règne ! Houya ne s'y est pas trompé en faisant reproduire dans sa tombe Néfertiti et ses filles devant les ambassadeurs de Nubie, de Libye et des îles qui ont comblé le roi de cadeaux.

– La dernière grande fête du règne d'Akhenaton… souligna Aÿ avec mélancolie. J'ai perdu ma fille Néfertiti. Néfernéféruaton. Néfernéferourê et Setepenrê ont disparu… Elles ont tout juste eu le temps de connaître la vie. Il ne reste de Kiya que des vases canopes magnifiques dont les couvercles représentent son merveilleux visage. Tout cela me désole.

– Pense à la douce Moutenejmet.

– Elle me permet de survivre. Le peuple égyptien, qui adorait Néfertiti, refuse de croire à sa mort. Un bruit court qu'elle s'est enfuie et qu'Akhenaton lui a demandé de partir en exil parce qu'il préférait Kiya.

– Quelle absurdité ! Qui a osé inventer de pareilles incongruités ?

– On ne sait jamais d'où partent les rumeurs mais elles me touchent. Comment un père ne serait-il pas troublé par des femmes idolâtres qui refusent d'accepter la disparition de sa fille et de leur reine ? Certains restent persuadés que Néfertiti vit encore au palais dans une aile qui lui est réservée et que la famille royale la cache. D'autres prétendent qu'elle est souffrante et enlaidie.

– Mais son nom a été remplacé par ceux de Kiya ou de Meritaton sur de nombreux monuments ! Pourquoi Akhenaton l'aurait-il fait si Néfertiti n'avait pas rejoint l'Au-Delà ?

– Précisément. Voilà qui nourrit les rumeurs. Des Égyptiens affirment que Néfertiti est tombée en disgrâce et qu'elle est partie. Elle fomenterait un complot et souhaiterait s'emparer du pouvoir.

– Quelle fable !

– Elle songerait à épouser un prince asiatique pour régner en Égypte et placer, un jour, Toutankhaton sur le trône et aurait adressé un courrier à plusieurs roitelets.

– Mais Néfertiti a eu des funérailles exceptionnelles…

– Le peuple prétend qu'elle n'était pas dans son cercueil et que le sarcophage était vide.

– Qu'il interroge l'embaumeur !

– Il a disparu hier. Mort, lui aussi, de la peste, répondit Aÿ.

– Tout cela est insensé !

– Je le crois comme toi. J'approuve ta décision de redonner vie à ce palais.

– De nombreux Égyptiens ont muré leur demeure d'Akhetaton et sont revenus ici.

– Je le sais et j'en suis heureux. Mon équipage m'attend. Je te retrouverai à Akhetaton dans quelques jours.

Horemheb se rendit également à Malqatta où il retrouva les deux responsables chargés de surveiller les palais. Ils lui firent fête et se réjouirent du retour de bon nombre d'Égyptiens.

– Malqatta va enfin renaître ! se réjouit Meriptah. Depuis que la reine Tiyi l'a quitté, ce domaine est si triste !

– Aménophis IV y est revenu pour l'enterrement de son père.

– Une fois, il est vrai… Mais il est aussitôt reparti ! C'était une vision étrange de voir de nouveau défiler les ambassadeurs étrangers devant l'estrade du roi alors que personne ne venait plus ici depuis des mois. Nous pensions que Néfertiti y reviendrait de temps à autre avec les princesses. Hélas ! Ce domaine est devenu trop grand pour nous !

– Je te comprends, Meriptah, lui dit Horemheb en buvant volontiers avec lui une coupe de bière fraîche. Tu es un excellent assistant. La reine Tiyi a apprécié tes services…

– Je n'ai pas toujours été à la hauteur. Je n'ai pas surveillé des fonctionnaires aussi proches du roi que May. J'aurais pourtant dû tout contrôler. Si j'avais été plus vigilant, des criminels n'auraient jamais pillé les tombes de Youya et de Touya. Je me le reprocherai toute ma vie. La reine Tiyi a été tellement blessée par cet acte de vandalisme impardonnable…

– … et tu aimais la reine…

– Comme tous les Égyptiens !

– Rassure-toi ! May a été arrêté. Quelques complices courent encore mais les dieux nous permettront peut-être de les punir un jour s'ils sont encore en vie. Oublie tout cela.

– Je peux donc faire rouvrir toutes ces fenêtres ! dit Meriptah en se levant, les yeux pétillants de joie.

– Je ne crois pas que la cour reviendra vivre ici, répondit tranquillement Horemheb en buvant une gorgée de bière et en observant attentivement la réaction de Meriptah.

Celui-ci s'assit, anéanti.

– Je pensais… balbutia-t-il.

– Oui, tu pensais que j'étais venu te dire de préparer ma chambre et les appartements d'Aménophis IV et de Néfertiti pour le nouveau couple royal, pour le jeune Semenkharê et sa compagne Meritaton.

– Une princesse que je vénère et qui m'est chère.

– Mais il n'en est rien.

Meriptah ne chercha pas à cacher sa déception.

– Tu as constaté comme moi que les Égyptiens souhaitaient revenir ici. Ils ne se plaisent guère à Akhetaton à l'exception de ceux qui n'ont connu que les fastes de cette ville fabriquée de toutes pièces pour Aton. Tu en as donc conclu que le roi allait, lui aussi, revenir à Thèbes…

– Et il n'en est rien.

– Il reviendra certainement ici, le rassura Horemheb. Il faut patienter et préparer en attendant les funérailles d'Akhenaton.

– Je ne comprends pas ton discours. S'il revient à Thèbes, le roi s'installera probablement dans ce magnifique domaine. Où pourrait-il habiter ? Le palais de l'autre rive est trop petit. C'est la raison pour laquelle Aménophis III avait envisagé de vivre à Malqatta afin de construire plusieurs palais dans un même domaine et d'accueillir décemment tous les visiteurs prestigieux de passage en Égypte. La reine avait ses appartements. Chaque princesse avait les siens…

– Je sais tout cela, répondit Horemheb en se servant lui-même de la bière. Mais la famille royale est restée très attachée au palais de la rive est.

– Ce domaine sera à jamais abandonné, constata Meriptah.

– Tu l'as soigné, surveillé pendant des années en espérant y voir un jour revenir la cour…

– Tu m'as compris, général.

– Tu seras toujours responsable de Malqatta. Mais je déciderai le nouveau roi pour qu'il t'accorde aussi la responsabilité du palais de la rive est.

– Il faudrait en chasser les chefs.

– Ils sont vieux et n'aspirent qu'à une retraite méritée. Je leur donnerai des terres.

– Dans ce cas, répondit Meriptah rassuré, je servirai Semenkharê tant que les dieux m'en donneront la force.

– Je suis heureux de l'entendre. Laisse-moi seulement parler au roi.

Comme Meriptah restait pensif, Horemheb jugea bon de le rassurer pleinement.

– J'ai beaucoup d'influence sur le roi et la reine. Malqatta ne sera pas détruit. Nous l'utiliserons lors des fêtes de la Vallée.

– Ainsi donc les grandes réjouissances auront de nouveau lieu à Thèbes !

– En aurais-tu douté ? Amon va reprendre sa place parmi les Égyptiens, une place de choix qu'il n'aurait jamais dû perdre !

– Je suis d'accord avec toi.

– Pourquoi ne pas l'honorer dès que nous aurons restauré ses temples ? Il serait indécent de le faire dans des édifices où l'image et le nom du dieu ont été effacés mais quand tout aura repris sa place, la fête d'Opet marquera le retour aux anciens cultes et aux anciennes coutumes.

– Ainsi donc le cortège royal viendra-t-il jusqu'ici pour honorer Amon.

– Il empruntera le même chemin qu'autrefois et longera tous les temples de millions d'années de nos anciens pharaons. Nous aurons le loisir d'organiser des réjouissances à Malqatta et de l'habiter exceptionnellement afin de pouvoir accueillir tous ceux que nous inviterons à la fête d'Opet.

– Je ne doute pas qu'ils seront très nombreux.

– Plus encore qu'autrefois car je veillerai à ce qu'une publicité exceptionnelle soit faite pour les fêtes d'Amon. Personne n'oubliera plus le dieu thébain ! Si les fêtes se multiplient de nouveau, Malqatta aura l'occasion de revivre.

– Et de trouver sa place au milieu de la joie collective.

– Si la peste ne nous avait pas tous endeuillés, ajouta Horemheb, le regard noir, nous pourrions vivre comme avant. Les blessures vont se cicatriser lentement. Les mères n'oublieront pas leurs enfants morts en réaménageant à Thèbes.

– Le peuple égyptien est courageux. Combien de fois a-t-il fait face aux malheurs ? Il est grand et digne. Dans quelques années, le dieu thébain nous aura fait oublier nos deuils.

– S'il pardonne aux Égyptiens d'avoir choisi Aton pendant le règne d'Aménophis IV. Meriptah ! Prépare-toi à rejoindre Akhetaton pour les funérailles d'Akhenaton. Il serait indécent que tu restes ici alors que toute la cour sera rassemblée en Moyenne Égypte. Tu peux profiter de mon embarcation et faire le voyage en ma compagnie.

Meriptah se courba devant Horemheb et le remercia d'un tel honneur.

– Puis-je emmener Beanna avec moi ?

– Qui est cette femme ?

– Ma nouvelle compagne. J'ai perdu ma femme il y a deux ans. Beanna m'a aidé à supporter la solitude et l'ennui.

– As-tu des enfants ?

– Non et je ne souhaite plus en avoir. Je suis trop vieux.

– Que fait Beanna à Malqatta ?

– Elle m'aide.

– Nous lui trouverons une fonction officielle. Ainsi recevra-t-elle un salaire et un titre. Si tu me la recommandes, je parlerai d'elle à Meritaton qui recherche plusieurs coiffeuses. Penses-tu qu'elle serait capable de coiffer la reine ?

– Beanna serait comblée et efficace car elle est très attachée à la toilette. Elle confectionne elle-même des rubans et des diadèmes d'une grande beauté avec de simples pierres. J'imagine ce qu'elle serait capable de faire avec des pierres plus grosses et plus colorées provenant du Sérabit el-Khadim !

– Je crois que Meritaton sera satisfaite. Ne dis rien à Beanna tant que je n'en aurai pas parlé à la reine.

Meriptah tomba aux pieds d'Horemheb.

– Tu es la providence, la voix d'Amon, le symbole de la félicité, lui dit-il. Je croyais ces arbres morts à jamais, ces fruits désormais inutiles, cette verdure triste pour l'éternité et le bleu de ce ciel voué à s'assombrir. Tu arrives et tu m'annonces des nouvelles inattendues. Je me sens revivre.

– Meriptah, l'Égypte va connaître une nouvelle vie. Les animaux, les hommes, les enfants, les plantes vont se tourner, comme autrefois, vers l'espérance et la lumière. Le jeune Toutankhaton nous a chanté il y a quelques jours un hymne joyeux qui nous a rappelé qu'au-delà des malheurs la vie était là, magnifique et chérie. Quand tu es triste, rappelle-toi cet hymne que notre prince aimé interprétera devant toi. Tu retrouveras la joie de vivre.

V

Dans son atelier d'Akhetaton, Thoutmès regardait d'un air mélancolique les derniers bustes qu'il avait faits de Néfertiti. Depuis que la reine était décédée, il ne travaillait plus. Il avait renvoyé ses disciples et refusait de recevoir les apprentis étrangers qui venaient de très loin pour écouter ses leçons.

Seul, triste, affligé par la situation égyptienne, désorienté par les positions du jeune roi Semenkharê, il voyait son imagination tarie et ne pouvait que constater son impuissance.

– Je vais partir, confia-t-il à un vieux domestique.

– Maître, tu as renvoyé tout le monde et tu refuses de sortir. Néfertiti n'était, pourtant, pas ton unique source d'inspiration.

– Elle était la meilleure. Regarde ces têtes que j'utilisais comme modèles pour mes élèves (il en prit une sur une étagère et la retourna plusieurs fois dans sa main).

– Elle est parfaite, reconnut le domestique. Mais

d'autres femmes, peut-être plus belles encore, te redonneraient l'envie de créer et de sculpter.

– Aucune femme ne remplacera Néfertiti ! Cet atelier ne me plaît plus. Cette ville m'indispose. Je souhaite partir très loin d'ici.

– Écoute les paroles d'un vieil homme et ne pars pas sur un coup de tête. Semenkharê va régner avec la fille de Néfertiti. Tous deux sont humains, doux et intelligents. Les Égyptiens seront peut-être satisfaits d'un tel couple.

– Tu ne comprends pas. Un artiste a besoin de se sentir bien là où il crée. Les querelles religieuses m'insupportent. Le malaise qui touche le peuple me rend triste.

Le sculpteur se leva et reprit son tri. Il laissait de côté les œuvres qui lui avaient été refusées et celles qui restaient inachevées.

– Je n'ai plus besoin de mes modèles ni de ces bustes de pharaons oubliés depuis longtemps.

– Où veux-tu aller ?

– À Thèbes. Tu peux m'y accompagner si tu le désires. Tu ne vas pas détruire ces œuvres ?

– Non. Je vais les placer dans cette petite pièce au fond de l'atelier et je mettrai des scellés.

Après avoir hésité quelques instants, Thoutmès allait poser la tête de Néfertiti avec les autres. Mais son vieux domestique s'en empara. Il contempla le visage sculpté dans le calcaire, le buste magnifique, le long cou de la reine coiffée du mortier d'un bleu pur. Des rubans d'or colorés de rouge, de bleu et de vert partaient de sa coiffe et rappelaient les couleurs de son collier en perles.

– Vois-tu : les sourcils sont dessinés avec précision, la peau est légèrement brune et les joues recouvertes d'un nuage rosé, les lèvres sont plus rouges sans être agressives, le nez droit sans défaut, cet œil en cristal de roche souligné de khôl et ces yeux noirs et pénétrants. Combien d'élèves ont appris avec ce modèle les techniques d'incrustations…

– Si tu ne souhaites plus transmettre ton savoir, achève ce buste et dessine l'autre œil de la reine.

– Non. Ce buste va rejoindre toutes ces pièces inutiles.

Le sculpteur posa la tête sur une étagère et ne la ramassa même pas lorsqu'elle chuta à terre.

– Laisse ce visage face contre terre, dit-il au domestique qui s'apprêtait à le ramasser comme si Thoutmès avait commis un sacrilège.

– Permettrais-tu que la reine respire la poussière de ton atelier ?

– Cette pièce est pleine d'objets qui ne serviront plus jamais. Fermons cette porte.

– Tu regretteras un jour ce geste, talentueux Thoutmès. Je suis si déçu de te voir ainsi. Je te savais fort et incroyablement supérieur aux autres. Philosophe, savant, sage, raisonnable, tu montres un visage qui n'est pas le tien.

– Qui se reconnaît dans l'Égypte qui se disperse ? Hier, on adorait le dieu Soleil, celui qui m'apporte la Lumière nécessaire à la création. Aujourd'hui, on revient aux anciens dieux. Hier, il fallait habiter

Akhetaton, la ville suprême et magnifique. Aujourd'hui, on la déserte pour retrouver Thèbes. L'Égypte a perdu sa déesse, l'épouse d'Aton, l'irremplaçable Néfertiti.

Non loin de la maison de Thoutmès, les prêtres d'Aton attendaient les ordres du roi. Ils avaient appris que leurs collègues thébains avaient retrouvé leurs fonctions et craignaient pour leur avenir. La plupart d'entre eux étaient prêts à honorer Amon si Semenkharê le souhaitait. Ils s'étaient réunis près d'un autel du dieu Soleil et avaient désigné un chef chargé de parler au roi.

– Attendons que notre nouveau roi soit reconnu par les dieux. Son couronnement aura lieu dans quelques jours juste après l'enterrement d'Akhenaton. Patientons.

– Et si Toutankhaton devenait roi ?

– Il lui faudrait un régent.

– Toutou ferait l'affaire.

– L'Égypte n'a que l'embarras du choix ! Il est plus facile de trouver un régent ou un conseiller qu'un roi dans notre pays !

Certains estimaient que Toutankhaton avait une priorité sur Semenkharê ; d'autres prenaient le parti du fils d'Aménophis III

– Tous deux ont été conçus par notre grand pharaon Aménophis III.

– L'un est fils d'une princesse et d'un roi, l'autre d'un roi et d'une favorite, une étrangère.

– Une étrangère qui est devenue une reine au même titre que Tiyi.

– Mais il coule dans le sang de Semenkharê celui d'Aménophis III et de Tiyi. Ne vaut-il pas mieux que celui d'une Asiatique ?

– Et si Toutankhaton était réellement le fils d'Akhenaton comme le prétendait Kiya ?

– Cela ne changerait rien, par Horus. Il faudra, toutefois, que nous réussissions à percer ce mystère.

– Comment y parvenir ? Ses parents sont morts.

– Voilà en effet, une tâche qui ne sera pas facile…

– Kiya a eu un autre fils. Comparons-les. Ne trouvez-vous pas que Toutankhaton ressemble à la jeune Baketaton ?

– Ils sont totalement différents.

– Leurs caractères sont, en effet, très éloignés l'un de l'autre mais ils ont le même regard. Ils ont tous deux des traits fins.

– Baketaton est pétillante de vie. Toutankhaton est éteint et sage. Il semble souvent mélancolique.

Les prêtres d'Aton se laissèrent aller à des développements douteux et hypothétiques. Ils s'étonnèrent de voir Thoutmès transporter lui-même des coffres et des caisses trop lourdes pour lui.

– Je pars, leur dit-il. Je n'ai plus rien à faire dans cette ville.

– Où vas-tu ? lui demandèrent les prêtres avec angoisse. Si tu quittes, toi aussi, cette cité, qui restera ici ?

– Vous ! Vous êtes les représentants du dieu solaire. Moi, je servais Néfertiti et la reine est morte.

– Sais-tu quelle destination va prendre ton navire ?

– Peut-être celle où vous n'irez jamais... À Thèbes ! Mais je n'ai aucune préférence. Je peux sculpter partout, en Égypte ou à l'étranger. L'art est universel.

– Et ton talent connu.

– Si vous souhaitez décorer vos maisons avec ces bustes, je vous les cède volontiers. Ils ne me seront plus utiles. Sinon, je les laisserai dans ce cabanon et sur ces étagères.

– Ils seront volés...

– Que les dieux en fassent ce qu'ils veulent. Mon dernier travail a été de terminer la grande fresque d'Akhetaton et de réaliser quelques *ouchebti* pour la tombe du roi défunt.

– Des *ouchebti* alors qu'Akhenaton n'honorait plus Osiris ?

– Oui. Tu sais comme moi que l'ancien roi était plein de contradictions et qu'il a toujours tenu à conserver des *ouchebti* dans les tombes. Sinon qui servirait les hommes dans l'Au-Delà ?

Le sculpteur ne paraissait, toutefois, pas très enthousiaste.

– C'est un travail important qui réclame des heures d'attention. Réaliser les *ouchebti* du roi n'est pas donné à tout le monde...

– En effet, répondit Thoutmès. J'y ai travaillé nuit et jour pour être prêt d'autant que Semenkharê m'a commandé un nombre impressionnant de figurines aussi diverses les unes que les autres. Il m'a fallu reproduire quelques-unes des servantes préférées d'Akhenaton et de Néfertiti. Je les ai convoquées et ai moulé leur visage et parfois leurs formes afin de leur éviter de trop longues journées de pause. Je suis habitué à ce genre de travail car Akhenaton refusait de poser longtemps contrairement à la reine avec laquelle je m'entretenais ainsi de sujets variés.

– Ce qui a été parfois mal interprété.

Thoutmès fit mine de ne pas avoir entendu.

– Certaines domestiques ont aimé poser pour moi. J'ai même découvert des jeunes femmes d'une grande beauté à la cour de Néfertiti. J'ai également reproduit des échansons, des palefreniers, des porte-éventails, des porte-sandales, des cuisiniers, des femmes du harem. Là encore, la plupart se sont prêtés au jeu…

– Tu as dû soulever des jalousies car tu ne pouvais les reproduire toutes !

– En effet, dit Thoutmès en souriant enfin. En se dénudant devant moi, ces femmes espéraient devenir modèles.

– Hélas ! Aucune d'entre elles ne t'inspire.

– Comment les comparer à Néfertiti ?

– Je comprends ta frustration lorsque tu crées des *ouchebti* qui restent inachevés.

– Inachevés ? Que veux-tu dire ?

– Je suis sûr que tu n'as pas inscrit dessus les formules magiques habituelles.

– Tu as raison. Ces hiéroglyphes qui permettent aux *ouchebti* de reprendre vie et de bouger comme s'ils étaient vivants ont été volontairement oubliés.

– À quoi vont donc servir ces *ouchebti* s'ils ne sont pas aux ordres de Pharaon ?

– Je me le demande. Seul Akhenaton le sait…

– Penses-tu que Semenkharê va réhabiliter Osiris ?

– J'avoue ne plus savoir où nous en sommes. Le culte d'Osiris a complètement disparu. Jamais les habitants d'Akhetaton n'en ont parlé. Les plus jeunes se souviennent à peine de l'image d'Osiris. Quant aux étrangers qui ne se sont jamais rendus ni à Thèbes ni à Assouan et encore moins à Abydos, pourquoi connaîtraient-ils ce dieu ?

– J'ai entendu dire que Semenkharê souhaiterait se faire creuser une tombe à Thèbes et que son épouse Meritaton le suivrait volontiers.

– Je n'en suis guère étonné. Je crois même que d'ici peu de temps, tous les fonctionnaires auront abandonné leur tombe d'Akhetaton pour une nouvelle sépulture. Certains ont eu l'idée ingénieuse de garder celle qu'ils avaient commencé à faire construire à Thèbes. Ils n'auront plus qu'à reprendre les travaux là où ils ont été interrompus.

– Et toi, quelle décision as-tu prise à ce sujet ?

– Aucune, répondit Thoutmès. Aucune.

VI

Le fils du roi né de son corps, Toutankhaton, que l'on appelait volontiers Nebkheperourê, aimait entendre son frère Semenkharê prendre, sur le conseil de ses proches, de nouvelles décisions. Restaurer les anciens cultes, faire sculpter de nouvelles statues de dieux en argent ou en or, faire construire des sanctuaires, réparer ceux qui avaient été endommagés, choisir des jeunes gens et des jeunes filles de hauts fonctionnaires pour servir les dieux, nommer, parmi les artistes et les domestiques de la Maison du roi, quelques serveurs et des musiciens capables de satisfaire les dieux, telles étaient les tâches principales de Semenkharê.

Le jeune souverain était très entouré. Dès l'aube, Aÿ ou l'un de ses hommes venait réveiller le roi en personne avant de lui parler de son emploi du temps de la journée.

– J'ai la détestable impression que ma vie m'échappe, disait-il à Meritaton.

Dès son retour de voyage, Aÿ se précipita auprès de Toutankhaton et de Semenkharê.

– Le général Nakhmin commandera l'armée égyptienne même si Horemheb décide du nombre de soldats qui partiront en Nubie et en Libye. Horemheb déterminera aussi les itinéraires des troupes.

Aÿ avait également convoqué le trésorier et chef des chantiers Mayé ainsi que le médecin Pentou qui souhaitait, lui aussi, regagner Thèbes au plus vite.

– Le vice-roi de Koush, Houy, est également de ton avis, confia-t-il au médecin d'Akhenaton. Nous n'en finirions plus de citer la longue liste des nostalgiques qui veulent revenir aux anciennes traditions. Des hommes travaillent ardemment à Louxor et à Soleb. Le *dromos* reliant le temple de Mout aux pylônes de Karnak est en cours de restauration.

– Je ferais volontiers bâtir un sanctuaire à mon nom dans ce merveilleux temple d'Amon, dit Toutankhaton en déclenchant les rires.

– Tu ne connais pas encore ce lieu exceptionnel, lui dit Aÿ.

– Je l'ai vu une seule fois en rêve mais il m'a beaucoup impressionné.

– Néfertiti aimait résider à Memphis. Il faudrait que le roi prenne l'habitude d'y aller comme autrefois. Je vais redonner un nouvel essor à la nécropole de Saqqara.

– Je ne détesterai pas y être enterré, rétorqua Maïa, la nourrice de Toutankhaton.

Maïa était si belle que les courtisans oubliaient parfois qu'elle était nourrice. Il la convoitait tous. Élégante, elle portait souvent des tenues légères et harmonieuses en lin plissé. Ses tuniques étaient resserrées sous sa poitrine ou à la taille par des bandeaux de couleurs assorties à celles des fleurs et des barrettes qui retenaient ses cheveux.

Encore très jeune, Maïa avait le teint clair et lisse. Elle se protégeait généralement du soleil avec un parasol dont elle ne se séparait jamais ou qu'elle confiait à ses domestiques qui la suivaient de très près en veillant à ce que son menton ne dépassât en aucun cas du précieux accessoire aux baleines souples. Sur son modèle, Toutankhaton avait pris l'habitude de s'entourer de porte-parasols. Il avait beaucoup de respect pour cette jeune femme qui avait été choisie par sa mère alors même que Kiya souhaitait élever son fils toute seule. Se sentant malade, elle avait fini par se laisser convaincre de prendre une nourrice. Son choix avait été long et pénible. Aussi Toutankhaton était-il assuré que Maïa était la plus efficace de toutes.

– Je vois que Maïa t'a initiée à de nombreux domaines… dit Aÿ en regardant la nourrice, les yeux brillants.

Au lieu de rougir et de baisser la tête devant un homme aussi respectable, Maïa lui répondit très dignement qu'elle agissait le mieux possible en souvenir de la tâche que lui avait confiée la vénérable Kiya.

– Je ne doute pas de tes capacités, répondit Aÿ en souriant, prêt à lui pardonner toutes les audaces. Nous apprécions tous ta présence à la cour. Je ne sais comment Kiya t'a choisie mais elle ne pouvait avoir plus de goût. Sais-tu que de nombreux hauts fonctionnaires te convoitent et souhaiteraient te proposer le mariage ?

– Je n'ai jamais envisagé une union depuis que j'ai perdu mon jeune époux frappé par la peste. Je le pleure encore et je garde de lui un souvenir attendri. Toutankhaton occupe toutes mes pensées et distrait mon esprit meurtri. Je suis heureuse ainsi.

– Je ne voulais pas te brusquer, répondit Aÿ qui pouvait se montrer très tendre et très attentionné. Toutefois, tu dois comprendre que les Égyptiens les plus riches et les plus puissants s'intéressent à toi. Il te faut aussi être méfiante…

– Je te remercie de ta gentillesse, prêtre, lui répondit Maïa en le saluant et en s'effaçant pour laisser les hommes poursuivre leur discussion.

Maïa avait semé le trouble dans l'assistance. Parfumée comme une reine, fraîche et légèrement dodue, les bras entourés de bracelets fins et larges dont le travail formait une dentelle sur ses membres roses, à peine brunis, le port parfait, le cou long, les épaules fragiles, le contour du visage agréable, les yeux expressifs, Maïa ne laissait jamais indifférent.

Toutankhaton était trop jeune pour s'en apercevoir. Il appréciait seulement la compagnie de cette femme parfois sévère, toujours intéressante, cultivée et compréhensive qui lui apprenait presque autant que ses propres professeurs.

– Maïa est précieuse, dit Aÿ à l'assistance. Tu as de la chance, Toutankhaton, de l'avoir auprès de toi si souvent !

Semenkharê éclata de rire.

– Il est vrai que ta nourrice a beaucoup de charme, reconnut-il.

– Bien ! Revenons à nos propos. Scribe ! Donne-moi les rouleaux pour que je puisse lire la liste des chantiers en cours !

L'un des scribes du roi les lui tendit.

– Nous voudrions tous retourner à Thèbes. Inutile de nous voiler la face ! Partir du jour au lendemain me paraît, toutefois, impossible. Il est, en effet, difficile d'abandonner totalement Akhetaton, reprit Aÿ. Les ateliers de faïence et de verre sont très actifs. Les ouvriers des tombes se réinstalleront peut-être à Deir el-Médineh, à Thèbes-Ouest. Mais ils ont un travail à finir. S'ils partent, il faudra murer leurs maisons qui pourraient être occupées par des vandales. Et que faire de toute cette correspondance et de ces tablettes en cunéiforme qui recouvrent les étagères de la Maison de vie et du bureau des archives ?

– Personne ne doit les retrouver, dit aussitôt Semenkharê. Si la cour déménage, cette correspondance privée doit être cachée avant notre départ. Les familles voudront emmener leurs morts et les enterrer à Thèbes. Quand les policiers auront déserté la ville, celle-ci sera visitée et saccagée. Quelques-uns de nos escadrons ont rétabli l'ordre en Asie mais que se passera-t-il si les soldats égyptiens cèdent devant l'importance des troupes étrangères ? Les Hittites et le peuple d'Amourrou ont envoyé des soldats près de l'Oronte en négligeant nos traités et en assassinant nos alliés. Saisissons-nous de Kadesh pour montrer aux Hittites notre puissance !

Le jeune Toutankhaton renchérit.

– Je crois que nous en arriverons là, reconnut Aÿ. Il faudrait même que nous nous emparions des terres hittites situées plus au sud. Ainsi nos ennemis comprendraient-ils que nous sommes toujours vaillants.

– Es-tu prêt à partir toi-même à la tête de l'armée égyptienne ? demanda Horemheb à Semenkharê en encourageant son enthousiasme.

Semenkharê répondait souvent trop vite aux questions d'Aÿ et d'Horemheb. Face aux dangers et aux ennemis égyptiens, il avait envie de montrer sa force et son courage.

– Un roi doit démontrer à son peuple qu'il a eu raison de le choisir, de l'aimer, de le vénérer. Comment les Égyptiens pourraient-ils respecter un roi peureux et timide retranché dans son palais ?

Se rendant compte que ces paroles pouvaient être interprétées comme des critiques à l'égard d'Akhenaton, Sémenkharê s'interrompit et se mit à rougir. Horemheb comprit sa gêne et sourit.

– Ainsi donc tu penses qu'un pharaon doit, comme tous ceux qui ont conduit l'armée égyptienne à la victoire, s'entraîner, montrer l'exemple, inspecter ses pays alliés et aller au combat en première ligne si le danger devient trop pressant.

– Oui. Un roi aussi important que celui d'Égypte a l'obligation et le devoir de se rendre régulièrement dans les pays amis. Il doit aussi défiler à la tête de ses hommes pour montrer qu'il est en bonne santé et qu'il a gardé toutes ses forces même lorsqu'il prend de l'âge. Sinon les bruits courent. On raconte que le roi égyptien est mort, qu'il est vieux, malade, diminué. Ceux qui convoitent d'envahir nos villes se réveillent et complotent. Les ambitieux jugent le moment venu d'agir. Les petits pays rejoignent les contrées plus puissantes et se liguent contre nous.

– Ton jugement est juste, dit Horemheb. Tu as compris à quel point l'inactivité, le laxisme, le désintérêt d'un pharaon pour les affaires étrangères pouvaient entraîner de dégât à l'intérieur du pays.

– J'ai observé combien la situation s'était dégradée ces derniers temps. Il aurait fallu répondre plus énergiquement aux Babyloniens, menacer le chef d'Amourrou, s'imposer au Hatti, mater les nouvelles tentatives d'invasion des Libyens comme nous avons corrigé les Koushites.

Semenkharê employait des mots qui plaisaient au général Horemheb et que celui-ci comprenait parfaitement. L'amitié qu'il ressentait pour le jeune roi s'accrut en entendant de tels propos.

– Semenkharê aurait pu être mon fils ! dit-il un jour à Meritaton, très étonnée par cette manifestation sentimentale peu habituelle chez le général.

– Je te trouve très enthousiaste. N'exagères-tu pas ? Mon époux est très pacifiste. Il aime partager avec moi des moments exceptionnels pendant lesquels nous parlons de poésie et d'amour.

– Il est sensible car il est encore très jeune, lui

dit Horemheb. Mais il comprend ce que signifie la fonction royale. Il fera toujours passer son devoir avant ses sentiments. Tant qu'il régnera, il cherchera à être digne de son peuple. Il se sacrifiera plutôt que de paraître lâche ou poltron.

De telles remarques déplurent à Meritaton et la firent frémir. Elle n'avait jamais envisagé que son époux partirait volontiers à la guerre.

– Si mon mari doit accomplir son devoir, il le fera. S'il doit partir en campagne, il n'hésitera pas, répondit-elle au général en lui tenant tête. Je doute, toutefois, qu'il recherche ces occasions et qu'il déclenche des combats à moins que ceux-ci ne soient vraiment nécessaires. Il ressemble à mon père. C'est un homme bon et doux qui préfère les échanges épistolaires aux disputes, les traités de paix aux déclarations de guerre…

– Je ne crois pas que tu connaisses encore ton époux, lui dit Horemheb. Semenkharê mérite ton admiration car il saura, un jour, te montrer combien il est brave. J'en suis convaincu.

– La valeur ne se révèle pas toujours sur un champ de bataille ! Pour toi qui fus général et excellent stratège, les titres ne s'obtiennent que devant l'ennemi. À mes yeux, Semenkharê sera plus grand encore s'il dirige bien son pays, s'il se montre bon et équitable dans les procès, s'il sait écouter les demandes de son peuple, s'il évite la corruption, s'il n'accable pas son peuple d'impôts et s'il respecte les dieux.

– Tu parles comme une jeune femme tendre, lui

dit Horemheb. Il faudra apprendre à t'exprimer en reine.

– Mon père et mon grand-père étaient pharaons. Mon époux est roi. Ma mère et ma grand-mère, divinisée de son vivant, étaient Grandes Épouses royales. J'ai donné au roi, mon père, un enfant. Je n'ai pas de leçon à recevoir d'un serviteur du roi même s'il a épousé ma tante Moutenejmet !

Face à la gracilité et à la jeunesse de Meritaton, Horemheb se retint de protester. Il avait envie de gifler cette enfant royale comme il l'aurait fait avec sa propre fille. Mais le décorum et les titres de Meritaton l'empêchaient d'ajouter un mot devant les scribes et les fonctionnaires présents. Aussi se retira-t-il en gardant au fond de lui sa colère et sa rancœur.

– Sans moi, qu'auraient donc fait tous les pharaons ? Quelle ingratitude ! Meritaton doit apprendre à me respecter si elle veut que son mari reste en vie !

La fierté de la fille de Néfertiti, qu'Horemheb détestait, avait presque fait oublier au général toute l'estime qu'il éprouvait pour le jeune Semenkharê.

– Meritaton est aussi ambitieuse et détestable que sa mère. Je la trouvais simple, réservée et idéale pour Semenkharê. Sans doute me suis-je trompé. Sa mère a su cultiver en elle sa haine à mon égard. Je pensais m'en faire une alliée en donnant le pouvoir à son époux. Je vais me heurter à un mur, à un caractère buté. Faudrait-il changer notre poignard de côté et choisir un autre roi ? Dois-je en parler à Aÿ ?

Mais Horemheb savait qu'Aÿ adorait sa fille Néfertiti et qu'il prendrait, à coup sûr, la défense de Meritaton qu'il chérissait tout autant. Le prêtre et conseiller pouvait même devenir redoutable et dangereux quand il s'agissait de défendre sa famille.

– Je pourrais tout aussi bien laisser la situation de l'Égypte pourrir et le roi perdre son pouvoir. Les Hittites auraient tôt fait d'encercler Thèbes et d'assassiner le pharaon. Finis l'Égypte et ses rois glorieux !

VII

Tout en rejoignant ses appartements où l'attendait Moutenejmet, Horemheb n'en finissait pas d'échafauder des plans, plus complexes les uns que les autres. Il en oubliait de saluer les fonctionnaires qu'il rencontrait.

– Quoi qu'en dise Aÿ, une chose est certaine, par Horus : jamais Semenkharê et Meritaton ne sauront gouverner sans notre aide. Ils sont jeunes, inexpérimentés, fragiles. Puisque nous sommes essentiels, dirigeons nous-mêmes le pays ! Aÿ prétend que nous sommes trop âgés. Notre âge nous donne, au contraire, une expérience étonnante. Les Égyptiens accepteraient facilement Moutenejmet comme Grande Épouse royale. Ils gardent un bon souvenir de Néfertiti et aiment autant sa sœur. Après le règne d'Akhenaton, le peuple est prêt à tout accepter pour peu qu'on le rassure, qu'on lui redonne du travail, qu'il retrouve ses dieux et ses cultes.

Quand il arriva dans sa chambre et qu'il ôta sa ceinture avant de s'étendre sur sa couche, Moutenejmet lui fit remarquer combien il était absent.

– Ta nièce est bien une fille d'Hathor ! lui dit-il.

– Qu'entends-tu par là ?

– Que comme toutes les femmes elle paraît douce mais que sous une belle apparence somnole une vipère !

– Que t'a-t-elle fait ? Meritaton est si calme…

– Je ne suis pas sûr que nous parlions de la même personne.

Moutenejmet éclata de rire et s'assit contre lui.

– Tu n'as jamais compris les femmes ! Tu leur parles comme à des soldats et tu attends d'elle une parfaite obéissance même lorsqu'elles sont Grandes Épouses royales. Néfertiti te trouvait rustre et désagréable.

– Tu as peut-être raison. Les femmes minaudent et m'agacent. J'aime les discours clairs, les décisions sans faille…

– … et les hommes obéissants ! Tu as dû la brusquer ou la vexer. De quoi avez-vous parlé ?

– De son époux et du pouvoir. Elle prétend connaître Semenkharê mieux que personne et refuse de voir en lui un personnage public prêt à se sacrifier pour son pays.

– Quelle femme consent à entendre de telles paroles ? Même si j'ai épousé un général, je préfère qu'il soit à la retraite et qu'il aille pêcher ! Inutile de me rapporter votre conversation, je sais ce que tu lui as dit et je devine sa réponse.

Horemheb se révéla brusquement en ôtant son pagne et ses bracelets.

– Je refuse de m'interroger au sujet d'une petite

reine capricieuse qui ne connaît rien à la politique ! Laisse-moi me reposer. Je suis fatigué et j'ai besoin de réfléchir.

– Mon époux me chasserait-il ? demanda Moutenejmet en se moquant de lui.

– Que les femmes aillent prier Hathor et Thouéris et qu'elles ne se mêlent plus jamais des affaires des hommes ! cria-t-il en se laissant tomber sur sa couche.

Moutenejmet regarda son époux s'endormir. Elle s'assit près de lui et lui caressa les épaules pendant son sommeil. Elle se sentait solidaire de Meritaton.

– Les hommes sont intraitables. Les soldats sont pires que les autres. Comment peuvent-ils comprendre notre anxiété lorsqu'ils partent en campagne ? Comment peuvent-ils imaginer que nous devons trouver des réponses pour réconforter leurs enfants et leurs parents ? Chaque épouse redoute de voir son mari revenir avec une nouvelle femme, une étrangère, plus jeune ou plus belle.

Elle observait Horemheb avec tendresse.

– Il a tant besoin d'amour ! Il a vécu toute sa vie sur les sentiers, dans les navires ou sur les terrains de guerre. Il est dur, insensible et intransigeant. Mais il sait m'entourer et m'être fidèle. Ma sœur se trompait en pensant que je serais malheureuse avec un général. Je n'aspire pas à briller en société ni à assister chaque soir à un banquet. Je préfère passer mes soirées auprès d'Horemheb.

Son esprit s'égara. Elle revit Néfertiti, rouge

de colère, en train de lui donner des conseils de prudence.

– Je n'ai aucune confiance en cet homme, lui répétait-elle. Il est fourbe et arriviste. Il ne t'épouse pas sans raison. Il veut un titre et le pouvoir qui le liera à la famille royale.

– Tu avais tort, murmura Moutenejmet en caressant le front d'Horemheb qui respirait fortement. Jusqu'à présent, Horemheb ne m'a donné que des preuves de sa générosité et de son désintéressement. Je l'ai accusé à tort d'avoir hâté la fin d'Akhenaton. Comment ai-je pu commettre une telle erreur ? Horemheb un assassin ? Il est trop droit, trop chevaleresque, trop entier.

Elle se félicitait d'avoir obtenu son pardon.

– Je suis beaucoup plus jeune que lui mais je veux partager avec lui toutes les heures que m'accorderont les dieux. Il est solide et résistant. Pourquoi partirait-il tout de suite ?

– L'auguste Moutenejmet a-t-elle besoin de quelque chose ? demanda une servante en venant auprès d'elle, un plateau d'argent à la main.

– Non, brave petite. Je réfléchis. Horemheb va se reposer quelques instants. Quand il se réveillera, il voudra, comme d'habitude, une coupe de thé à la menthe. Demande au cuisinier de la préparer dès qu'il ouvrira les yeux. Je vais m'absenter. Je dois parler à la Grande Meritaton. Si mon époux reprend conscience avant mon retour, ne lui dis pas où je suis.

Elle allait se retirer quand elle se retourna vers la servante qui arrosait une plante.

– Comment as-tu trouvé les festivités données en l'honneur de Semenkharê ?

– Oh, maîtresse ! La fête était sublime ! Je n'avais jamais vu des spectacles aussi étourdissants, des spectateurs aussi divers et aussi nombreux, des vêtements aussi chatoyants… J'ai été très impressionnée !

– Que penses-tu du jeune prince ?

La servante rougit.

– Je n'ai pas le droit de juger Sa Majesté.

– Dis-moi seulement si tu le trouves à ton goût.

Les joues de la suivante rosirent davantage.

– Toutes les femmes du palais apprécient beaucoup Semenkharê. Il est beau, remarquable, jeune, fort, bien bâti.

– Ainsi donc les Égyptiennes lui sont acquises ?

– Sans aucun doute ! J'ai entendu des femmes soupirer lorsqu'il passait près d'elles sur son char d'argent et d'or. Elles enviaient Meritaton et souhaitaient être à sa place. Quand Semenkharê a combattu et lorsqu'il a lancé ses flèches, les Égyptiennes poussaient de petits cris admiratifs. Je crois qu'il plaît.

Moutenejmet éclata de rire.

– Le cœur des Égyptiennes bat pour leur pharaon. Voilà qui est de bon augure ! J'espère qu'elles aimeront tout autant la Grande Épouse.

– Sans aucun doute, répondit aussitôt la suivante. Elle est si douce, si agréable. Elle parle aux enfants comme une mère. Elle se soucie du bien-être des paysans et des ouvriers. Elle ressemble à sa mère. Elle a connu tant de malheurs que le peuple la plaint et la respecte.

– Merci de ta franchise, ma petite. Agis comme je te l'ai dit et prends soin du grand Horemheb jusqu'à mon retour.

Depuis que de nombreux membres de la famille royale avaient disparu, les liens s'étaient resserrés entre les survivants. Aussi Moutenejmet tenait-elle à prendre soin de ses nièces comme si elles étaient ses propres filles.

– Je dois le faire en souvenir de ma chère Néfertiti, estimait-elle.

Elle courait à leur chevet dès qu'elles étaient souffrantes. Elle leur donnait des conseils, les consolait lorsqu'elle pensait à leurs parents si tôt disparus. Elle les initiait aussi à leur future fonction.

– Je n'ai jamais été aussi obéissante que Néfertiti, reconnaissait-elle. La reine Tiyi me reprochait parfois d'être inattentive ou indisciplinée mais, à mon âge, j'ai suffisamment d'expérience pour vous aider.

Les princesses acceptaient volontiers les remarques de leur tante qu'elles aimaient tendrement. Son mariage avec un général plus âgé qu'elle les avait toujours amusées. Elles se souvenaient des colères de leur mère lorsqu'elle évoquait cette union et se montraient plus tolérantes.

– Que vais-je dire à Meritaton ? se demandait

Moutenejmet. D'habitude, je n'ai aucun mal à trouver mes mots. Mais je sens que Meritaton grandit et qu'elle refuse de plus en plus les conseils d'autrui. En tant que future Grande Épouse royale, elle peut me mettre à la porte de ses appartements. Il faut, pourtant, qu'elle m'écoute et me comprenne sinon elle sera, dans quelque temps, la plus malheureuse des épouses. Elle doit se préparer à voir son époux s'absenter du jour au lendemain si le devoir l'appelle.

Les servantes saluaient la fille du grand Aÿ qui avançait d'un pas rapide, se contentant de renvoyer son salut aux fonctionnaires. La plupart se laissaient tomber sur son passage et embrassaient la poussière. Les Égyptiennes se demandaient ce qui pouvait bien animer ainsi la tranquille Moutenejmet. Des bruits couraient déjà dans le harem qu'un grand malheur allait arriver.

Connaissant parfaitement l'atmosphère de la Maison du roi et comprenant ce qui se disait, Moutenejmet s'arrêta soudain et apostropha des jeunes filles qui cancanaient derrière un pilier.

– Qu'inventez-vous encore ? Vous paressez dans ce palais et vous ne savez comment vous distraire ! Inutile d'inventer ! Il ne se passe rien. Je suis pressée tout simplement. Qu'allez-vous encore en déduire ? Allons ! Au travail ! Vous devez servir Meritaton. Je veux justement la voir. Annoncez-moi !

Pendant que les servantes se dispersaient comme une volée de moineaux, Moutenejmet implora les dieux.

– Néfertiti, aide-moi ! Fais que ta fille me comprenne ! Je ne veux que son bien. Je te remplace en ce jour car tu lui tiendrais les mêmes propos. Elle doit être raisonnable. Elle tient beaucoup à Semenkharê mais elle ne peut considérer son mari comme un époux ordinaire. Il est roi avant tout. Nous l'avons tous choisi et le peuple est ravi. Meritaton mérite d'être heureuse. Elle a connu jusque-là bien des épreuves : la disparition de ses chers parents et de son premier amant. J'espère pour elle qu'elle n'aura pas à pleurer la mort d'un époux.

Moutenejmet avait joint ses mains et regardait vers le plafond orné de dieux en joie.

– Annoncez-moi ! dit-elle aux gardes en pagne qui surveillaient la porte de sa nièce.

Ils se courbèrent, saisirent leur lance et s'exécutèrent.

– Que font-ils ? Ils tardent à revenir. Depuis quand nos gardes ne sont-ils plus obéissants ?

Elle hésitait à pousser la porte en bois décorée de motifs d'or et d'arabesques enlacées. Les gardes revinrent enfin et se remirent à leur place, la lance le long du corps.

– Vous moquez-vous de Moutenejmet ? demanda la tante de Meritaton d'un ton ferme. Je vous ai donné un ordre ! Vous restez muets et impassibles…

– Honorable, très vénérée Moutenejmet, répondit l'un des gardes. Nous ne pouvons rien te dire. L'un des scribes royaux va venir te parler…

– Quel est encore ce mystère ? Te moques-tu de moi ?

Le garde allait répondre lorsque la porte s'entrouvrit discrètement. Elle grinça à peine. L'une des servantes que Moutenejmet avait tancée s'avança vers elle et se laissa tomber à ses pieds.

– Va-t-on enfin me dire ce qu'il en est ? Je désire voir ma nièce. Est-ce si compliqué ? Mais que se passe-t-il dans cette maison ?

– Grande Moutenejmet, répondit la servante en tremblant, la Grande Meritaton est incapable de recevoir qui que ce soit.

– Que racontes-tu, malheureuse ? lui dit Moutenejmet en la bousculant. Ôte-toi de mon chemin et laisse-moi entrer !

– Meritaton est souffrante, expliqua la servante en se relevant.

– Souffrante ? Où est le médecin ?

– Auprès d'elle, vénérable parmi les vénérables.

– Mais elle n'était pas malade !

– Elle est souvent contrariée. Quand elle est fatiguée, elle se met au lit. Le médecin prétend qu'elle a de la fièvre. Il réussit à la faire tomber grâce à des décoctions de plantes si bien que Meritaton paraît de nouveau fraîche et gaie. Personne ne s'aperçoit de ses problèmes de santé.

– Ce n'est donc pas grave.

– Je l'espère…

– Que veux-tu dire ?

– Je n'ai pas le droit de parler à la place du médecin.

– Dis ce que tu as sur le cœur ! Je t'écoute !

– Je trouve que Meritaton est bien faible et que

ces crises deviennent fréquentes. Elle nous a fait promettre de garder le secret et de ne pas en parler au roi.

– Tu as bien fait de m'en glisser quelques mots. Une princesse doit se faire examiner régulièrement. Il est important que la cour soit informée de sa santé. Depuis quand es-tu au courant de ces problèmes ?

– Depuis le début. La Grande Meritaton est obligée de s'étendre chaque après-midi.

– Ce ne peut être la peste sinon nous aurions déjà perdu notre chère enfant, dit Moutenejmet pour se rassurer.

– C'est la conclusion du médecin.

Moutenejmet imbriqua ses doigts les uns dans les autres et les serra très fort. Elle hésitait à pénétrer dans la pièce. Elle finit par se glisser doucement dans les appartements de sa nièce et entendit le souffle court de Meritaton.

– Elle s'est endormie, souffla-t-elle, un peu décontenancée. Je reviendrai…

VIII

Horemheb avait l'intention de rendre à Amon tout ce que les fonctionnaires d'Akhenaton lui avaient pris : plus de quatre-vingt mille serviteurs, plus de trois mille statues, environ quatre cent mille têtes de bétail, des terres à l'infini où de nombreux paysans cultivaient du blé, pas moins de huit cent mille ahoures de terre[1] qui donnaient du travail à un personnel important, plus de quatre mille jardins et parcs, des chantiers, une cinquantaine de villes, de villages disséminés en Égypte ou en Asie.

Le général avait pris soin de tout noter et de tout pointer avec plusieurs archivistes et de nombreux scribes. Les Grands Prêtres d'Amon l'avaient aidé en mettant à sa disposition toutes les archives des temples de Karnak et de Louxor.

Depuis l'aube, Horemheb travaillait avec assiduité. Aÿ l'avait rejoint.

– Je n'arrive pas à lire toutes ces abréviations, dit Horemheb. Tu connais beaucoup mieux les hiéroglyphes que moi.

1. Environ 2 400 km^2.

– C'est un peu normal, répondit Aÿ en riant. Je suis prêtre et je connais donc cette écriture. Tu es soldat avant tout. Pourquoi aurais-tu appris les hiéroglyphes ?

– L'écriture sacrée ne m'est pas totalement inconnue.

– Je ne voulais pas dire cela, répondit aussitôt Aÿ qui n'aimait pas froisser ses interlocuteurs. Je constate seulement que tu n'as pas reçu une éducation qui t'a permis de maîtriser les hiéroglyphes et que tu emploies, pour écrire, la langue parlée.

– Il y a aussi quelques écrits étrangers.

– Il s'agit ici de dialectes nubiens.

– Peux-tu me les traduire ?

– Je vais essayer. Je ne vois plus très clair. Mettons-nous près de la fenêtre.

Les deux hommes travaillèrent assidûment.

– Je ne pensais pas qu'Akhenaton avait œuvré aussi vite. Amon ne possède presque plus rien ! Tu étais au courant…

– Je le reconnais, répondit Aÿ, et j'étais inquiet.

– Les Grands Prêtres de Karnak avaient raison d'être révoltés.

– Ils ont pourtant protégé les biens d'Amon le mieux possible. Ils auraient donné leur vie pour empêcher les fonctionnaires d'Akhenaton de pénétrer dans la chapelle du dieu Amon.

Semenkharê les rejoignit et leur offrit ses services. Il avait entendu la dernière parole d'Aÿ.

– Je me souviens d'un voyage de Toutou à Thèbes. La très chère Satamon prétendait que les fonctionnaires du roi voulaient pénétrer dans l'antre du dieu et emporter son trésor sous ses yeux !

– Je crois que Satamon disait la vérité, affirma Horemheb. Les Grands Prêtres m'ont raconté cette anecdote lorsque j'ai partagé leur festin à Thèbes.

– Une anecdote ? reprit Aÿ, les sourcils froncés. Il s'agissait d'un crime !

– Malgré l'opposition des prêtres d'Amon, Toutou avait réussi à tout donner à Aton, fit remarquer Semenkharê. Je connais pourtant ses convictions. Je sais qu'il ne l'a pas fait de gaieté de cœur. Tout lui sera rendu, y compris ses bateaux. Ses quatre-vingt-cinq embarcations seront de nouveau entretenues, peintes, vernies, comme au temps de sa splendeur.

– Tes bonnes intentions t'honorent, lui dit Aÿ.

– Mon règne sera marqué par la justice et la vengeance. Je donnerai moi-même au dieu thébain l'or, le cuivre, l'argent et les revenus des domaines qu'on lui a pris.

Sur le conseil d'Aÿ, Semenkharê demanda à consulter l'inventaire complet des biens qui étaient passés des domaines d'Amon dans ceux d'Aton.

– Ce ne sera pas facile, lui dit aussitôt Aÿ, car il ne faut pas non plus mécontenter Aton. Je t'aiderai.

– Prêtre tout-puissant, avisé Aÿ, j'ai absolument besoin de toi pour cette tâche de même qu'Horemheb me sera indispensable pour choisir nos troupes.

Toutankhaton s'était emparé du matériel des scribes et notait les détails que donnaient deux conseillers de la Maison de vie au roi Semenkharê.

Il avait suivi, dès le plus jeune âge, les leçons des meilleurs maîtres et commençait à lire et à écrire les hiéroglyphes. Il apprenait aussi plusieurs langues étrangères qu'il tentait de perfectionner au contact de fonctionnaires venus s'installer à Akhetaton. Il comprenait ainsi quelques mots de mitannien, de babylonien et le langage du Hatti bien qu'il eût été incapable de rédiger un message dans ces langues. Mais les interprètes n'étaient-ils pas embauchés à la cour dans cette intention ?

– Toutankhaton m'étonne ! lança Horemheb en voyant l'intérêt du jeune fils de Kiya pour les biens d'Amon. Il lit les hiéroglyphes mieux que moi !

La nourrice Maïa, qui s'était mise à l'écart, s'avança de nouveau et confia au général que Toutankhaton avait, en effet, du talent pour apprendre les langues.

– Il les retient car il tente aussi de mieux connaître le pays de ceux qui les parlent. Il s'informe aussi sur leur mode de vie et sur leur caractère. Il réclame parfois à son service des domestiques de diverses nationalités afin de perfectionner une langue.

– Maïa n'est-elle pas trop indulgente avec toi et es-tu aussi doué qu'elle le dit ?

Toutankhaton baissa les yeux mais ses pupilles brillantes laissaient assez deviner quel intérêt le fils de Kiya montrait pour les langues et pour ceux qui les parlaient.

Un scribe arriva bientôt avec de nouvelles informations. Il lut lui-même la liste des biens officiels d'Amon qui venaient s'ajouter aux précédents déjà comptabilisés. Jamais aucun dieu n'avait été gâté de la sorte.

– J'enrichirai encore ce trésor pour nous faire pardonner de l'avoir pillé, dit Semenkharê.

– Tu ne pourras jamais réparer les erreurs passées, lui dit Horemheb.

– J'accepterais volontiers l'aide de Toutankhaton... ajouta Semenkharê en se retournant vers le fils de Kiya qui parut enchanté de cette proposition.

Bien qu'elle jugeât son protégé incapable d'apporter satisfaction au roi, Maïa préféra se taire. L'expression de ses lèvres pincées n'échappa, toutefois, pas à Horemheb.

– Voilà qui apprendra le métier à Toutankhaton, dit-il. Ce n'est pas une mauvaise idée.

Les scribes roulèrent tous les papyri qui avaient été dépliés et qui recouvraient les tables. Ils les classèrent et les remirent dans de précieux étuis cylindriques.

– Inutile de les ranger dans les archives ! dit le roi. Placez-les dans mon bureau et enfermez-les dans un coffre. Je les consulterai le plus rapidement possible afin que nous puissions remettre en ordre la situation de l'Égypte.

La nourrice et les scribes disparurent dans le couloir.

– Nous avons bien avancé, conclut Horemheb. Trois priorités nous attendent : reconstituer une armée solide et fiable que tu pourras, Semenkharê, diriger après un sérieux entraînement ; ouvrir d'anciennes carrières et restaurer les monuments abîmés ou transformés par Akhenaton ; rendre ses biens à Amon avant qu'il ne nous anéantisse.

– Si tu as besoin de moi, fais-moi appeler, dit Aÿ à Semenkharê. Je suis en tous points d'accord avec Horemheb.

Semenkharê le leur promit. Il avait hâte de retrouver sa jeune épouse qu'il n'avait pas embrassée depuis son lever. Il retrouvait auprès d'elle un peu de sérénité et se laissait volontiers aller à des élans juvéniles qui étaient encore de son âge mais qu'il refoulait devant l'assemblée des fonctionnaires.

*
* *

Dans les jours qui suivirent, Aÿ décida d'avancer la date des funérailles d'Akhenaton car plusieurs dizaines d'habitants menaçaient de quitter la ville.

– Si nous attendons davantage, le roi sera enterré seul et personne n'assistera à ses funérailles ! confia Aÿ à Horemheb.

La situation devenait catastrophique. Les plus proches amis de l'ancien roi embarquaient tous leurs meubles et leurs effets sans espoir de retour. Ils fermaient leurs maisons à l'aide de planches et condamnaient toutes les issues.

Le long du Nil, toutes les embarcations étaient mobilisées. Chacun avait sa barque ou son vaisseau qu'il remplissait, jour et nuit, pour fuir le plus vite possible une cité peu aimée. Les paysans enfermaient leurs volailles dans des caisses et les transportaient dans leurs frêles embarcations. Ils rassemblaient leur maigre récolte – les rares cultures faites à Akhetaton étant extrêmement pauvres –, jetaient en vrac leurs vêtements dans des coffres en bois et remplissaient des brocs pour leur court voyage.

Les fonctionnaires mettaient leurs documents à l'abri et emportaient les plus importants. Ils laissaient, sans nostalgie, leur bureau luxueux. Les ouvriers commençaient à s'interroger sur la nécessité de leur présence à Akhetaton où la construction d'aucun nouveau bâtiment n'était prévue.

Devant ces départs multipliés et la tristesse qui accompagnait la désertion d'Akhetaton, Semenkharê crut bon de rassurer Meritaton souvent nostalgique, pleurant le décès de ses parents qu'elle chérissait. Meritaton se demandait si le trône d'Égypte était un héritage intéressant.

Attentionné, doux et très attaché à la fille de Néfertiti, Semenkharê savait trouver les mots justes qui réconfortaient son épouse.

– Le peuple nous hait peut-être, lui dit Meritaton en pleurant dans ses bras la veille même des funérailles de son père. Si nous dirigeons le pays, nous serons tués.

Semenkharê s'étonnait de telles réflexions et tentait de la raisonner. Mais Meritaton aurait volontiers cédé le pouvoir à d'autres.

– Je préférerais avoir un époux comme toutes les femmes. Au lieu de quoi, tu risques de partir à la guerre.

– Comme d'autres…

– Non. Car tu seras à la tête de l'année, en première ligne pour te faire tuer !

– Je ne partirai peut-être pas.

– Ne tente pas de me rassurer sur ce point. J'ai entendu toutes les conversations que tu as eues avec Aÿ et Horemheb. Je sais aussi que Toutankhaton est ton successeur potentiel. Tout est prêt au cas où tu disparaîtrais…

Semenkharê serra son épouse contre lui avec une sincère tendresse. Deux jours plus tard, une nouvelle cruelle touchait de nouveau Meritaton. L'enfant qu'elle avait eue avec son père Akhenaton était malade. Le médecin fut appelé d'urgence au chevet de la petite fille.

– Que se passe-t-il ? demanda Meritaton, anxieuse.

– Son front est chaud. Elle sue. Ses mains sont moites. Elle paraît en très mauvaise santé.

– Elle mangeait et buvait, hier encore, avec les autres enfants du *Kep*. Tout cela est insensé.

– Aujourd'hui, non seulement elle refuse toute nourriture mais elle gémit sans cesse.

– Je ne puis voir cette enfant se plaindre et pleurer ainsi. Il faut agir. Fais tomber sa fièvre. Tu es le meilleur des médecins puisque Semenkharê t'a gardé à la cour. Sois digne de ton titre !

– Je fais ce que je peux, maîtresse. Tu sais bien que nous sommes parfois impuissants…

– Que veux-tu dire ? Il ne peut s'agir de la peste. Ma petite fille est trop petite. Elle est allaitée par la nourrice qui a le meilleur lait. Lorsqu'elle est née, elle était plutôt grasse.

– La maladie frappe les vieux et les jeunes, les riches et les pauvres, les courtisans ou le peuple.

– Je ne le sais que trop.

Semenkharê refusa de quitter son épouse pendant cette épreuve. Il pria Aÿ et Horemheb de remettre leurs rendez-vous de travail et rejoignit chaque jour Meritaton au chevet de sa fille. Devant le berceau, dont les draps et les couvertures étaient constamment changés, il priait tous les dieux et suppléait Meritaton lorsqu'elle avait besoin de dormir. Celle-ci refusait de rentrer dans leurs appartements qui étaient, pourtant, à côté de la chambre de la princesse.

– Je ne dormirai qu'ici, sur ce divan, disait Meritaton. Mais réveille-moi dès que ma fille ira mieux.

Semenkharê promettait d'obéir. Il en profitait pour discuter avec le médecin qui n'était guère optimiste.

– Je crois déceler les symptômes de la peste, lui dit-il. Chez un enfant si jeune, ils se manifestent parfois différemment que chez un adulte.

– C'est un être fragile.

– Et d'autant plus vulnérable. Je doute qu'elle vive encore longtemps.

Ces remarques faisaient frémir Semenkharê. Il aimait cette enfant qu'il avait décidé de considérer comme la sienne. Il n'osait imaginer comment Meritaton supporterait une nouvelle épreuve.

– Ce pronostic risque de la tuer, confia-t-il au médecin. Ne lui dis rien pour l'instant.

– Sa Majesté a sans doute deviné…

– Mais il lui reste l'espoir. Je vais tenter de la préparer à affronter un pareil malheur. Nous avons quelques jours devant nous…

– Des jours ?

– Les dieux les accorderont bien à cette enfant…

– J'avoue ne pas pouvoir t'en dire davantage. Comment demander à cette petite si elle va mieux ou si son mal empire ? Elle pleure sans cesse. Elle est rouge et paraît souffrir.

– On a l'impression qu'elle étouffe.

– Je le crains.

La fille de Meritaton ne résista pas au mal. Elle rejoignit trop vite le domaine des Bienheureux. Meritaton, qui n'avait guère d'espoir après deux nuits difficiles, se lamenta pendant plusieurs jours.

– Ta fille est maintenant soulagée, lui dit Semenkharê. Le médecin était persuadé qu'elle souffrait.

– Nous sommes entourés d'incapables ! Je regrette de lui avoir fait confiance !

Mais Meritaton, qui était très indulgente et très humaine envers ses inférieurs, ne prit aucune décision contre le médecin. Comme elle l'avait fait pour ses sœurs et pour ses parents, elle cacha sa peine et se réfugia dans sa chambre en condamnant sa porte.

Pour la distraire, Semenkharê lui envoya des joueuses de harpe, des chanteurs, des poètes et demanda à sa tante Moutenejmet de venir lui tenir compagnie. Cette dernière jugeait également la disparition de l'enfant comme une profonde injustice.

– Voilà sans doute l'ultime sacrifice que le dieu Amon désirait, dit-elle à Meritaton. Nos malheurs sont finis. Ta petite fille a été sacrifiée pour le bien de l'Égypte.

– Tante Moutenejmet, où s'arrêteront les sacrifices ? J'ai perdu presque toute ma famille. Devrai-je aussi sacrifier mon époux pour plaire à Amon ?

– La vie est difficile pour les Égyptiens... Ils ont tous connu des deuils. La plupart ont perdu leur maison et leur champ...

– Nous avons été très touchés.

– Parce que ton père a beaucoup accablé Amon.

Meritaton s'arrêtait alors de parler, la gorge serrée. Elle retenait en vain ses larmes et refusait de recevoir les maquilleuses et les coiffeuses.

– Mon apparence m'est égale. Je serais belle si j'étais heureuse car le bonheur rend magnifique et épanoui.

– Tu as retrouvé Semenkharê.

– C'est le seul don que m'aient fait les dieux. Sans lui, je me lamenterais sur mon sort en compagnie d'Ankhesepaaton !

Semenkharê retarda toutes les manifestations prévues pour respecter le deuil de sa femme. Il lui suggéra de placer le corps de sa fille dans la tombe d'Akhenaton.

– Si je suis moi-même enterrée dans cette sépulture, j'accepte, répondit Meritaton. Mais où serons-nous demain ? Cette nécropole existera-t-elle encore ? Aura-t-elle échappé aux pilleurs de tombes ?

– Comment peux-tu en douter ? Je ferai surveiller ces tombes en permanence. Que nous vivions là ou ailleurs, rien ne changera !

– Ma fille me manque tant ! lui avoua Meritaton. Je l'ai à peine connue !

– Nous aurons nos enfants et tu oublieras peut-être un jour ce grand malheur.

– Jamais un autre enfant ne remplacera ma petite fille mais je serai heureuse d'avoir de nombreux enfants avec toi.

– Beaucoup d'Égyptiennes souhaiteraient être Grande Épouse royale. Tu auras un rôle exceptionnel. Le peuple nous aimera, je te le promets, car nous ferons tout pour le bonheur de l'Égypte. Ton père a agi égoïstement pendant des années. Voilà pourquoi les Égyptiens ne l'ont guère accepté. Nous saurons les écouter et agir au mieux. Aÿ est persuadé que nous formons un couple idéal. J'ai confiance en son jugement. Ta petite fille a été sacrifiée. Tes parents ont péri. Crois-tu que toutes ces pertes soient gratuites ? Ton demi-frère Toutankhaton a été très affecté par la disparition de sa petite nièce.

– Il est sensible. Semenkharê a raison de lui faire confiance.

IX

Aÿ et Horemheb décidèrent d'organiser de grandes réjouissances pour l'enterrement d'Akhenaton afin de retenir dans la ville du dieu solaire le maximum de personnes et d'y faire venir des étrangers. Ils annoncèrent des concours gymniques et artistiques pour le couronnement de Semenkharê qui devait suivre.

Bientôt arrivèrent de toutes les contrées de nouveaux bateaux. Les commerçants s'installèrent le long du Nil. Ils vendaient des pierres semi-précieuses, des flacons de parfum, des épices, des coussins, des pagnes, des tuniques, des bijoux et des amulettes. Ceux qui s'étaient vu interdire la vente de figurines divines pendant des années ressortaient leurs reproductions des dieux Amon, Osiris et Ptah en agate, en jaspe ou en albâtre et les exposaient au vu de tous sans craindre de représailles. Aton n'était pas pour autant absent des étals.

Certains Égyptiens vendaient aussi des reproductions de petites stèles célèbres de Néfertiti et Akhenaton avec leurs enfants sous le disque solaire réalisées par les meilleurs sculpteurs comme Thoutmès. Mais les bustes de Néfertiti qui avaient connu beaucoup de succès n'intéressaient plus guère les visiteurs. Aussi Semenkharê décida-t-il d'aller rendre visite à Thoutmès pour le prier de rester à Akhetaton.

– On m'a appris ton départ et j'en suis contrarié, lui dit-il. Si tu acceptes de sculpter Meritaton, je te paierai bien. Tu pourras agrandir ton atelier aux frais du roi. Tu exigeras le nombre d'assistants que tu voudras.

– Je ne suis pas habitué à entendre un tel discours, dit Thoutmès. Akhenaton exigeait tout, comme tous les pharaons. Il ne me demandait pas mon avis. Même Néfertiti m'imposait ses volontés.

– Tout le monde sait quel artiste tu es. Je préfère donc te parler comme à un ami. Ne m'oblige pas à te donner des ordres. Je serai demain le roi unique d'Égypte. Je peux, à ce titre, exiger tout ce que je veux de mes sujets.

– Tu peux me contraindre à rester là mais pas à sculpter, maître. Car un créateur ne saurait être inspiré sous la contrainte.

– J'en suis conscient. Je connais les caprices et les exigences des artistes. Loin de moi l'idée de t'imposer quoi que ce soit. Que penses-tu de mes projets ? Si tu as le monopole et si toi seul as le droit de sculpter le couple royal, tu gagneras une fortune !

Thoutmès réfléchit. Il était moins attiré par l'argent que par le visage de Meritaton qui ressemblait à sa mère.

– Si tu travailles, dès maintenant, pour les funérailles d'Akhenaton et pour mon couronnement, tu vendras en un mois une quantité impressionnante de statues tant aux Égyptiens qu'aux étrangers. Je vais moi-même te passer une commande importante. Cela te tente-t-il ?

Semenkharê trouvait le sculpteur capricieux et difficile. Bien qu'il eût un véritable respect pour son talent et son imagination, le roi commençait à être agacé par ses mimiques et ses réticences. N'importe quel artiste se serait jeté à ses genoux pour de telles propositions. Au lieu de quoi, Thoutmès se faisait désirer.

– Travailler sur commande nuit et ne me convient pas, répondit Thoutmès. Confie cette tâche à d'autres.

Semenkharê allait répliquer et tancer sévèrement le sculpteur qui manquait de respect à la famille royale en parlant de la sorte. Mais, sentant peut-être que le roi s'impatientait, Thoutmès ajouta pour modérer ses propos :

– En revanche, je consens à rester ici et à mettre mon talent au service du roi.

Semenkharê soupira et retint sa colère.

– Bien ! Nous allons enfin réussir à nous entendre !

Le sculpteur se contenta de bougonner. Il ne paraissait pas vraiment convaincu du bien-fondé de sa décision.

– On dit que tu as déjà fermé ton atelier, enveloppé tes bustes d'un chiffon, bouclé tes coffres et préparé tes sacs de victuailles pour le voyage. Oublie ce départ et viens t'installer au palais ! Tu seras plus à l'aise. Tu auras à ta disposition de nombreux domestiques. Tu pourras installer une maison dans le parc où la lumière est sans pareille. Je ferai venir pour toi toutes les pierres dont tu auras besoin afin d'en extraire les plus belles couleurs. Inutile, désormais, de perdre ton temps avec ces recherches…

– Chercher ou essayer de nouvelles teintes, découvrir sur les marchés des coquillages colorés ou des pierres lumineuses font partie du travail du peintre et du sculpteur, répondit Thoutmès. Je ne confierai à personne le soin de faire ce travail à ma place ! J'ai, en effet, mis de côté toutes les œuvres qui ne serviront plus. Certains bustes ou portraits ne me seront plus réclamés. On s'acharnera même plutôt sur plusieurs de mes sculptures pour les détruire alors que j'y ai passé un temps infini…

– Je ferai tout pour les épargner et demanderai à nos concitoyens d'agir comme moi.

Le visage du sculpteur s'éclaira, enfin, face à la réponse de Semenkharê.

– Je comprends quel était ton principal souci, dit le roi.

– Je préfère quitter cette ville plutôt que de voir un seul visage de Néfertiti martelé ou piétiné, à la fois parce que je respecte son souvenir et parce que j'ai beaucoup travaillé pour la satisfaire. Je ne reviendrai pas sur le choix que j'ai fait. Les œuvres inutiles resteront enfermées dans ma réserve. Si quelqu'un en veut une, qu'il se serve à condition de ne l'emporter que pour la chérir et la protéger !

Le roi approuva Thoutmès qui lui parut soudain plus humain et plus attachant.

– Je veux aussi que tu sculptes Toutankhaton, lui dit-il en guettant sa réaction. Son père m'a confié son éducation. Nous avons si peu de différence d'âge que je le considère comme un jeune frère sans expérience. Mais je n'en ai guère plus. Il faudrait que tu représentes Toutankhaton en compagnie de ses parents…

– J'ai toujours pris beaucoup de plaisir à représenter Aménophis III et Kiya. Cela ne me posera pas de problèmes.

Semenkharê marqua un temps d'arrêt.

– Oublie Aménophis III. Tu sculpteras Toutankhaton à côté d'Akhenaton.

Thoutmès se renfrogna.

– Je pensais en avoir fini avec le couple solaire, dit-il. Je ne comprends pas tes intentions. Aménophis III est le père du jeune Toutankhaton. Pourquoi ne pas le placer à côté de son fils ?

– Garde pour toi ce que je vais te dire. Akhenaton est sans doute le père de Toutankhaton. Celui-ci n'est pas au courant. Je vais lui parler moi-même de cette histoire. Puis-je compter sur ta discrétion ?

– Ainsi donc les rumeurs étaient exactes ?

– Qui le saura un jour ? Il est, cependant, naturel que je m'entretienne avec Toutankhaton à ce sujet. Je dois lui dire ce qu'Akhenaton m'a appris.

– Quand les stèles ou les bas-reliefs seront faits, il vaudrait mieux que Toutankhaton et le peuple soient informés sinon tout le monde s'interrogera. Il n'est pas bon que des bruits courent sans cesse et que la vérité échappe aux Égyptiens.

– Contente-toi de me faire confiance, lui répondit Semenkharê. J'ai une surprise pour toi.

Il claqua dans ses doigts et attendit la visite de son scribe.

– Apporte ce que je t'ai demandé, lui dit-il.

– De quoi s'agit-il ?

– Tu es très curieux et sûr de ton fait, Thoutmès.

Le scribe revint avec un coussin rouge sur lequel avait été déposé un précieux bijou.

– Je t'offre ce collier en pierres semi-précieuses et je te nomme Sculpteur officiel de la famille royale, dit le roi en mettant lui-même le collier autour du cou de Thoutmès.

Le sculpteur rougit de satisfaction.

– Si nous partons pour Thèbes, tu suivras la cour. D'ici là, j'espère que ton bateau restera à l'embarcadère d'Akhetaton.

– Je tiens toujours mes promesses, lui répondit Thoutmès, touché par la délicatesse de Semenkharê.

– Meritaton a beaucoup souffert, ajouta le roi. Elle a pleuré pendant des nuits entières. Je veux la combler d'honneurs pour lui faire oublier sa peine et les dangers que court l'Égypte.

– Tant d'amour me va droit au cœur dit Thoutmès. Tant que le roi aura dans son cœur une telle bonté je le servirai avec zèle.

Thoutmès s'arrêta de parler. Il semblait réfléchir.

– Je crois que les Égyptiens seront enfin heureux avec de tels souverains, dit-il, même si la perte de Néfertiti est irréparable.

– Es-tu content de rester à la cour et d'être au service de ton roi ?

– Je l'avoue.

– Tu t'es montré soupçonneux. Que craignais-tu ? Tu connais la bonté de Meritaton.

– Il est toujours difficile pour un artiste d'être dirigé par un pharaon fanatique. Que j'approuve ou non les choix d'Akhenaton, la vénération absolue d'une divinité est parfois dangereuse. Le fait de ne sculpter que le dieu Aton pouvait blesser le peuple et les dieux… J'aurais aussi aimé sculpter d'autres divinités à tête d'animaux qui m'inspiraient…

– Ce sera désormais le cas. Ton talent aura la possibilité de s'exprimer pleinement. N'hésite surtout pas à te référer à toutes les divinités. Nous prendrons plaisir à poser pour toi.

– Je doute que ton épouse accepte de rester pendant des journées entières sur un divan ou sur un banc de jardin. Pour Akhenaton, j'avais coutume d'utiliser des moules lorsqu'il avait donné son accord.

– Et tu reproduisais ainsi toujours le même visage.

– Selon les modes imposées par le roi. En revanche, Néfertiti était plus patiente. Elle venait me voir souvent. Elle en profitait pour écouter des artistes étrangers qui jouaient pour elle. Elle aimait aussi découvrir de nouveaux talents parmi mes jeunes disciples. Son goût était très sûr.

– Je ne voudrais pas, Thoutmès, que les rumeurs qui ont couru sur ta liaison avec la reine Néfertiti jaillissent de nouveau dans l'esprit torturé et romanesque des Égyptiens lorsque tu sculpteras Meritaton. Il vaudrait peut-être mieux que la reine ne pose pas trop souvent pour toi !

– Le contexte sera différent puisqu'elle n'aura pas à quitter la Maison du roi. Personne ne pourra contrôler ses allées et venues ni le temps qu'elle passera dans mon atelier…

– … sinon les domestiques et les servantes, ce qui est parfois suffisant.

– J'aurai plaisir à reproduire ce beau visage régulier et doux. Nous n'en ferons pas moins des masques de vos deux visages. Si tu préfères que je les utilise lorsque tu es occupé ou absent d'Égypte, j'agirai comme tu le souhaiteras.

– Quand seras-tu prêt à venir au palais ?

– Ce soir. Comme tu l'as remarqué, mes affaires étaient pliées et classées. Au lieu de les embarquer, je les ferai porter dans mon nouveau lieu de travail.

– Je t'enverrai une vingtaine de porteurs à la tombée de la nuit. Ils t'aideront.

Thoutmès se mit à genoux devant Semenkharê et toucha le sol avec son front.

– Tu es digne des plus grands. Malgré ta jeunesse, tu es droit, juste et honnête. Pardonne ma rudesse et ma méfiance. Je suis un homme âgé qui a eu des raisons de se montrer prudent et frileux. Mais aujourd'hui, je reconnais que je me suis trompé.

Semenkharê lui fit signe de se relever d'un mouvement de la main aussi élégant que l'étaient ses propos et son port.

– Je suis comblé, lui dit-il. J'espère surtout faire plaisir à Meritaton. Je ne sais qu'inventer pour lui être agréable. Comment lui faire retrouver le sourire ? Ta compagnie, intelligente, savante et apaisante, lui sera bénéfique.

X

Le jour des funérailles d'Akhenaton, Semenkharê décida de faire un rapide discours pour rassurer le peuple. Il se rendit au grand autel d'Aton et monta sur une estrade aménagée sur laquelle avaient été disposés deux trônes, l'un pour Meritaton, l'autre pour lui.

Après avoir pris place face aux fonctionnaires du palais alignés des deux côtés d'une allée centrale menant à l'estrade, Semenkharê attendit un signe d'Aÿ pour se lever. Les musiciennes, qui avaient accompagné son arrivée, disparurent dans un bruissement de voiles et une brassée d'onctueux parfums mêlés. Des trompettes retentirent au fond de la salle. Les têtes des fonctionnaires se retournèrent vers Semenkharê qui se leva pour haranguer ses amis, ses serviteurs et le peuple que les soldats laissaient approcher. Les Égyptiennes s'étaient habillées avec goût. La plupart avaient adopté les modes lancées par Néfertiti. Elles portaient aussi de nombreux bijoux. Toutes étudiaient chaque geste de Meritaton et la plaignaient sincèrement d'avoir perdu tant d'êtres chers.

– Nous allons enterrer le roi Akhenaton dans la nécropole royale, dit Semenkharê en forçant la voix. J'ai partagé avec lui le pouvoir pendant quelques années : tel était le souhait de la reine Tiyi que vous avez tous aimée.

En entendant le nom de la reine mère, des acclamations s'élevèrent. Le peuple tendit les mains vers Semenkharê. Celui-ci fit un simple geste pour l'apaiser.

– Akhenaton était le fils d'Aménophis III et de Tiyi, qui ont rejoint le domaine des Bienheureux et qui poursuivent leur vie dans l'Au-Delà. En souvenir de ce pharaon exceptionnel et de la Grande Épouse royale, procédons aujourd'hui à l'enterrement d'Akhenaton. Créateur de rites nouveaux, adorateur du dieu Aton, époux de la divine Néfertiti, Akhenaton a étonné et séduit…

Comme des murmures de mécontentement accueillaient ces paroles, Semenkharê arrêta de parler. Il regarda devant lui et écouta.

– Si un Égyptien souhaite dire quelque chose, qu'il approche !

Personne n'osa se présenter devant Semenkharê. Bien qu'Aÿ lui fît signe de continuer sans se préoccuper des réactions de la foule, Semenkharê insista. Un grand silence se fit.

– Je croyais les Égyptiens courageux. Certains ont approuvé la politique et la religion d'Akhenaton. D'autres les ont critiquées tout en les adoptant. La plupart rêvent de retourner à Thèbes. Inutile de mentir et de cacher vos sentiments. Je ne critiquerai pas les positions d'Akhenaton car aucun être humain n'est sûr de choisir la voie la meilleure. En revanche, sachez que je prendrai une direction différente de mon prédécesseur. J'estime que tous les dieux doivent être honorés.

De nouveaux cris de contentement accueillirent ces paroles.

– Les dieux retrouveront leurs biens. Ceux qui leur ont été volés pour être donnés à Aton leur seront restitués. Ces actions n'empêcheront pas de vénérer Aton comme il le mérite car il reste le dieu créateur des plantes, des animaux et de l'homme. Afin de ne pas le mécontenter, je ferai construire des autels et des temples pour le satisfaire. Lui aussi aura des biens inestimables sans pour cela les prendre aux autres. Soyez donc rassurés et donnons aujourd'hui au vénérable Akhenaton l'enterrement dont il est digne.

Semenkharê se retourna vers Meritaton qui paraissait assoupie dans son fauteuil. À l'ombre d'un dais magnifique et coloré, elle songeait encore à ses sœurs et à sa fille trop tôt disparues.

– Ma chère Meritaton, que le destin n'a pas épargnée, mérite vos applaudissements et votre amour !

Soulagés, conquis, compatissants, les Égyptiens applaudirent à tout rompre tandis que les enfants lançaient vers l'estrade les bouquets de fleurs qu'ils avaient emportés avec eux. Les femmes embrassaient leurs époux. Les Égyptiens conversaient entre eux en tentant d'analyser immédiatement les propos de Semenkharê. Se promettant d'y revenir le lendemain sur la place publique, ils s'interrompirent pour suivre des yeux le couple royal qui quitta l'estrade sous les acclamations.

Meritaton, qui avait à peine souri pour tenir son rang et qui n'avait réagi à aucune des paroles de son époux, faisait pitié. Aussi quelques Égyptiennes se mirent-elles spontanément à scander son nom. Les autres femmes reprirent bientôt en chœur le nom de la reine qui fendit la foule au bras de son mari. Affolé par une telle attitude, Horemheb courut derrière le couple royal en lui rappelant les règles élémentaires de sécurité. Il rassembla à la hâte les gardes les plus robustes et leur donna l'ordre de faire de leur corps un bouclier entre la foule et le roi.

– Laisse, Horemheb, lui dit Meritaton, très touchée par de telles marques d'attention. Nous ne risquons rien. Que veux-tu qu'il nous arrive après tant de malheurs ? L'avenir est prometteur puisque le passé a été si décevant.

– Reine, je demande seulement au couple royal d'être raisonnable et de ne pas tenter Osiris qui pourrait vous accepter dans le domaine des morts plus tôt que prévu !

Mais Semenkharê et Meritaton, déjà happés par la foule, disparaissaient au milieu des Égyptiens qui essayaient de leur toucher les bras et de réclamer des faveurs. Les gardes eurent beaucoup de mal à se frayer un passage et à écarter les habitants d'Akhetaton. Le couple réussit enfin à rejoindre le char royal en or et en argent.

– Voilà mon père, dit Meritaton en regardant le véhicule qui arrivait et qui transportait le cercueil et la momie d'Akhenaton.

De nouveau blême, les yeux pensifs et les joues pâles, la jeune reine observa avec attention tous ceux qui étaient chargés du transport d'Akhenaton. Le cercueil avait été emporté de la Maison de vie à la nécropole royale avec la plus grande délicatesse. Les porteurs restaient silencieux.

– Allons-y, dit Semenkharê en montant dans son propre char. Il est inutile d'attendre plus longtemps. Akhenaton doit rejoindre sa demeure d'éternité.

La tombe inachevée du pharaon avait été aménagée le mieux possible. Le cortège était resplendissant. Précédées par les prêtres, en pagne blanc ou en habit fauve, aux cheveux rasés, de jeunes danseuses et musiciennes interprétaient des hymnes langoureux et tristes. Des pleureuses les suivaient en répandant, selon la coutume, de la poussière sur leurs cheveux qu'elles faisaient mine d'arracher. De très jeunes porteuses de paniers en osier remplis de fleurs fraîchement coupées jetaient des pétales de roses sur le sol et le sable.

Le cortège suivit, tout d'abord, l'une des deux voies principales de la ville, très bien aménagée, bordée de statues et de colonnes. Puis il gagna le désert sous un soleil ardent. Les ânes, chargés d'objets lourds et encombrants, peinaient sur les pistes. Les roues des chars étaient freinées par des tourbillons de vent qui rapportaient les grains au milieu des chemins, rendant la progression de chaque véhicule lente et difficile.

Dans le char royal placé vers le début du cortège, Meritaton se tenait contre son époux comme une enfant et retenait ses larmes.

Elle revoyait son père lui raconter des fables dans le parc du palais ou la tenir sur ses genoux.

– J'étais sa fille favorite, murmura-t-elle à Semenkharê.

– Sans aucun doute. Mais, maintenant, tu es Grande Épouse.

Il voulait ainsi lui faire comprendre qu'elle devait se redresser et regarder fièrement devant elle sans jamais baisser le regard. Meritaton comprit le message et s'écarta légèrement de son époux tout en laissant sa main sous son bras. Elle remit sa lourde couronne en place et s'assura que son gorgerin n'avait pas tourné et que le pendentif était à sa place.

Un jeune garçon échappa à l'emprise de sa mère et trompa la vigilance des gardes. Il se précipita vers la reine et lui tendit une fleur. Surprise, Meritaton allait la saisir et remercier l'enfant lorsque son époux l'en empêcha.

– Je ne comprends pas, lui dit-elle, les joues subitement pourpres. Tu t'es montré tout à l'heure plus affable avec ces bonnes gens.

– Il est temps de se concentrer sur l'hommage que nous rendons à ton père sinon cet enterrement se transformera vite en fête.

– Un enterrement est une fête. Nous dînerons

après avoir conduit Akhenaton jusqu'à sa dernière demeure.

– Si tu avais pris cette rose, le peuple aurait applaudi comme tout à l'heure. Une joie et des cris auraient accompagné ce cortège funéraire. Attendons avant de nous réjouir.

Meritaton se retourna légèrement et vit les yeux tristes et déçus du petit Égyptien qui restait, pantois, sa fleur à la main. Elle lui fit signe de rejoindre le char. L'enfant courut aussitôt vers le véhicule.

– Viens me voir lorsque le pharaon sera installé dans sa tombe et que nous aurons refermé le sanctuaire. Je t'offrirai un cadeau.

Soudain réjoui, l'enfant allait s'exclamer et lever les bras au ciel. Mais la reine le lui interdit.

– Pour l'instant, ne montre pas ta joie. Respecte Akhenaton, le plus grand pharaon de tous les temps. Si tu ne m'obéis pas, je ne te donnerai rien !

L'Égyptien rejoignit aussitôt sa mère qui n'osait avancer et garda le silence sur la confidence que venait de lui faire Meritaton.

– J'admire ta grandeur d'âme et ta sensibilité, lui dit Semenkharê. Il faudra, pourtant, devenir plus ferme si tu ne veux pas te laisser envahir par les clochards, les quémandeurs, les pauvres ou les paysans accablés par la chaleur ou l'inondation du Nil. Plus tu recevras de sollicitations, plus les Égyptiens se bousculeront aux portes du palais.

Perdue dans ses souvenirs, Meritaton n'osa ajouter mot. Pendant toute cette journée, elle avait revu sa mère et son père affectueusement penchés sur son visage, sa sœur Maketaton qui cherchait à lui voler la vedette, la petite Setepenrê vagissant dans son berceau. Elle n'expliquait pas pourquoi sa vie avait chaviré du jour au lendemain. À quoi servaient cet or qui recouvrait les maisons et les statues, ces pierres qui ornaient les temples, ces bâtiments publics que délaissaient les Égyptiens ? Pourquoi son père avait-il créé une ville luxueuse alors que tout le monde rêvait de la quitter ? Que de dépenses inutiles ! Que d'efforts vains ! Elle se demandait elle-même où elle serait enterrée. Son père avait prévu un emplacement pour elle dans sa propre tombe. Mais s'ils partaient pour Thèbes, cette sépulture serait inutile.

Craignant des mouvements hostiles, Semenkharê et Horemheb avaient mis en place des escortes de police tout le long du parcours et sur chaque place.

– On pourrait vouloir détruire le cercueil d'Akhenaton et s'emparer de son corps, avait dit le général. Il faudra le protéger aujourd'hui et demain car trop d'Égyptiens voudront vider sa tombe. Si la cour quitte Akhetaton, je laisserai ici quelques soldats. Ils seront chargés de la protection de la famille royale défunte.

Les domestiques, qui portaient de petits coffres d'ébène et d'or sur leurs épaules ou dans leurs bras, marchaient tous au même rythme, aux sons des tambourins et des flûtes jouant un air lugubre. Les animaux d'Akhenaton étaient tenus en laisse par plusieurs serviteurs nubiens aux épaules carrées et aux muscles impressionnants. La peau très noire, des boucles d'or aux oreilles, les cheveux extrêmement courts, ils tiraient sur leurs laisses de toutes leurs forces et tentaient de suivre le char dans lequel avait été déposé le cercueil. Il y avait des chiens de course, effilés et maigres, des bêtes de chasse, agitées et vives au poil plus long, des chats dormant dans leur panier, des fauves et des singes indisciplinés.

Les ambassadeurs libyens et nubiens avaient pris place dans leurs propres chars, damasquinés d'or, aux caisses superbement travaillées, miroitant au soleil de mille feux. Rutilants, souvent neufs, luxueux, ils tranchaient par leur éclat avec la couleur terne de la terre et du sable et avec les paysages un peu tristes qui encadraient la cité du soleil.

« Quand tout cela aura disparu, que restera-t-il ici ? se demandait Semenkharê en restant stoïque et digne. Ces monuments réclameront un entretien constant. » Semenkharê imaginait mal comment le futur roi s'occuperait des bâtiments administratifs d'Akhetaton s'il vivait ailleurs. « Tout ce luxe finira-t-il en ruines ? » Qui aurait pu penser, en voyant des défilés si organisés et si impressionnants qu'Akhetaton pouvait disparaître ou être abandonnée ?

Les prêtres au crâne rasé avançaient à pied, des peaux de bêtes jetées sur les épaules. Certains balançaient leurs encensoirs d'où émanaient des senteurs d'encens et des fumerolles de parfum. Ils avaient cessé leurs chants au moment où les chanteurs avaient commencé les leurs.

Les porteurs d'offrandes fermaient la marche derrière des joueurs de flûte. Le chemin parut très long à Meritaton qui priait intérieurement les dieux d'accepter son père dans l'Au-Delà. Devait-elle s'adresser aussi à Osiris ?

– Tu es pensive, belle Meritaton, lui fit remarquer son époux. Tu as vu combien la foule t'appréciait. Les femmes vont prendre exemple sur ton courage. Elles t'aiment déjà. Je suis très satisfait de cet accueil inattendu. Je pensais que les habitants seraient plus discrets et qu'ils nous observeraient avant de montrer leurs sentiments. On a l'impression qu'eux aussi sont soulagés.

Meritaton se contenta de lui sourire mélancoliquement. Semenkharê lui reprit la main.

– Je comprends ta douleur. Comme je te l'ai suggéré, il serait bon que ta petite fille soit enterrée dans la tombe d'Akhenaton. Elle était la fille du roi, une princesse qui doit avoir tous les honneurs !

Ils arrivaient au pied de la nécropole royale.

– Notre fille est entre les mains de l'embaumeur. Elle pourrait tout aussi bien être enterrée non loin de la tombe royale…

– J'insiste, Meritaton. Réfléchis à ma proposition. Pourquoi t'y opposerais-tu ?

– Je ne crois pas qu'Akhenaton l'ait prévu, répondit tristement Meritaton.

– Comment l'aurait-il pu ? Cette enfant est encore si jeune ! Comment pouvions-nous prévoir qu'elle disparaîtrait avant nous ? Ton père n'imaginait pas que son bébé le suivrait de si près dans la mort.

– Quand la peste frappe et que tant d'enfants meurent, il est normal qu'un roi protège ses enfants et songe à leurs sépultures.

– Et vous n'en avez jamais parlé…

– Nous n'en avons pas eu le temps. Après la disparition de mes sœurs, je suis sûre que Néfertiti aurait pris des mesures pour préparer les demeures d'éternité des plus jeunes. Rien n'est plus terrible que de disparaître sans avoir de sépulture. Emprunter celle d'autrui, partager un tombeau avec un parent ne sont pas des solutions enviables. Je préférerais que ma fille ait son espace personnel avec ses biens et son mobilier.

– La tombe de ton père est grande et peut facilement accueillir d'autres momies qui auraient toutes leur emplacement et leur chambre funéraire.

Comme il insistait, Meritaton lui promit d'y réfléchir. Le défilé s'était arrêté. Tous les sujets du roi attendaient ses ordres. Semenkharê saisit le bras de son épouse et l'invita à descendre du char. Les Grands Prêtres d'Aton se présentèrent devant lui.

– Qu'attends-tu de nous, maître ?

– Que vous accomplissiez les rites habituels comme vous l'avez fait lors de tous les enterrements.

– Mais Aménophis III a été enterré à Thèbes ! Tu sais très bien que le parcours de Thèbes est particulier. Il est identique depuis des années.

– Adaptez-le à Akhetaton !

– C'est impossible !

Semenkharê n'aimait pas entendre ce mot.

– Soyez astucieux et inventifs. Il nous sera impossible de longer les temples de millions d'années des pharaons, de faire des haltes au Djeser Djeserou, de recevoir les ambassadeurs à Malqatta. Mais les rites de purification, les dons d'offrandes, les hommages des ambassadeurs à notre dieu peuvent se dérouler de la même manière... Tiyi a sa tombe ici et vous l'avez honorée.

– Mais elle n'était pas Pharaon.

– Que les rites soient donc semblables à ceux de Thèbes. Ce n'est ni le lieu ni le moment d'en discuter. Pourquoi ne pas m'en avoir parlé avant ?

– Nous n'en avons pas eu le temps !

– Quelles différences fondamentales voyez-vous entre Thèbes et Akhetaton ?

– Maître ! Pharaon n'a pas navigué sur le fleuve. Le corps de tout Égyptien traverse le Nil même si cette traversée est symbolique.

– Nous avons atteint la sépulture d'Akhenaton. Agissez comme je vous l'ai dit ! Procédez à la cérémonie de l'ouverture de la bouche et aidez l'âme de Pharaon à rejoindre le ciel tel un oiseau. Ouvrons au roi sa sépulture ; déposons les objets funéraires près de son sarcophage ; donnons-lui des offrandes ; recueillons-nous près de lui et réjouissons-nous de son nouveau séjour parmi les défunts.

– Tous ces rites sont si proches des habitudes osiriaques et je ne crois pas...

– Fais comme je te l'ai dit, insista Semenkharê sur un ton tranchant. Vous avez répété le cérémonial de ces funérailles. Ne changez rien. Akhenaton rejoindra le dieu soleil qu'il vénérait. Tous les pharaons se rapprochent du soleil. Il n'y a rien là d'étonnant.

– Mais les hymnes habituels chantent le dieu des morts, le jugement dernier, la rédemption des fautes. Ils n'intéressaient pas Akhenaton !

– Voudrais-tu, Grand Prêtre, que j'en compose de nouveaux plus adaptés à la situation ? Je vous ai donné les derniers hymnes qu'Akhenaton a écrits pour honorer Aton. Voilà qui vous a aidés.

– Sans doute, dit le Grand Prêtre sans trop de conviction.

– Renierais-tu les propres textes de Pharaon ?

– Certainement pas ! Ils sont magnifiques et pleins de vérité ! Le roi chantait et louait le pouvoir d'Aton, créateur de toute chose.

– Mais ils ne te paraissent pas de saison.

– Je ne dirais pas cela…

– Prêtres d'Aton, vous êtes tous extrêmement compliqués ! Je ne vous comprends pas. Certains d'entre vous ont, autrefois, travaillé pour Amon ! Vous vous êtes toujours pliés avec beaucoup d'obséquiosité aux volontés de vos maîtres. Honorer un dieu à la place d'un autre n'a pas dû être facile. Vous en êtes-vous plaints pour autant au roi ? Et vous restez là à vous lamenter pour un enterrement !

– Nous ferons le mieux possible, ajouta l'un des Grands Prêtres en s'écartant pour laisser avancer le couple royal.

Semenkharê ne daigna pas répondre. Il connaissait parfaitement le pouvoir et les caprices des prêtres. Il savait qu'Aménophis III avait souvent quitté Thèbes pour ne pas donner trop de pouvoir au clergé d'Amon. « Qu'il s'agisse des anciens prêtres d'Amon, des nouveaux prêtres d'Aton ou de ceux de Karnak, je dois me montrer vigilant. Ces hommes ont tôt fait de tout imposer. Je veillerai à ce que les prêtres d'Amon ne retrouvent jamais l'incroyable pouvoir qu'ils avaient du temps de la reine Hatchepsout et de Thoutmosis. Je ne déteste pas le fait que les serviteurs d'Aton se sentent aujourd'hui inférieurs à ce qu'ils ont été. »

Horemheb, qui avait suivi discrètement la discussion entre les prêtres et Semenkharê, lança un regard entendu au jeune roi. Lui aussi l'avait mis en garde à maintes reprises. La religion ne devait pas prendre le pas sur la politique.

XI

Le roi commença son ascension vers la tombe du roi, suivi de tout le cortège. Les pleureuses étalèrent du limon sur leur visage et découvrirent leur poitrine. Avant d'entreprendre la montée de la colline, elles déchirèrent violemment leur tunique et redoublèrent leurs cris. Elles pleuraient, gémissaient, se lamentaient, appelaient le pharaon mort et se frappaient la tête avec leurs poings.

Les membres de la famille royale et les fonctionnaires évitèrent de tels excès de peur de paraître ridicules. Ils n'avaient pas le cœur à de pareilles manifestations. Seules les disparitions d'Aménophis III et de Tiyi avaient entraîné des débordements car ils étaient chers à tous les Égyptiens.

Tandis que de nouvelles et jeunes pleureuses allaient gonfler les rangs des plus âgées, Semenkharê, Aÿ, Meritaton et les autres princesses se mirent, tout en marchant, à vanter les exploits du défunt et à rappeler ses qualités.

– Qu'Akhenaton était jeune et talentueux ! Il composait des hymnes et savait chanter. Il a fait construire la merveilleuse ville d'Akhetaton. Il a embelli l'Égypte et restauré des monuments.

Préférant oublier le martelage des dieux, Semenkharê insista sur ses dons poétiques, sur son adoration pour le Soleil et sur la création d'Akhetaton. Comme Horemheb s'apprêtait à intervenir et qu'Aÿ surveillait la moindre parole du jeune roi, Moutenejmet crut bon de retenir son époux par le bras.

– Depuis quand ma chère épouse s'occupe-t-elle des affaires de l'État ? demanda Horemheb.

– Ce ton est-il rempli de reproches ou d'agacement ?

– Ni l'un ni l'autre, répondit Horemheb en tendant l'oreille pour ne lien perdre des chants de Semenkharê.

– Laisse-le s'exprimer. Ce jeune prince est plein de talent. Il plaît à la foule parce qu'il est spontané et enthousiaste. Ne gâche pas cet élan par des phrases pompeuses et stéréotypées. Ne lui enlève pas ce don de parler au peuple.

Le général se montra très surpris par une telle analyse. Il trouvait les mots de Semenkharê souvent gauches et trop francs. Un homme politique devait apprendre à mentir tout en donnant l'impression de dire toujours la vérité.

– Semenkharê n'a aucune expérience des discours et je m'étonne qu'il prenne aujourd'hui l'initiative d'en faire un. Nous ne l'avions pas prévu...

– Voilà bien ce qui caractérise mon époux béni des dieux, répondit Moutenejmet tout en écoutant, elle aussi, la voix douce du roi. Tu aimes les décisions prises à l'avance et tu t'y tiens mais Semenkharê ne se présente pas face à l'ennemi. Il parle à son peuple qu'il chérit. Les Égyptiens en ont tous conscience. En outre, il a très bien dirigé le pays en compagnie d'Akhenaton et il a acquis une certaine expérience.

– Tu sais comment je considère les femmes qui traitent de politique…

– Il faudra, pourtant, les écouter attentivement car elles aiment toutes Semenkharê. Elles feront de ce jeune prince un grand roi. Elles apportent également leur soutien à son épouse.

– Les hommes n'ont que faire du jugement de leurs femmes !

Les serviteurs transportant les pâtisseries et les fleurs prirent la tête des porteurs d'offrandes, suivis des responsables des récipients en poterie et des vases en albâtre, puis des gardiens des figurines et des ustensiles d'Akhenaton qui avaient suspendu leurs petits coffres au bout d'une palanche. Ceux qui étaient chargés du transport des lits, des chaises, des chars ou des objets encombrants souffraient sous la chaleur sans oser le montrer.

Cette équipe de serviteurs s'encourageait en poussant des cris orchestrant leurs efforts. D'autres personnes veillaient sur les vases canopes, le sceptre, la canne, les vêtements, la croix ankh, les statues, les jeux, les éventails et les parasols d'Akhenaton. Les porteurs de bijoux avaient étalé colliers, bracelets, gorgerins, boucles d'oreilles, pendentifs sur des plateaux en argent.

Le cercueil avait été placé dans un catafalque formé de panneaux de bois et dissimulé sous des étoffes de couleur sombre. Le catafalque, déposé dans une barque symbolisant le passage du défunt du monde des vivants dans celui des morts, fut tiré sur un traîneau jusqu'au pied de la colline. Des statues de Nephtys et d'Isis veillaient sur lui. Il aurait été inconcevable de transporter le sarcophage et de le hisser jusqu'à la tombe royale. Aussi de nombreux ouvriers avaient-ils disposé le sarcophage dans la chambre funéraire d'Akhenaton depuis de nombreux mois.

Les statues d'Akhenaton, qui étaient hissées jusqu'à l'entrée de la sépulture, suscitaient de nombreux commentaires. Certaines étaient aussi difformes que du vivant du roi ; d'autres ressemblaient davantage à Akhenaton car elles avaient été faites par Thoutmès qui n'appliquait pas les volontés royales à la lettre malgré son obéissance habituelle. Refusant de montrer le roi, la reine Néfertiti et les princesses sous une apparence défavorable, il avait amélioré leurs traits et leur allure plus fine que sur les dernières sculptures.

– Que murmurent donc ces gens ? demanda Meritaton en se penchant par-dessus l'épaule de son mari.

– Les statues d'Akhenaton ne sont jamais passées inaperçues ! Je ne sais si les Égyptiens les trouvent laides ou flatteuses.

– As-tu remarqué combien Thoutmès a réussi à

rendre mon père plus humain, plus proche de ce qu'il était réellement ?

– Il est plus beau ainsi.

La barque était la même que celle qui avait été utilisée pour Tiyi. La proue et la poupe recourbées et retournées vers le *naos* central avaient la forme d'ombelles de papyrus aux couleurs lumineuses et printanières. L'intérieur du *naos* était orné de pans d'étoffes soyeuses et de bandes de cuir. Les deux prêtres qui encadraient la barque firent brûler de la résine. Au lieu de rappeler qu'il gagnait la rive ouest, les chanteuses prédirent qu'Akhenaton rejoindrait les siens dans l'Éternité.

Meritaton s'empara d'une branche d'arbre et l'agita vers les cieux comme si elle saluait son père.

– Tu vois, grand pharaon, les prêtres d'Aton ont su respecter le rite funéraire et utiliser cette barque à bon escient.

Semenkharê hocha la tête et écouta les hymnes.

– Quand elle récupéra le corps de son époux et l'arbre sacré, Isis le transporta sur un bateau prêt à partir pour l'Égypte. Elle ne cessait de l'embrasser et de le serrer dans ses bras. De même, les pleureuses imitent la douleur d'Isis et se lamentent sur Akhenaton.

Moïse, le fidèle serviteur de la reine Tiyi, regardait Meritaton chanter avec tellement d'insistance que celle-ci tourna la tête dans sa direction. Elle rougit en croisant le regard du fonctionnaire qu'elle savait très dévoué à Tiyi. « Je le prendrai à mon service, se dit-elle, à moins qu'il ne préfère rester à celui du roi. » Elle observa également sa nouvelle recrue, la femme du responsable de Malqatta, qui lui avait été chaudement recommandée par Horemheb et Aÿ. Elle fut troublée par ses larmes et son émotion. Son mari l'accompagnait.

– Que regardes-tu ainsi ? lui demanda Semenkharê.

– Pourquoi n'irions-nous pas passer quelques jours à Malqatta ?

– Voilà une remarque surprenante pour la fille d'Akhenaton !

– Je l'avoue. Mon père n'aurait guère apprécié une telle décision. Mais je suis persuadée que ce séjour serait très apprécié de notre peuple.

– Sans doute mais…

– Horemheb m'a affirmé que tout était en état et que le chef de Malqatta nous attendait avec impatience. J'aimerais me rendre près de la tombe de mon grand-père et lui donner des offrandes.

– Il en reçoit chaque jour.

– Mais je préférerais les lui donner en personne. Tant de hauts fonctionnaires, tant d'amis ont été enterrés à Thèbes. J'aimerais aussi voir les temples de millions d'années de nos ancêtres.

– Je comprends ta curiosité. Nous pourrions tout aussi bien aller à Saqqarah…

– En effet. Ne restons pas cantonnés dans la ville de mon père.

– Tu as eu une idée excellente qui nous rendra très populaires. J'en parlerai à Horemheb dès demain.

Le peuple qui s'était avancé jusqu'à la nécropole

et qui était surveillé par des escadres de police adressa au roi défunt des paroles aimables.

– Aborde tranquillement sur les rives de l'Autre Monde. Nous nous lamentons. Mais, juste de voix, tu seras accueilli comme il se doit.

Meritaton se mit, elle aussi, à chanter. Sa voix, d'ordinaire douce et à peine audible, devint subitement forte et vibrante comme si les dieux lui avaient donné plus de puissance. Elle se détachait et gagnait les cimes les plus hautes. Semenkharê sembla entendre chanter une déesse dont la voix se répercuta sur les rochers ocre et secs, chassant les vautours et les fauves, ne laissant place qu'à l'émotion.

– Laissez mon père encore sur cette terre qu'il aimait, disait Meritaton. Serviteurs, portez-le lentement vers son tombeau. Qu'il profite encore de ce lieu qu'il aimait tant. Car nous reviendrons tout à l'heure dans nos palais et nos demeures mais le roi partira pour le domaine de l'Éternité. Prenez votre temps. Reposez-vous à chaque palier. Montez tranquillement et laissez à mon père le temps de contempler sa ville pour la dernière fois.

Semenkharê approuva ces paroles et ralentit l'allure du cortège déjà extrêmement laborieuse.

– Souhaites-tu ajouter un couplet ? demanda-t-il à son épouse.

– Penses-tu que ce soit nécessaire ?

– Tu as tout dit.

– Alors, finissons-en.

Meritaton fit quelques remarques sur les marchands qui avaient étalé leurs étoffes sur le sable.

– Ils ne respectent rien. Cette nécropole ressemble plus à un marché qu'à un cimetière.

– Pardonnons-leur. Ils ont tous vu là l'occasion de s'enrichir ou de nourrir leur famille.

– Je savais qu'il en serait ainsi car les mêmes marchands s'étaient présentés aux portes de la ville pour l'enterrement de Tiyi. J'avais donc donné des ordres afin que tout cela ne se reproduisît pas. Qu'ils vendent leurs marchandises avant ou après l'enterrement ! Mais qu'ils ne troublent pas la paix de mon père !

Semenkharê lui demanda s'il devait envoyer des gardes pour arrêter les ventes qui avaient déjà commencé.

– Ce serait impopulaire. Il est trop tard. J'ai seulement remarqué que le personnel du palais t'écoutait volontiers car tu étais déjà roi avant le décès d'Akhenaton. Mais ils ne respectent guère sa fille !

– Nous y remédierons. Il est vrai que tu as la réputation d'être aimable et peu autoritaire. Je crois que les Égyptiens t'aiment plus qu'ils ne te craignent.

Meritaton croisa de nouveau le regard expressif de Moïse qui paraissait entendre ses mots. Elle rougit comme si elle était prise en faute

Les commerçants installés en bas vendaient des amulettes à ceux qui avaient oublié les leurs.

– Vois-tu, Meritaton, dit Semenkharê, ces marchands ont d'excellentes intentions. Ils ne pensent qu'aux dieux et à notre bonheur. Les Égyptiens sont tellement superstitieux ! Que feraient-ils sans leurs amulettes en turquoise, en jaspe ou en cornaline ? Ces objets sont bien travaillés. Ils plaisent aux adultes comme aux enfants.

Une musicienne se mit à jouer des crotales pour scander la marche des fonctionnaires qui s'aidaient de canne afin de gravir plus facilement la montagne. Bien que la plupart fussent silencieux, quelques-uns évoquaient la curieuse destinée d'Akhenaton. Rares étaient ceux qui le regrettaient. Toutankhaton s'était rapproché de Semenkharê et exécutait tout ce que le roi lui disait de faire. Le jeune homme se taisait le plus souvent. Non seulement il observait les gestes des prêtres mais il était très triste de voir ainsi partir le pharaon.

– Je suis heureux de constater que tu ne ressembles pas à tous ces fonctionnaires qui dénigrent le roi après l'avoir servi, lui dit Semenkharê.

– J'avoue que son choix pour la paix, son goût pour la poésie et l'art me vont droit au cœur. Il a donné un exemple.

– Ne parle pas ainsi devant Horemheb. Tu le rendrais furieux !

Toutankhaton retrouva le sourire et chercha des yeux le général qui semblait s'impatienter.

La partie du cortège qui se trouvait encore au pied des monts attendait patiemment et observait des marchands qui installaient leurs récipients et leurs réchauds. Tous les animaux avaient été dételés. Un prêtre purifia le catafalque à l'aide d'une aiguière et continua à balancer l'encensoir.

– La déesse Hathor va accueillir Akhenaton, dit

Semenkharê à Toutankhaton. Elle va apparaître sous la forme d'une vache et nous indiquer le chemin.

Meritaton arrêta quelques instants son ascension et évoqua à haute voix la déesse de l'amour. Plusieurs prêtresses reprirent ses paroles en chœur.

– Hathor symbolise l'accouchement et la naissance, s'étonna Toutankhaton. En quoi Akhenaton en a-t-il besoin ?

– Pharaon va renaître. Il doit donc être entouré de toutes les déesses de la création.

– À commencer par Aton.

XII

Le cortège arriva non sans mal devant l'entrée de la tombe. Fourbus, les serviteurs pénétrèrent dans le corridor étouffant, plus chaud encore qu'à l'intérieur, après avoir bu une coupe d'eau distribuée par les domestiques du roi. Semenkharê expliqua à Toutankhaton à quoi servaient certains ustensiles de prêtres qui s'étaient alignés devant le cercueil sorti du catafalque.

– Pourquoi te préoccupes-tu de moi ? lui demanda Toutankhaton.

– Parce que Akhenaton m'en a prié.

– C'est étrange…

– Nous en reparlerons tranquillement. Je te promets de te donner des explications. Pour l'instant, contente-toi de m'écouter et d'apprendre.

– Les prêtres ont placé là de la bière et du pain, constata Toutankhaton.

De nombreuses victuailles émergeaient des paniers en osier. Toutankhaton n'en avait jamais vu autant en un même endroit.

– Il y a aussi des cuisses de bœufs, des poulets

plumés, des grives au cou pendant, des canards au pelage vert et violet, des oies.

– Ce ne sera pas suffisant pour Akhenaton, dit Semenkharê en plaisantant. Aurais-tu oublié combien le roi aimait la bonne chère ?

– Il mangeait peu mais avait le palais fin.

– Les serviteurs n'ont pas encore tout apporté. Voilà les jarres de boissons d'eau, de vin et de bière, les plats de légumes, des poissons séchés, les cruches, les coupes, les grappes de raisin, les parfums, la myrrhe, l'encens…

– Il n'y aura pas suffisamment de place dans la tombe pour mettre tous ces plats !

– Il le faudra bien d'autant que le mobilier d'Akhenaton est important.

Il se dégageait des mets des senteurs agréables de sauce, d'épices, de fruits frais qui auraient étonné un étranger peu habitué aux coutumes égyptiennes. Ces délicieuses odeurs invitant à la ripaille et à la joie tranchaient avec les senteurs écœurantes et piquantes qui émanaient du tombeau et des corps momifiés. Le natron servant à l'embaumement était très perceptible dans les salles au plafond bas.

– Que l'on se souvienne qu'Akhenaton doit être heureux dans l'Au-Delà ! dit Semenkharê.

– S'il reçoit autant d'offrandes chaque jour, le roi sera mieux servi encore que de son vivant.

Toutankhaton regarda également les nombreux *ouchebti* que les serviteurs disposaient avec une étonnante minutie sur le sol ou près des coffres.

Certains représentaient des fonctionnaires, d'autres des femmes du harem.

– J'en reconnais quelques-uns, dit Toutankhaton, amusé par ces statuettes reproduisant les traits du personnel de la cour qui devaient servir le roi dans l'Autre Monde.

– Tant mieux, lui dit Meritaton. Cela prouve que le sculpteur a bien fait son travail.

– En vendra-t-il aussi après l'enterrement ?

– J'en doute, intervint Semenkharê. Sache que le grand Thoutmès a accepté de réaliser la plupart d'entre elles dans l'urgence. Mais il ne veut pas tirer de l'argent de ce travail. Il l'a fait en souvenir d'Akhenaton…

– … et de Néfertiti.

– En effet, dit Semenkharê en souriant encore.

– Thoutmès a refusé de multiplier ces statuettes et de les vendre comme tous ces marchands étrangers ! dit Meritaton. Je le récompenserai pour cet acte généreux.

– Seul Thoutmès était capable de cela, reconnut Toutankhaton. Il faut reconnaître que j'ai rarement vu des *ouchebti* en bois d'une telle finesse et d'une telle beauté. Les dorures, les turquoises, les verts ressortent magnifiquement sur ce bois foncé.

– On dirait qu'ils existent réellement, dit Meritaton. Ils sont prêts à reprendre vie.

Toutankhaton ne cessait de remettre son pagne et sa ceinture en place. En or plein, ses bijoux magnifiques, présents d'Aménophis III, d'Akhenaton et de Néfertiti, faisaient ressortir la beauté de sa peau tannée et lisse. Très mince, peu musclé, chétif au dire de certains, Toutankhaton suscitait le plus souvent la sympathie.

Comme les prêtres disposaient soigneusement sur un tréteau, non loin des victuailles, deux énormes couteaux, une herminette et une palette, Semenkharê expliqua à Toutankhaton l'usage de ces instruments indispensables à l'enterrement.

– Les prêtres vont rendre à notre cher Akhenaton, Horus d'or, l'usage de son corps : ses bras et ses jambes vont renaître. Ses organes vont de nouveau fonctionner. Akhenaton va voir comme toi et moi.

– Il va donc ouvrir les yeux, répondit naïvement Toutankhaton.

– Non, répondit Semenkharê en souriant. Akhenaton n'ouvrira plus jamais les yeux devant nous.

Il avait failli dire « ton père ».

– Mais tout défunt voit après sa mort. Il faut donc qu'il ouvre les paupières.

– Pas nécessairement. Tu sais qu'un mort voit dans son cercueil grâce aux yeux oudja qui sont dessinés sur son sarcophage et qu'il sort de sa tombe par des fausses portes. Mais Akhenaton pourra aussi ouvrir la bouche et se rassasier. Il mangera comme nous. Il boira l'eau, le vin et la bière qu'on lui offrira. Il parlera comme toi et moi.

– Mais nous ne l'entendrons pas, répondit Toutankhaton avec nostalgie.

– Toutankhaton, lui dit encore Semenkharê, qu'as-tu ressenti à la mort du pharaon ?

Le jeune garçon réfléchit. Son regard s'assombrit.

– J'ai eu envie de pleurer.

– Tes yeux sont pourtant restés secs.

– J'ai rêvé que le roi partait pour un autre monde et qu'il était heureux.

– Parce que tu le souhaites.

– Je veux, en effet, qu'Akhenaton et Néfertiti vivent heureux ailleurs. J'espère les retrouver un jour.

– Tu les aimais…

– Oui.

– Et Kiya ?

– Je trouvais ma mère plus belle qu'une rose et plus fine qu'un philosophe. Je comprends pourquoi elle a changé la vie d'Aménophis III…

– … et d'Akhenaton.

Toutankhaton le regarda, un peu surpris.

– Akhenaton adorait Néfertiti.

– Comme Aménophis III chérissait Tiyi. Cela n'a pas empêché les deux pharaons de choisir ta mère comme favorite et épouse.

– Qui ne l'aurait choisie ?

– En effet, répondit Semenkharê, une nouvelle fois ému par la naïveté de Toutankhaton.

– Ainsi donc Akhenaton bougera bientôt comme nous.

– Dès que les prêtres auront fini leur travail et qu'ils auront accompli les rites.

– C'est bien, dit Toutankhaton.

Semenkharê le regarda attentivement.

– Toutankhaton, je dois te parler dès demain.

– Avant ton avènement ?

– Oui. Viens me voir dans mon bureau de la Maison de vie quand le soleil aura jailli.

– Tu parais bien sérieux.

– Rassure-toi. Tu n'as rien fait de répréhensible. Je dois seulement t'apprendre une nouvelle importante.

Toutankhaton aurait cherché à en savoir plus si Semenkharê n'avait mis fin à leur discussion : les prêtres venaient de commencer le cérémonial. Comme l'instant où le défunt serait séparé des siens approchait, les cris des pleureuses se multiplièrent et s'intensifièrent. Meritaton se lamenta.

– Je suis ta fille Meritaton, Seigneur. Ne m'abandonne pas. Ta destinée est-elle que je serve loin de toi ? Si je pars, tu seras seul face aux dieux. Toi qui me serrais dans tes bras, tu restes immobile ; toi qui souriais, tu gardes les joues creuses et la bouche impassible ; toi qui chantais, tu te tais.

Les femmes gémirent.

– Quel malheur ! Horus a quitté la terre. Il vit maintenant loin de son peuple dans les Champs éternels. Le Seigneur qui marchait et bougeait est entouré de bandelettes. Le Grand qui avait les plus beaux atours n'a plus qu'un seul vêtement qui l'enserre.

Les serviteurs poursuivirent leur progression dans la tombe et déposèrent le mobilier funéraire autour du sarcophage où fut placé le cercueil. Ils rangèrent le catafalque et le mirent de côté pour d'autres occasions. Plusieurs serviteurs firent glisser le couvercle du sarcophage sur la cuve.

– Placez là les vases canopes, les vases à répondants et les bijoux, précisa l'un des Grands Prêtres d'Aton.

Il se retourna vers Semenkharê.

– Devons-nous mettre ici les *osiris* ? demanda-t-il.

– Non, répondit fermement Semenkharê. Remportez toutes ces figurines représentant Osiris.

Des récipients en forme de dieu étaient remplis de sable et d'orge. Régulièrement arrosée l'orge finissait par germer en symbolisant la renaissance du défunt. Puis les prêtres l'enveloppaient dans une étoffe.

– Comment Akhenaton va-t-il renaître ? demanda Toutankhaton.

– Rassure-toi, nous allons faire pousser l'orge dans des jarres, comme autrefois.

– Pourquoi ne pas déposer au fond d'un récipient troué, placé lui-même dans une jarre au fond rempli d'eau, un tubercule de nénuphar ? suggéra Toutankhaton. Il poussera et la fleur magnifique sortira à la lumière après s'être abreuvée d'eau.

– Idée lumineuse, dit Semenkharê. Le lotus est la plante de Rê. Elle avait été abandonnée pour l'orge au profit d'Osiris. Maintenant que nous sommes revenus au culte solaire, mettons de côté les récipients en forme d'Osiris et adoptons le lotus.

– Akhenaton aurait été satisfait, dit Toutankhaton, les yeux brillants.

– En effet. Tu ne pouvais avoir meilleure idée.

– Rê m'a sans doute inspiré.

– Tu mérites d'être responsable de ce lotus.

– Il faut que ce soit un prêtre. Confie cette tâche à Iÿ. Les prêtres n'apprécieraient guère que l'on change leurs habitudes.

– Ils s'occupaient du culte d'Osiris, il y a des années. Aujourd'hui, rien ne nous oblige à les interroger. Occupe-toi du lotus.

– Ce sera l'une de mes premières grandes tâches. Crois bien que je m'en souviendrai longtemps.

– Tu comprendras mieux demain pourquoi j'insiste et tu me donneras raison.

Meritaton s'était rapprochée des deux hommes et approuva son époux. Semenkharê lui fit remarquer qu'elle avait perdu sa pâleur et qu'elle semblait plus heureuse.

– Je suis maintenant convaincue que mon père vit bien. Il a été accepté par les dieux. Il a été jugé « juste de voix ». Les juges divins ont bien voulu oublier ses défauts et ses fautes.

– Parce qu'ils étaient peu nombreux au regard de ses qualités et de ses actes de bonté.

– La balance s'est équilibrée et a penché du bon côté. Mon père n'aurait pas aimé ce discours. Mais comme il rejetait le jugement dernier et s'en remettait aux seules règles d'Aton, je craignais que les dieux ne se vengent et ne lui refusent de vivre éternellement en paix.

– Voilà qui explique cette mélancolie qui t'envahissait depuis l'aube.

– Je suis triste de ne plus jamais revoir mon père. Il me manquera beaucoup. Mais j'aurais été plus affligée encore de le savoir rejeté. Il n'aurait pu vivre comme les autres rois dans la paix et les pays merveilleux… Maintenant, je sais que son âme s'est envolée vers les cieux, qu'il a rejoint le Soleil, qu'il viendra goûter les mets que nous lui offrirons, qu'il nous verra de l'Autre Monde et qu'il rejoindra Néfertiti, ma mère adorée.

Prise d'un élan d'affection, Meritaton serra Toutankhaton contre elle.

– Sais-tu, Jeune Seigneur, que ma sœur Ankhesepaaton apprécie ta compagnie ?

– J'ai cru le comprendre, répondit Toutankhaton.

– Les fréquentations de ma sœur sont importantes à mes yeux. Je veille sur tous les membres de ma famille.

– Je n'ai pas la même formation que les princesses, rétorqua Toutankhaton un peu froissé. Je ne vois donc Ankhesepaaton que rarement.

– Mais vous êtes complices…

– Il nous arrive aussi de ne pas être d'accord. Les princesses sont parfois…

– Que veux-tu dire ?

– Rien. Qu'Ankhesepaaton reste comme elle est, intelligente et vive.

La sœur de Meritaton entendit cette dernière parole avec joie. Elle ne cachait pas l'intérêt qu'elle portait à Toutankhaton.

– Nous nous ressemblons. Ne trouves-tu pas, chère sœur ?

Meritaton éclata de rire.

– Que je sache, la mère de Toutankhaton ne s'appelle pas Néfertiti et son père n'est pas…

Mais un regard de Semenkharê interrompit la jeune femme.

– De nombreux courtisans prétendent que Toutankhaton ressemble aux filles d'Akhenaton, insista Ankhesepaaton.

– Quand il était plus jeune, Toutankhaton avait les traits extrêmement fins. On le prenait parfois pour une fille… Mais les choses ont bien changé ! dit Meritaton.

– Toutankhaton acceptera-t-il de s'asseoir à côté de la sœur de la reine pendant le festin qui s'annonce ? demanda encore Ankhesepaaton qui ne craignait pas de se montrer insistante.

– Ma sœur a toujours été têtue, ajouta Meritaton. Même sa grand-mère Tiyi ne parvenait pas à la faire changer d'idée.

– Ma mère préférait me tenir éloignée des enfants de Kiya, reconnut Ankhesepaaton qui n'était pas habituée à dissimuler ses sentiments.

Cette réflexion provoqua, toutefois, un malaise parmi les membres de la famille royale.

– Sans doute as-tu mal compris la Grande Épouse royale, rétorqua Semenkharê. Néfertiti aimait s'entourer de Baketaton et de Toutankhaton. Tout le monde a pu remarquer que Toutankhaton allait chaque jour rendre visite au roi et qu'il en a tiré de nombreux enseignements. Si Néfertiti s'y était oppo-

sée, Akhenaton ne l'aurait pas contrariée. Il aimait trop sa femme pour ne pas exaucer tous ses désirs.

Bien qu'il fût persuadé que Néfertiti le détestait, Toutankhaton n'ajouta rien. Jamais la reine ne l'avait pris dans ses bras. Jamais elle ne lui avait fait de cadeaux. Quand Kiya l'emmenait voir le roi, elle était absente ou partait en marquant son mécontentement. Toutankhaton se souvenait même de violentes disputes entre le roi et la reine. Il comprenait que sa mère était au centre de ces querelles et il n'était pas certain d'y être totalement étranger.

Préférant ne pas entrer dans une polémique familiale, Toutankhaton répondit à Ankhesepaaton qu'il passerait volontiers la soirée avec elle à condition que sa sœur Baketaton ne soit pas oubliée.

– Nous avons grandi ensemble. Pourquoi voudrais-tu que je la mette à l'écart ? Depuis que vous avez perdu votre mère, elle me paraît triste et dépourvue.

– Ma mère et ma sœur étaient très proches. Kiya nous avait promis de nous emmener tous les deux dans notre patrie. Aujourd'hui, tout cela est oublié.

Meritaton approuva sa sœur. Elle ressentait, elle aussi, une grande affection pour Baketaton.

– Je n'aime pas la savoir triste.

– Il faudrait lui trouver une compagnie, dit Semenkharê.

– À quoi penses-tu, Horus d'or ? lui demanda Meritaton.

– À un haut fonctionnaire, à l'un de nos serviteurs. Baketaton a l'âge d'avoir un compagnon.

Elle ne doit pas se morfondre en songeant à ses ancêtres asiatiques, à sa patrie détruite, à ses parents.

– Si nous arrivions à la distraire, je serais le plus heureux, dit Toutankhaton. Ma sœur a toujours veillé sur moi. Je souffre de la voir seule.

– J'ai une nouvelle dame de compagnie bavarde et habile, dit Meritaton en parlant de la femme de Méryrê, le gestionnaire de Malqatta. Je m'en séparerai avec peine. Mais je crois qu'elle sera plus utile à Baketaton. Un tel tempérament saura la distraire et lui faire un peu oublier ses malheurs.

Elle la chercha des yeux.

– Dès demain, je la mettrai au service de Baketaton avec des instructions précises !

Toutankhaton la remercia avec tellement de chaleur que le couple royal fut de nouveau touché par sa sensibilité. Ankhesepaaton lui adressa un regard rempli d'étoiles et d'admiration. La princesse n'en finissait pas de découvrir le fils de Kiya.

Quinzième partie

XIII

Ankhesepaaton. avait décidé de ne plus quitter Toutankhaton de la soirée. Elle fit appeler Baketaton et décida de la distraire. Mais les funérailles d'Akhenaton lui rappelaient trop celles de son père pour qu'elle retrouvât le sourire.

– Quand la cérémonie sera terminée, viens t'asseoir avec nous… lui suggéra Ankhesepaaton.

– Je n'en ai pas le cœur.

Consciente de son incorrection, elle s'excusa aussitôt et précisa :

– Je ne pourrai rien avaler ce soir. La tristesse me serre la gorge.

– Je ne te comprends pas, lui dit sévèrement Ankhesepaaton. Ton père était souffrant. Il supportait sa douleur avec beaucoup de courage. Les dieux l'ont enfin libéré. Il est heureux. Pourquoi serais-tu triste ?

– En réalité, je sais parfaitement que mon père mène une vie plus agréable chez les Bienheureux. Il est soulagé. Mais je suis comme tous les Égyptiens : je ne supporte pas la disparition d'un être cher.

– Ta mère l'a rejoint. Tu les retrouveras un jour.

– En attendant, je dois vivre sans eux et je n'en ai pas le courage. Ma mère était si proche de moi ! C'était ma sœur, ma complice, ma plus grande amie. Elle était si forte qu'elle me paraissait indestructible. Sa disparition m'a surprise, je l'avoue.

– Ton père avait vécu longtemps alors que Kiya était encore jeune…

– … et si aimée de Pharaon.

Ankhesepaaton fut piquée au vif.

– Akhenaton aimait avant tout Néfertiti, la Grande Épouse royale !

– Certainement, répliqua aussitôt Baketaton. Je voulais seulement dire qu'elle avait été très proche d'Aménophis III et que Pharaon, son fils, appréciait sa compagnie.

– Tout cela est maintenant de l'histoire ancienne. Je ne me querellerai pas avec toi sur ces sujets. Qu'Akhenaton ait préféré Néfertiti ou Kiya ne nous regarde pas. Je suis persuadée qu'il adorait ma mère et qu'il en a fait la reine la plus adulée du monde et de l'Égypte.

– Il devait, cependant, aimer suffisamment ma mère pour la voir chaque jour et s'attarder à ses côtés. Quand Néfertiti est morte, Kiya est devenue la favorite.

– Oublierais-tu que ma sœur Meritaton a pris sa place sur les bas-reliefs ? Crois-moi, Baketaton, oublions ce sujet qui va nous fâcher. Je ne cherche que ton réconfort et ton bonheur. J'estime inutile de pleurer un père qui souffrait sur terre et qui, aujourd'hui, est enfin soulagé. Il ne t'en aime pas moins.

Quant à ta mère, je reconnais qu'elle méritait de vivre beaucoup plus longtemps et que son destin a été cruel. Nous n'avons, cependant, pas été épargnés. Nous avons, nous aussi, perdu nos parents et nos grands-parents. Plusieurs de nos sœurs ont été emportées par la maladie.

– Allons ! Ankhesepaaton a raison, ajouta Toutankhaton en mettant son bras autour des épaules de sa sœur. J'aimerais revoir, moi aussi, tes yeux se plisser et ta bouche s'élargir dans un grand sourire.

Baketaton lui prit la main et la serra très fort. Ils décidèrent d'assister ensemble à la fin de la cérémonie.

– Prends soin de toi, mon cher frère, murmura Baketaton en se penchant vers l'oreille de Toutankhaton. Je n'ai plus que toi. Notre jeune frère a également disparu.

Toutankhaton avait été très impressionné par la cérémonie de l'ouverture de la bouche qui permettait à Akhenaton de revivre et de voir son âme s'envoler pour l'Au-Delà. La momie et le cercueil de Pharaon, dressés devant le prêtre, son discours affirmant que le roi retrouvait l'usage de son corps l'avaient fasciné. Encore trop jeune pour accepter la mort même s'il avait vu, depuis sa naissance, de nombreuses disparitions, croyant en l'immortalité de Pharaon plus qu'en celle de n'importe quel autre homme, il avait du mal à accepter la disparition du couple royal en si peu de temps.

La cérémonie achevée et le mobilier funéraire déposé auprès du défunt, le Grand Prêtre vérifia, une dernière fois, si tout était à sa place. Meritaton devint si pâle que Semenkharê crut bon de lui tendre la main. Tous les fonctionnaires sortirent de la tombe et se placèrent sur le flanc de la colline. Toutankhaton sentit une poigne de fer le saisir par le bras. Obéissant au roi, il resta près de lui et de Meritaton sans rien dire. Le moment était capital.

– Puis-je fermer la tombe pour que Pharaon y repose en paix pour l'éternité ? demanda le Grand Prêtre.

Un frisson parcourut la foule qui se taisait. La crique rocheuse était nue, déserte, agressive de lumière. La pierre ocre ou grisâtre semblait figée pour l'éternité, immuable, imperturbable. Paysage immobile pour des centaines d'années. Les dieux avaient dessiné la crête des monts sur fond bleu avec un ciseau de sculpteur. Contours irréguliers et parfaits, dépouillés et complexes, évidents et mystérieux, beaux et troublants composaient des reliefs étonnants. Les fentes vertigineuses qui déchiraient la roche offraient d'autres caches idéales pour une nécropole.

Semenkharê se contenta de faire un signe de tête au Grand Prêtre qui appela d'un large geste le maçon. Celui-ci était chargé de murer l'entrée de la tombe. Plutôt que de le regarder accomplir sa tâche avec nostalgie, Semenkharê serra très fort les épaules de Toutankhaton et la main de son épouse. Il caressa la tête et la joue des jeunes princesses et invita tous ceux qui étaient présents à participer au festin qui allait suivre.

Les porteurs qui avaient disposé les offrandes du défunt avaient également transporté des victuailles pour tous. Aussi les tables et les tréteaux étaient-ils déjà recouverts de nappes et de mets. La plupart des tables avaient été encadrées par des panneaux de bois assemblés qui formaient des kiosques abritant les plats de la poussière et de la chaleur.

– J'ai préféré organiser un banquet à l'extérieur plutôt qu'à l'intérieur de la tombe, dit Semenkharê à Meritaton.

– À l'intérieur, ce n'était guère pratique. Il y fait trop chaud. S'attabler devant la sépulture était impossible. Je ne vois pas d'autres solutions.

Elle ajouta après un silence et quelques instants de recueillement.

– Je suis heureuse que cette cérémonie soit enfin achevée et qu'elle se soit passée dans les meilleures conditions.

Quelques fonctionnaires gardèrent le silence en pensant à Akhenaton. D'autres quittèrent le lieu sans regret. En descendant, les fonctionnaires retrouvèrent le sourire. Un harpiste avait déjà pris place face à la tombe royale. Il interpréta un air célèbre rappelant que le défunt était face au Soleil, qu'il lui serait donné tout ce qu'il souhaitait, que le vent soufflerait vers lui, « il pourrait toujours boire du lait de vache, qu'il devenait pur en se rapprochant du soleil, que son corps était puissant, qu'il était digne de Rê et d'Osiris, qu'il recevrait des offrandes, qu'il mangerait comme autrefois, qu'il se sentirait bien dans sa tombe et qu'il serait servi par tous ceux qui vivaient sur la terre. Seules furent omises de ces strophes connues l'appel à Osiris Tjanefer.

Pendant ce chant qui bouleversa Baketaton, Moïse s'approcha de Meritaton et salua le couple royal.

– J'espère servir encore longtemps le roi, dit-il à Semenkharê.

– Je te connais. Je sais que la reine Tiyi te faisait ses confidences. J'ai également appris que tu avais, autrefois, sauvé cette princesse d'une mort certaine.

Moïse baissa les yeux.

– Tu me donnes un rôle important dans cette affaire. Mais je ne le mérite pas. Sans mon frère, aujourd'hui décédé, la reine n'aurait pas survécu.

Anticipant la demande de son mari, Meritaton prit la parole et demanda à Moïse de rentrer à son service.

– Si ma grand-mère t'a choisi, tu es le meilleur des confidents et des serviteurs, dit-elle. La reine Tiyi avait toujours raison. Elle avait l'expérience des très grandes dames qui règnent à la place de leur époux. Jamais elle ne se serait mal entourée.

– Tu parles bien de ton ancêtre qui vit dans nos cœurs, lui dit Moïse en se souvenant avec tristesse de sa maîtresse. Elle a tant fait pour mon frère ! Elle m'a récompensé au-delà de mes espérances en me promettant une tombe à Thèbes. Il m'est impossible de refuser ta proposition, digne reine. Mais je comptais partir pour Thèbes juste après l'avènement de Pharaon et…

– Ainsi donc, toi aussi tu veux habiter à Thèbes.

– Je vivrai là où vivra mon maître, rectifia

Moïse. Cependant, je préfère être enterré près de mon frère et de mes amis, dans la nécropole thébaine. C'est un immense honneur pour moi. Plusieurs architectes ont commencé le travail…

Meritaton l'interrompit.

– Rassure-toi. Nous n'interviendrons pas dans tes affaires. Réponds seulement à ma question. Acceptes-tu de me servir comme tu as servi ma grand-mère ?

– Je ferai le mieux possible. Je ne suis plus jeune et je crains de ne plus être aussi vif ni aussi efficace.

– J'ai besoin d'un homme d'expérience, sage et prudent.

Semenkharê était un peu étonné de la rapide décision de sa femme qui paraissait avoir retrouvé tous ses esprits.

– Passe la soirée avec nous, dit encore la reine à Moïse.

– Tu mérites tous ces honneurs, ajouta le roi. Ton frère est mort en mission. Il travaillait pour la reine Tiyi.

Toutankhaton embrassa sa sœur dont le cœur battait de plus en plus vite.

– Ces chants me rappellent tant l'enterrement de nos parents, lui dit-elle. J'aurais dû passer la journée dans ma chambre.

Toutankhaton la serra contre lui.

– Sois courageuse. Ta place est ici.

Un autre musicien se mit à chanter en s'accompagnant de son instrument. Il évoquait la chance qu'avait le défunt d'avoir une tombe propre et magnifiquement décorée alors que nombre d'Égyptiens devaient se contenter de sépultures en ruines envahies par les herbes.

– Leurs offrandes ont pourri et séché dans la poussière alors que tu auras toujours des fruits frais. Les murs de ta tombe sont en bon état et solides. Des jardiniers arroseront les quelques arbres que nous avons plantés pour toi. Ton âme en profitera pour boire leur eau. Il est normal de disparaître. Le soleil permet de se lever et d'exister. Le dieu Toum se couche tandis que Rê se lève chaque jour. Personne ne peut changer le monde. Les femmes mettent les enfants au monde. Les hommes les engendrent. Que celui qui est dans son cercueil, heureux, profite de sa longue vie !

Même le visage de Meritaton s'illumina. Après avoir bu un peu de vin et de bière, les invités se mirent à chanter et à reprendre en chœur les couplets des deux musiciens. Persuadés qu'Akhenaton était heureux dans sa nouvelle vie, Meritaton et Semenkharê pénétrèrent dans l'un des kiosques et se mirent à déguster des pigeons farcis, des olives et des pâtisseries. Certains croquaient des oignons et tendaient leur coupe aux domestiques qui les plongeaient dans un immense récipient plein de vin rouge clair.

Oubliant bientôt qu'il s'agissait d'un jour de funérailles, tous parlèrent de plus en plus fort. Comme il n'était pas habitué à boire du vin, Toutankhaton se mit à plaisanter et à faire des bons mots.

– Le pharaon a eu le plus beau des embaumements. On ne lui a pas injecté du genévrier et on ne s'est pas contenté de saler son corps au natron. On ne lui a pas administré, comme à un pauvre, de l'huile ou du désinfectant. Il a eu droit à un riche tombeau et non à une fosse commune où l'on a l'habitude d'entasser les cercueils. Dans sa tombe ne se trouvent pas seulement des outils, de simples sandales en roseau ou en papyrus, des bagues bon marché, des bracelets en bronze ou en faïence, des amulettes, des yeux oudja, des scarabées et des statuettes divines. Il a eu un trésor inestimable. Loin du cimetière des pauvres de l'Assassif, loin de Thèbes où se mêlent des momies enveloppées de simples couvertures ou de toiles grossières, Akhenaton a eu le plus beau des enterrements. Son corps n'a pas été recouvert de sable. Il n'a pas été représenté dans la tombe de son maître pour le servir éternellement. Il ne doit pas exercer un métier pour vivre dans l'Au-Delà. Qu'Aton le soutienne !

Tous les Égyptiens approuvèrent le jeune faucon qui se mit à chanter et à esquisser quelques pas de danse.

– Tu as raison d'être heureux, lui dit Semenkharê qui avait, lui aussi, retrouvé sa bonne humeur et qui tapait dans ses mains pour accompagner les chanteurs.

Meritaton mangeait des fruits avec joie. Elle croqua dans une cuisse de bœuf et dit tout le bien qu'elle pensait de son père.

– Les défunts sont en liaison constante avec les

vivants, rappela-t-elle à ses invités. Akhenaton vivra toujours parmi nous.

En réalité, les fonctionnaires étaient satisfaits qu'Akhenaton ne fût plus là pour leur imposer ses folles ambitions. Cette liesse qui éclata soudain sous l'emprise du vin blessa quelque peu Meritaton.

– Les hommes qui ont servi ton père ont trop bu, lui expliqua son époux. Ne te formalise pas de leurs réflexions stupides. Ils ne pensent pas ce qu'ils disent.

– Je ne puis croire que les plus fidèles serviteurs de mon père se racontent aujourd'hui des anecdotes à son détriment en s'en moquant comme d'un roi fanatique et irresponsable…

– Tu sais combien les hommes se laissent aller dans l'ivresse… Ils regretteront demain leurs paroles malheureuses.

Aÿ était venu rejoindre sa petite-fille. Il approuva le jeune roi tout en connaissant parfaitement les goûts et les décisions des fonctionnaires.

– Un manuscrit se referme, Meritaton, dit-il à sa petite-fille en l'embrassant. Un autre va s'ouvrir. Regarde le soleil se lever plutôt que les astres qui envahissent le ciel. Il faut penser à ton avenir, à tes futurs enfants, au trône et au pouvoir.

XIV

Le lendemain matin, Semenkharê convoqua Toutankhaton dans la Maison du roi. Il le reçut dans la salle d'audience aux couleurs et aux fresques magnifiques. Le jeune garçon s'étonnait des mystères de Semenkharê. Aussi arriva-t-il au palais la curiosité aiguisée et l'humeur plutôt bonne.

– Vénérable maître, dit-il à Semenkharê, tu me parles par énigmes et tu troubles mes pensées. J'ai senti que tu voulais m'entretenir d'une question importante. De quoi s'agit-il ?

Semenkharê le regarda attentivement en se demandant si le moment était bien choisi pour lui faire des révélations. Toutankhaton lui parut peu concentré. « Il est incapable de comprendre tous les rouages de la politique. Il est trop jeune, se dit Semenkharê. Il devra, pourtant, apprendre vite comme le souhaitait Akhenaton. »

– As-tu pensé à Akhenaton depuis qu'il nous a quittés ? lui demanda Semenkharê.

– Il est étrange que tu me poses cette question, lui répondit Toutankhaton, car je rêve souvent de lui. Il a beaucoup marqué ma vie.

– Et que vois-tu dans tes songes ?

– Il me parle. Il m'embrasse. Il me donne des conseils. N'est-ce pas bizarre, Semenkharê ?

– As-tu déjà entendu Aménophis III te parler de la sorte ?

– Pourquoi évoques-tu le grand Aménophis III ?

– N'est-ce pas normal qu'un enfant pense à son père ?

Toutankhaton se balança sur son siège trop large pour lui. Il saisit l'un des accoudoirs, puis l'autre. Semenkharê n'insista pas.

– Tu as souvent vu Akhenaton lorsque tu étais petit... dit seulement le roi. Kiya s'occupait elle-même de toi. Elle préférait te garder avec elle plutôt que de te confier aux nourrices. Elle t'emmenait alors au palais et Akhenaton prenait soin de toi. Il te parlait. Il jouait avec toi. Il appréciait ta présence.

– Je m'en souviens même si j'étais très jeune.

– Cette attention créait parfois des jalousies. Les filles d'Akhenaton craignaient de te voir prendre leur place dans le cœur de leur père. Elles s'étonnaient surtout de cette affection incroyable qu'il manifestait à ton égard.

– C'est sans doute parce qu'on disait qu'il aimait beaucoup ma mère.

– Ces rencontres avec le roi étaient-elles agréables pour toi ?

– Je ne me souviens que de bons moments. J'espère vraiment qu'Akhenaton saura échapper aux voleurs qui tenteront de pénétrer dans sa tombe, aux étrangers malfaisants et aux fonctionnaires envieux qui s'occuperont de sa sépulture.

– Et que ferais-tu pour punir de tels actes ?

– Les dieux m'aideraient à les punir ! Les coupables seraient brûlés, noyés dans leur propre bateau. Ils n'iraient pas dans le pays des Bienheureux. Leurs descendants ne recevraient pas leur poste. Ils ne mangeraient pas d'offrandes après leur mort. Ils seraient lapidés. Leurs filles et leurs femmes seraient tuées ou violentées devant eux.

Toutankhaton s'emportait subitement plus que de raison. Aussi Semenkharê crut-il bon de le préparer à un scénario déplaisant pour lui.

– Et si la tombe et la momie d'Akhenaton n'étaient pas respectées ? Si tes rêves devenaient réalité car il s'agit bien là de tes songes ? Tu trembles en en parlant et tu parais très préoccupé. Si tes rêves n'étaient que de doux songes, s'ils ne bouleversaient pas ton sommeil, s'ils ne hantaient pas tes journées, tu ne m'en parlerais pas avec ces yeux effrayés.

Toutankhaton rougit.

– Je suis étonné par ta perspicacité.

– Pourquoi chercherais-tu à les cacher ? Veux-tu me raconter dans le détail ces cauchemars qui hantent tes nuits ?

– Je crains peut-être qu'Akhenaton ne soit dérangé dans sa vie éternelle. Il a partagé ma petite enfance. Il a emporté dans sa tombe une partie de mes sentiments. J'espère que le roi punira tous ceux qui oseraient maltraiter Akhenaton. Ceux qui le serviront comme ils l'ont fait de son vivant auront toute ma gratitude. Non seulement, je souhaite qu'ils ne perdent rien mais j'espère qu'ils recevront des présents et des titres. Ma mère m'a appris à soigner les défunts pour qu'ils ne se mettent pas en colère et n'accablent pas les vivants ! Sinon, les maladies s'abattent sur nous. Je gravirai moi-même la colline pour déposer sur un trépied juste devant l'entrée de la tombe d'Akhenaton les plus beaux fruits que je pourrai trouver. Il recevra du pain, de la bière, des cuisses de bœuf, des volailles, des épices et de la graisse ainsi que tout ce qui est produit grâce au Nil et à la terre argileuse.

– As-tu déjà offert tant de victuailles à Aménophis III ?

Toutankhaton rougit de nouveau et se cala au fond du fauteuil.

– Comment pourrais-je le faire ? Aménophis III n'a pas été enterré à Akhetaton !

– Il est facile de désigner des serviteurs chargés des offrandes quotidiennes d'un défunt. Tu peux aussi partir avec ton précepteur pour la rive ouest de Thèbes. Personne ne te le reprocherait.

– J'avoue qu'Aménophis III mérite plus que je ne lui ai jamais donné. Je l'ai connu vieux et malade. On le disait bon et intelligent. La reine Tiyi ne tarissait pas d'éloges sur ce grand roi…

– Et, pourtant, tu semblais plus complice avec Akhenaton qu'avec Aménophis son père.

– Peut-on me le reprocher ?

– Certainement pas puisque Kiya avait choisi de

te faire partager les après-midi du jeune roi. Tu pourras écrire à Akhenaton toutes tes pensées sur les récipients que tu déposeras devant sa tombe. Tu seras ainsi assuré qu'il aura reçu ton message.

– Je me suis surtout donné pour tâche de faire prospérer notre famille pour que nos ascendants défunts connaissent toujours la même gloire.

– Ta maturité m'étonne. Je voyais en toi un garçon un peu distrait et naïf. Tu as déjà conscience de tes devoirs.

– Et je sais que les Égyptiens ou les étrangers lisent les graffiti que nous laissons sur les pots ou les murs de nos ancêtres. Ces témoignages sont primordiaux. Je trouverais normal que nous restaurions ceux qui ont été effacés sur les pyramides d'Ounas, de Djéser ou d'Ouserkaf. Je restaurerais volontiers les papyri endommagés aux formules immuables.

Impressionné, Semenkharê ne douta plus qu'il pouvait enfin s'entretenir d'un sujet sérieux avec Toutankhaton. Le jeune homme retrouva, cependant, un visage poupin et lui sourit de toutes ses dents.

– Viens près de moi, Toutankhaton. Tu es digne de nos ancêtres. Je suis fier d'entendre un tel discours. Alors écoute… Tu aimes apparemment Akhenaton.

Toutankhaton acquiesça de la tête.

– Connais-tu les rumeurs qui courent à son sujet ?

– Lesquelles ? Celles qui concernent mes parents ? Certains osent prétendre que ma mère n'est pas morte et qu'elle est partie avec Akhenaton pour un autre pays. D'autres affirment que Néfertiti est encore en vie et qu'Akhenaton la tient à l'écart du pouvoir. J'ai même entendu dire qu'elle régnerait avec toi sous un autre nom !

– Je connais ces ragots qui sont sans doute dus au fait que bon nombre d'Égyptiens adoraient Néfertiti et admiraient Kiya. Je crains que ces bruits ne courent longtemps. Mais je ne pensais pas à cela.

– Que voulais-tu dire ?

– J'évoquais le doute concernant ton père. Ta mère t'en a-t-elle parlé ?

– Jamais. Je sais pourtant qu'elle laissait croire que mon père était Akhenaton.

– Qu'en penses-tu ?

– Cela me paraît impossible ! Je suis né lorsque ma mère était l'épouse d'Aménophis III ! Il est inconcevable qu'une princesse mitannienne ait osé tromper Pharaon alors qu'elle lui devait tout !

– Cela s'est rarement vu, en effet, répondit Semenkharê.

– Pourquoi m'interroges-tu à ce sujet alors que tout me paraît clair ?

Semenkharê se leva et arpenta la pièce. Il remit sa ceinture en place.

– Rien n'est simple, lui répondit-il. Tushratta, ton grand-père, qui a tragiquement disparu pendant la guerre du Mitanni contre le Hatti, avait promis à Akhenaton sa fille Taduhepa qui a pris le nom de Kiya en arrivant en Égypte ainsi que le souhaitait Aménophis III. Aÿ est intervenu pour faciliter cette union. Mais quand Aménophis III, pourtant vieilli et malade, a vu ta mère jeune et belle, il en est tombé amoureux, oubliant presque la Grande Épouse Tiyi, femme exemplaire entre toutes. Il est devenu son compagnon et l'a beaucoup chérie. Baketaton est née.

– Ma sœur m'a en effet précédé.

– Malgré cette union, Kiya n'avait pas oublié Akhenaton. On raconte qu'ils se voyaient souvent alors que le fils d'Aménophis III, mon demi-frère, était marié avec Néfertiti.

– Je ne puis le croire, dit Toutankhaton. Akhenaton adorait Néfertiti et la considérait comme une déesse.

– Néfertiti a appris qu'Akhenaton éprouvait toujours des sentiments à l'égard de Kiya. Elle en a beaucoup souffert.

– Mais elle aimait peut-être Thoutmès le sculpteur…

– Oublie ces racontars…

– Où veux-tu en venir, mon frère ?

– Précisément au fait que je ne suis certainement pas ton demi-frère.

Toutankhaton le regarda comme s'il avait perdu la tête. Il se dandina de nouveau sur son siège.

– Tu es le fils d'Aménophis III et d'une de ses filles. J'ai été conçu par Aménophis III et ma mère Kiya m'a mis au monde.

– J'en doute, répliqua Semenkharê. Je crois plutôt que ton père était Aménophis IV-Akhenaton.

Toutankhaton paraissait complètement décontenancé.

– Comment peux-tu imaginer que ma mère aurait trompé le grand et puissant Aménophis III avec son propre fils ?

– Kiya s'est confiée à Akhenaton qui lui a demandé de garder le silence. Elle prétendait qu'elle ne rencontrait plus Pharaon au lit car il était trop souffrant pour penser au plaisir. Seul Akhenaton pouvait être le père du fils qu'elle venait de mettre au monde.

– En a-t-on la preuve ?

– Hélas, non, dit Semenkharê en laissant ses bras tomber le long de son corps en signe d'impuissance.

– Comment a réagi Akhenaton lorsque ma mère lui a annoncé cette nouvelle étonnante ?

– Il n'a rien voulu entendre. Il lui semblait impensable d'avoir conçu un enfant qui aurait dû être de Pharaon. Il a ordonné à Kiya de se taire et de cesser ses mensonges.

– Il s'agit donc bien de mensonges…

– Akhenaton n'était pas honnête lorsqu'il était prince. Il craignait, sans doute, les représailles de son père. Son attitude est devenue différente quand il a régné avec son père. Il a fini par écouter Kiya d'une autre oreille…

– A-t-il accepté ce qu'elle avançait avec une telle assurance ?

– Non, je ne le crois pas. Selon Aÿ qui en sait plus que moi, Akhenaton refusait toujours de te considérer comme son fils. Comment aurait-il expliqué à Aménophis III qui t'aimait que l'héritier qui venait de naître était le fruit d'un adultère ?

– J'ai toute confiance en ma mère. Je suis troublé par ses paroles. Était-elle aussi affirmative que tu le sous-entends ?

– Elle l'était ! Jamais elle n'a tenu un autre discours. Pour elle, seul Akhenaton pouvait être ton père !

– Quels avantages aurait-elle tirés de tels mensonges ?

– Réfléchis, Toutankhaton. Elle avait tout intérêt à laisser croire que tu étais le fils d'Akhenaton. Aménophis III était vieux. Akhenaton devait lui succéder et il n'avait pas de fils. Sa femme ne lui avait donné que des filles. Quelle magnifique occasion d'avoir enfin un héritier !

– Tu as raison. Kiya a peut-être calculé tout cela. Elle a peut-être tout inventé dans mon intérêt…

– … et dans le sien.

– Cependant, j'ai cru comprendre que lorsqu'elle a affirmé à Akhenaton qu'il était mon père, Aménophis III régnait encore et Akhenaton n'était pas sûr de régner avec lui, encore moins de lui succéder.

– J'avoue que tu as raison sur ce point. On évoquait l'influence de la princesse et Grande Épouse Satamon qui aurait pu prendre la succession de son père. Mais cette possibilité a été vite mise de côté. Aménophis III préférait mettre un homme à la tête du royaume d'autant que l'Égypte est toujours menacée.

Toutankhaton réfléchit quelques instants. Il

essayait d'imaginer sa mère demander audience à Akhenaton pour lui annoncer une nouvelle qui la comblait de joie.

– Tu prétends, Semenkharê, que ma mère aimait Akhenaton.

– Elle l'a aimé dès son enfance.

– Elle s'est donc pliée sans joie aux volontés royales de mon grand-père.

– Elle a fini par l'apprécier et par le chérir.

– Elle a accompli son devoir. Sais-tu si elle a annoncé au peuple que j'étais le fils d'Akhenaton ?

– Je n'ai que quelques années de plus que toi. Comment le saurais-je ? À ma connaissance, elle n'a jamais fait personnellement une telle révélation. Elle a laissé le prêtre et le scribe inscrire dans les registres ta naissance officielle. Tu y es évidemment mentionné comme le fils d'Aménophis III et de Kiya née Taduhepa.

– Trouves-tu que je ressemble plus à Akhenaton qu'à Aménophis III ?

– Cela n'a pas de sens. Il est normal que tu ressembles à ton grand-père ! Akhenaton a dû finir par croire en sa paternité. Il t'aimait et te choyait. Quant tu étais petit, il passait beaucoup de temps avec toi, plus qu'avec les princesses.

– Il a toujours préféré Meritaton.

– Il t'aimait et il avait fini par accepter l'idée que tu étais bien son fils.

– Et toi qu'en penses-tu ? demanda Toutankhaton. Es-tu mon oncle ou mon frère ?

Semenkharê se rassit près de lui et lui parla sur le

ton de la confidence en le regardant droit dans les yeux.

– J'aimais mon père. Il a toujours cru que tu étais son fils. Il m'a demandé de prendre soin de toi parce que je suis ton aîné. Il m'a fait comprendre que la vie est courte et qu'il faut penser à son successeur. Je vais être acclamé Pharaon unique. Aménophis III voulait que je pense tout de suite à former un prince. Tu seras celui-ci. Je ne sais si tu as été conçu par Akhenaton ou par Aménophis III bien que je pencherais pour Aménophis IV-Akhenaton avec beaucoup de conviction. L'important est de prendre conscience que tu es le prince héritier, celui que j'aiderai à me remplacer si je meurs demain. J'aurai sans doute des fils avec ma chère Meritaton. Ils pourraient alors régner et nous en reparlerions. Aujourd'hui, la situation est telle que je viens de te la décrire. Prépare-toi à poursuivre sans relâche la formation et l'entraînement d'un prince digne de ce nom, né d'un Pharaon ! Que ton père soit Aménophis III ou Akhenaton, tu es fils de roi et tu as toutes les qualités pour régner !

Toutankhaton était très flatté par le discours de Semenkharê même s'il avait besoin de rester seul et de réfléchir tranquillement à son futur destin.

– Crois-moi, Toutankhaton. Mon cher père m'a supplié d'écouter mes maîtres et de devenir le meilleur des rois. Il m'a également demandé de prendre soin de toi. Akhenaton et Kiya t'adoraient et souhaitaient la même chose. Jamais je ne permettrai à quiconque d'entraver mes plans. Es-tu prêt à m'écouter en tout et à t'entourer des maîtres les plus exigeants ? Tu auras moins de temps pour tes loisirs. Tu verras peut-être moins souvent Ankhesepaaton…

– La pauvre Ankhesepaaton subit, elle aussi, les revers de la fortune. Elle qui s'était réjouie d'avoir eu un enfant d'Akhenaton, comme Meritaton avant elle, risque de perdre cet enfant. Elle ne quitte plus son lit depuis l'enterrement d'Akhenaton.

– Ankhesepaaton aura besoin de toi. Même si tu as beaucoup de travail, je préfère que tu ne la délaisses pas. Aÿ, Horemheb, ma chère Meritaton approuvent vos rencontres et les trouvent enrichissantes. Ankhesepaaton aura une excellente influence sur toi.

Toutankhaton lui promit d'obéir. Un peu perturbé par ce qu'il venait d'apprendre, il se leva et supplia Semenkharê de lui laisser le temps de réfléchir.

– J'espère ne pas avoir été trop franc, s'excusa le roi. Je t'aime comme un frère même si je suis ton oncle. Nous n'avons que peu de différence d'âge et je sais que nous pourrons tous les deux réaliser de grands projets.

XV

Ankhesepaaton paraissait revivre les affreux mois qui avaient précédé. Meritaton était venue la retrouver dès qu'elle avait appris que son enfant avait les mêmes symptômes que sa propre fille.

– Je croyais que nous étions au bout de nos peines, lui avoua-t-elle. Je voyais dans mes rêves un avenir plus lumineux. Tu me semblais approuver ma complicité avec Toutankhaton. Même s'il a honte de le montrer en public, celui-ci me paraît très attaché à ma personne.

– Il est trop jeune pour oser montrer ce qu'il ressent. Il perdra sa pudeur.

Meritaton ressentit une violente douleur à la poitrine en voyant sa nièce dans le même état que sa fille. Elle se souvenait des nuits d'angoisse où elle la voyait dépérir et souffrir en étant impuissante.

– Puis-je espérer ? lui demanda Ankhesepaaton en se penchant vers le petit lit aux montants de bois doré.

– Je préfère être franche car on ne l'a pas été avec moi, lui répondit Meritaton. J'ai l'impression que la médecine est impuissante face à la peste. Il y a, cependant, quelques malades qui guérissent mais les médecins ne savent pas plus expliquer les récidives que les guérisons. Il est donc inutile de les écouter.

– Et toi, ma chère sœur, crois-tu que ma petite ait une chance de rester en vie ?

– Je ne veux pas te donner de vains espoirs.

– Tu connais les symptômes de cette affreuse maladie. Ta fille avait-elle de la fièvre ? Dormait-elle correctement ? Souffrait-elle ? Était-elle consciente ? Je me souviens de ta petite fille étendue sur sa couche. Mais tu interdisais ta porte à tes propres sœurs. Je n'ai donc pu assister à l'aggravation de son état. Je ne sais ce qu'il faut faire…

Ankhesepaaton prononçait des phrases décousues. Elle commençait des développements et les laissait en suspens en s'excusant. Elle s'écroula finalement dans les bras de sa sœur et se mit à pleurer.

– Faut-il que je paye l'amour que je ressens pour Toutankhaton ? Pourquoi ne pourrions-nous envisager un avenir en commun avec ma petite fille ?

– On a l'impression que les dieux veulent chasser à tout jamais le souvenir d'Akhenaton en faisant disparaître tout ce qu'il a conçu, dit Meritaton. Ses enfants sont tous touchés par la maladie.

Ankhesepaaton s'empara des poignets de sa sœur et les serra de toutes ses forces.

– Tais-toi ! Notre famille ne va pas disparaître. Elle luttera !

– Contre la divinité ? Nous sommes tous impuissants face aux dieux.

– Regarde ! Ma fille va se réveiller ! Elle a dormi pendant toute une journée… Est-ce bon signe ?

– Peut-être, Ankhesepaaton. Cette maladie est sournoise. Nous allons prier pour que ton enfant survive mais je n'ai pas beaucoup d'espoir. Tu dois te préparer au pire… Quand on n'est pas informé, on apprend les tristes nouvelles comme si l'on recevait des coups de poignard. Il est difficile de s'en remettre.

Ankhesepaaton se précipita vers sa fille et lui parla doucement en lui caressant les cheveux.

– Ma chérie, tout va bien se passer. Je suis près de toi. Que veux-tu ? As-tu soif ?

Elle fit signe à une servante en pleurs de lui apporter de l'eau fraîche.

– Assieds-toi… dit-elle à sa fille comme si la petite la comprenait. Apportez des coussins et des couvertures pour caler son dos !

– Elle est trop petite pour boire ainsi, lui dit Meritaton. Laisse-moi faire ou appelle sa nourrice.

Mais l'enfant se mit à tousser et devint très rouge. Meritaton la prit aussitôt entre ses bras et lui tapa dans le dos.

– Ma fille rendait tout ce qu'elle ingurgitait, expliqua la reine.

– C'est mauvais signe, se lamenta Ankhesepaaton en prenant la place de sa sœur.

– Elle se calme… Mais elle a de la fièvre. Son front est brûlant. Ses mains sont moites.

– Elle a trop chaud, dit Ankhesepaaton en enlevant les couvertures. Elle étouffe.

Comme le médecin venait aux nouvelles, Ankhesepaaton lui fit un rapport exact de ce qui venait de se produire. L'Égyptien hocha la tête sans donner de pronostic.

– Elle est éveillée ! répéta Ankhesepaaton.

– J'ai entendu tout à l'heure tes cris de joie, dit le médecin, mais ce réveil ne signifie rien. Ta fille a le front très chaud. Elle a beaucoup de fièvre. Elle délire dans son sommeil.

– Veux-tu dire qu'elle dort encore et qu'elle fait des cauchemars ?

Meritaton laissa le médecin ausculter sa nièce.

– Ne dis rien, dit-elle à l'Égyptien qui baissait les bras. Je connais votre impuissance. Ma sœur m'a parlé de cette maladie difficile à soigner. Il me faudrait des Crétois, ces hommes si doués qui connaissent les bienfaits des plantes mieux que personne.

– Il y en a en ville, lui dit le médecin. Mais ils ont perdu le prestige qu'ils avaient. Ils errent de ville en ville et de pays en pays à l'affût d'un travail.

– J'espère qu'ils n'ont rien perdu de la science de leurs ancêtres !

Nullement jaloux d'une telle proposition, le médecin expliqua à Ankhesepaaton où elle pouvait trouver de tels hommes.

– Ils vendent des épices et des plantes sur les marchés. Tu les reconnaîtras facilement. Ils sont petits et râblés. Ils parlent le grec et quelques mots d'égyptien.

– J'irai moi-même les chercher, dit Ankhesepaaton à sa sœur.

– Impossible ! Les marchés sont peu sûrs surtout en ce moment. Les filles d'Akhenaton doivent éviter les lieux publics sauf lorsqu'elles sont entourées de gardes. Prends une escorte ou envoie des servantes au marché. Tu recevras ces Crétois au palais. J'assisterai à ces rencontres pour que ces étrangers ne te vendent pas n'importe quoi.

– Crois-tu que je laisserais des incapables approcher de ma fille ? Je veux que plusieurs médecins les rencontrent avant de leur donner l'autorisation de soigner ma fille.

Meritaton l'approuva.

– J'ai regretté de n'avoir pas tout tenté pour ma propre fille. J'ai fait confiance aux médecins. J'aurais dû consulter des sorcières et des guérisseurs. Nous ne perdons rien à tout tenter.

Ankhesepaaton regarda sa fille avec amour et la berça contre elle.

– Elle s'est rendormie, dit-elle.

– Ainsi, elle ne souffre pas, lui expliqua le médecin.

– Bien ! Ne perdons pas de temps ! Donne-moi quelques gardes. Je vais aller moi-même sur la place du marché.

– Mais il n'y a que très peu de marchands à cette heure !

– Je vais trouver, ma chère sœur ! Si je ne vois pas de Crétois, j'interrogerai les commerçants, les Hellènes, les Libyens, les Nubiens. Ils sauront me guider. Ils logent tous dans des tentes près de la place publique !

– Tu devrais trouver facilement, reconnut Meritaton. Prends garde à toi. Je vais te donner une escorte d'une dizaine d'hommes. Reste toujours avec eux !

– Je te le promets, lui dit Ankhesepaaton en l'embrassant. En attendant, prends soin de ma fille. J'ai repris confiance. Je suis sûre que nous allons trouver une solution !

– Moi aussi, lui dit Meritaton en lui rendant ses baisers.

– Je ne serai pas longue.

– Dans ton malheur, tu as de la chance, lui dit encore Meritaton. De très nombreux étrangers sont arrivés depuis quelques jours à Akhetaton pour l'enterrement et l'avènement de Semenkharê. Tu devrais trouver facilement quelques vendeurs de plantes.

– Encore faut-il qu'ils soient savants et qu'ils sachent comment les utiliser en médecine.

Ankhesepaaton se précipita de nouveau vers sa fille qui gémissait.

– Vite ! Des linges humides et parfumés pour la rafraîchir ! dit-elle aux servantes.

– Non, je m'en occupe, intervint le médecin. Il est vrai que nous sommes parfois impuissants mais nous connaissons notre métier.

Meritaton fit signe à sa sœur de s'éloigner et de le laisser faire.

– Pars confiante. Il ne se passera rien en ton absence. Agissons au plus vite.

Ankhesepaaton se retourna une dernière fois et sortit précipitamment de la pièce.

*
* *

Toutankhaton était très troublé par ce que Semenkharê lui avait appris. Il sentait, soudain, une lourde responsabilité sur ses épaules. Il se demandait comment Kiya avait osé faire un enfant avec le fils du pharaon. Il la revoyait digne et belle dans sa tunique moulante, plus attirante que Néfertiti. Il songeait à la complicité d'Akhenaton avec elle et à leurs entretiens fréquents.

« Dois-je parler de tout cela à Baketaton ? » se demandait Toutankhaton en ne sachant s'il devait garder le secret d'une telle révélation. Il avait parfois l'impression d'être le dernier informé de ce que tout le monde savait.

– Je dois absolument rendre visite à ma sœur, murmura Toutankhaton. Il faut que j'oublie mes soucis et ma tristesse. Ma sœur a besoin de moi. Je dois la soutenir dans cette terrible épreuve.

Malgré ses bonnes intentions et son dévouement extrême, Toutankhaton ne parvenait pas à quitter cette pièce où il s'était enfermé seul en ordonnant de ne pas être dérangé.

– Comment Baketaton réagira-t-elle si elle apprend que je ne suis que son demi-frère ? Faut-il le lui dire ? Nous avons vécu et avons été élevés ensemble. Nous avons tout partagé. Nous avons tous les deux davantage connu notre mère que notre père. Nous avons eu les mêmes espérances et nous avons rêvé lorsque Kiya nous racontait des contes mitanniens.

Toutankhaton supportait difficilement la morosité de sa sœur qui n'était pas d'un naturel enthousiaste et qui subissait les deuils de sa famille avec beaucoup de difficulté.

– Elle est fragile. Je ne vois pas pourquoi j'ajouterai des sujets de tracas à ses angoisses. Attendons que le moment soit mieux choisi pour lui parler. J'aimerais qu'elle rencontre un Égyptien tendre et attentif qui puisse me suppléer si je ne suis pas là. Semenkharê a raison en songeant déjà à lui trouver une compagnie.

Les paroles de Semenkharê se bousculaient dans la tête du jeune garçon. Il se prit les tempes à deux mains et supplia les dieux.

– Je n'arrive pas à savoir si je préférerais Akhenaton comme père plutôt qu'Aménophis III. Je ne me suis jamais posé la question. Pour moi, il n'y avait aucun doute !

Toutankhaton était également conscient de l'immense popularité d'Aménophis III que tout le monde admirait.

– Akhenaton n'a jamais soulevé l'unanimité. Si les prêtres, le peuple et les fonctionnaires s'acharnent demain contre lui et sa mémoire, comment m'accepteront-ils ? Ils ne verront en moi qu'un rejeton d'un roi haï. Sauf si…

Astucieux et malin, Toutankhaton jugeait plus prudent de garder ce secret pour lui.

– Décidément non. Je n'en parlerai pas à Baketaton. J'attendrai que le roi me donne la permission de raconter cette histoire. Il n'est pas dit que je le souhaite. On verra de quoi demain sera fait. Je jugerai alors s'il est préférable d'être le fils d'Akhenaton ou celui d'Aménophis III. Jamais personne ne rougirait d'être l'enfant d'Aménophis III.

La réflexion de Toutankhaton s'avérait fructueuse.

– J'ai bien fait de m'enfermer ici et de réfléchir avant de répandre cette nouvelle au palais. Non seulement, je préfère passer pour l'enfant d'Aménophis III mais je ferai inscrire sur des bas-reliefs ou sur des socles que je suis son fils. Personne ne connaît la vérité. Je ne mentirai donc pas. Nombreux sont les princes qui traitent leur grand-père comme leur propre père.

Toutankhaton se promit, cependant, de faire part de ses réflexions à Semenkharê et de ne pas agir sans avoir son avis.

– Les femmes sont bavardes. Si je parle à Baketaton, toute la cour sera au courant. Après tout, nous sommes tous les deux les enfants de Kiya…

Le jeune garçon se sentait subitement épuisé. Le palais lui parut trop calme.

– Où sont les servantes ?

Il eut l'impression qu'un nouveau drame se produisait. Sa petite nièce était-elle en train de mourir ? Il tendit l'oreille et se sentit soulagé en entendant un éclat de rire dans la petite cour qui jouxtait ses appartements.

– Aucun serviteur n'oserait se réjouir s'il était arrivé un pareil drame. Tout va bien.

XVI

Toutankhaton se remit à faire le bilan de ce que lui avait dit Semenkharê.

– Je suis toujours le dernier au courant de tout. Pourquoi n'ai-je pas écouté les rumeurs ?

En y songeant de nouveau, Toutankhaton se souvenait de plusieurs conversations chuchotées derrière son dos auxquelles il n'avait pas ajouté foi mais qui lui paraissaient, en ce jour, lumineuses.

– Suis-je si naïf ou Semenkharê a-t-il tort ? Je dois reconnaître que j'ai entendu maints dialogues qui auraient pu me faire deviner la présence du crocodile dans le fleuve. Au lieu de quoi, insouciant et attiré par le jeu, je préférais croire la thèse officielle !

Toutankhaton se promit de trouver des témoins de l'idylle de sa mère avec Aménophis IV.

– Aÿ serait l'homme idoine, celui qui m'apprendrait tous les secrets. Comment le propre père de Néfertiti a-t-il pu prendre, un jour, le parti de ma mère ?

Avec beaucoup de nostalgie, Toutankhaton

revoyait Kiya lui parler du Mitanni et de son grand-père.

– Mon pays ! Elle aurait tant voulu me le faire découvrir et nous y emmener, Baketaton et moi.

Grâce à Kiya, Toutankhaton savait parfaitement où était situé le Mitanni et dans quelles souffrances il avait été détruit.

– Ma mère n'a jamais pardonné aux pharaons d'avoir délaissé cet allié précieux. Elle avait raison. Je ne connais qu'une de mes deux patries et je ne suis même plus sûr de l'identité de mon père. Aÿ me parlerait-il avec franchise ? Je pourrais faire intervenir Ankhesepaaton mais je devrais la mettre au courant. Je ne sais comment aborder cet homme vénérable que je respecte et crains. Pourquoi me parlerait-il de ma mère alors qu'elle était la rivale de sa fille ? Accepterait-il de me raconter avec franchise toute l'histoire ?

Toutankhaton était convaincu que le prêtre pouvait l'aider mais qu'il ne saurait pas avec certitude s'il était le fils d'Akhenaton.

– Qui le saurait sinon un témoin des ébats du roi avec ma mère ? Quelqu'un qui aurait la preuve qu'Aménophis III ne pouvait plus honorer une femme à l'époque où j'ai été conçu…

Toutankhaton se demanda s'il n'interrogerait pas les médecins du palais mais il renonça à cette idée.

– Ce serait peine perdue ! Si l'un d'entre eux se souvient de l'état de santé d'Aménophis, il ne l'avouera jamais. Le pharaon a dû lui faire promettre de rester muet à ce sujet. Un roi égyptien doit être, aux yeux de tous, viril et fort jusqu'à sa mort. Personne ne me parlera.

Tout en cherchant des solutions, Toutankhaton revoyait aussi le regard réjoui d'Akhenaton, manifestement heureux de tenir un fils dans ses bras.

– Kiya l'aurait facilement convaincu que j'étais son enfant même si elle mentait. Il n'avait que des filles et rêvait d'un garçon !

Toutankhaton n'envisageait, pourtant, pas que sa mère ait pu mentir.

– Elle était maligne avec ses rivales, peut-être douée pour l'intrigue comme le disent certains. Mais je suis persuadé qu'elle n'aurait pas transformé la vérité à mon sujet. Elle m'aimait trop pour ne pas être franche et, comme toutes les mères, elle voulait mon bonheur.

Meritaton l'interrompit dans ses pensées. Elle ouvrit la porte discrètement en évitant de faire grincer les gonds et craquer le bois verni.

– Je te dérange Toutankhaton car je dois impérativement te parler.

– Je m'apprêtais à rejoindre mes professeurs.

– Reste assis. Je ne parlerai pas pendant toute la course du soleil. Je serai brève. Ankhesepaaton est partie sur la place du marché mais elle va vite revenir. Je profite de son absence pour venir te rendre visite…

De nouveau inquiet, Toutankhaton changea d'expression.

– Comment va la fille d'Ankhesepaaton ?

– Mal. Très mal mais elle vit. Nous ne savons

quel va être son destin. Je te demande d'aller consoler ma sœur lorsque tu auras terminé tes cours. Écourte tes leçons. Ankhesepaaton est en train de vivre une tragédie. Je vais prier pour que son enfant subsiste. Tu seras pour elle d'un grand réconfort.

Trop jeune pour trouver les mots et la contenance adaptés à une telle situation, Toutankhaton avoua à Meritaton qu'il se sentait perdu face à Ankhesepaaton et que sa présence, gauche et empruntée, ne réussirait ni à la rassurer ni à lui faire oublier sa peine.

– Je sais qu'elle t'aime beaucoup. Ne prépare pas de discours. Ne lui parle pas. Contente-toi d'être près d'elle et de l'aider. Si elle veut se reposer, reste auprès de sa fille.

– Grande Épouse, je ne serai qu'un pauvre âne à côté de toi !

– Fais ce que je te dis. Tu n'as pas besoin de lui tenir de longs discours. Sois présent.

– Qui se trouve actuellement auprès de cette enfant ?

– Les médecins. Ils doivent la frictionner avec des onguents et lui faire boire des potions. Je préfère les laisser faire leur travail. Ankhesepaaton ne supporte plus de voir sa fille tousser toutes les fois qu'ils la font boire de force. Même si ces boissons sont préparées pour la sauver, ma sœur doute de tout et préfère laisser sa petite en paix.

– Tu leur as donc demandé d'intervenir pendant qu'elle s'absentait.

– En effet.

Toutankhaton s'étonna des intentions d'Ankhesepaaton.

– Contente-toi de m'écouter, lui dit Meritaton. Ankhesepaaton a eu une idée lumineuse. J'espère que nous réussirons à sauver sa fille.

Le jeune garçon cherchait encore à tergiverser.

– Essaie seulement de désobéir à la reine ! reprit Meritaton.

– Je ne savais pas que c'était un ordre…

Meritaton se leva et pointa son doigt vers lui :

– J'obéirai, Grande Épouse, lui dit finalement Toutankhaton en se baissant pour la saluer.

– Comprends bien que je ne plaisante pas et que je ne te laisse pas le choix !

– Je voulais juste faire comprendre à la digne…

– Tu discutes encore mes ordres !

– Non. Je me sens si incapable devant une telle situation…

– Relève-toi et regarde-moi. Je te trouve décidément très têtu ! Nous avons peut-être été trop indulgent avec toi. Le roi te monte aux nues. Il te compare à un héros. Tu vas bientôt te prendre pour un dieu !

– Jamais je n'oserai agir ainsi ! lui répondit Toutankhaton, un peu effrayé, en se courbant de nouveau devant Meritaton.

– Les dieux te rendront grâce de ton geste.

– Si tu le dis, reine…

– Ne perds pas de temps. Va écouter tes cours et reviens vite auprès de nous. Je t'attends avant le coucher du soleil !

*
* *

Toutankhaton se rendit chez ses professeurs avec plus d'entrain. Le matin, il prenait son calame et ses tablettes et partait d'un pas alerte chez son maître de lettres, de calculs et d'histoire. Il apprenait par cœur, en compagnie des fils de Pharaon nés de femmes différentes, les maximes que les Égyptiens appliquaient dans leur vie. L'après-midi était consacré à son entraînement. Semenkharê lui avait promis de l'emmener à la chasse et de rivaliser avec lui dans le lancement des armes.

Toutankhaton était appliqué, consciencieux et adroit. Mais il se blessait souvent.

– Ta mère avait constaté que tu n'étais pas bâti comme un guerrier, lui dit Semenkharê. Il faudra compenser ton manque de force et ta faible constitution par la ruse et l'adresse. Si tu te trouves en face d'un adversaire deux fois plus large que toi, ne cherche pas à lutter avec lui. Lance-lui un poignard au milieu des omoplates ou dans la poitrine avant même qu'il ne t'ait saisi les bras ou les jambes pour te faire chuter.

Aussi passaient-ils ensemble plusieurs heures à s'exercer au lancer face à une cible. Toutankhaton apprenait également à tirer à l'arc et à devenir plus endurant grâce à des exercices de gymnastique répétés chaque jour.

– Ta mère avait donné l'ordre aux meilleurs professeurs de gymnastique de muscler ton corps trop chétif. Elle était consciente de tes faiblesses et voulait les supprimer pour ta survie et ton bien-être.

– Je le sais. Elle me le disait sans cesse ! répondait l'obéissant Toutankhaton qui n'en attrapait pas moins plusieurs maladies sans grandes conséquences.

– Elle avait peur que tu n'aies la peste. Quand les hommes sont peu résistants, ils sont plus vulnérables et ils succombent plus vite.

Semenkharê aurait aussi voulu lui apprendre les rouages de la politique mais il préférait s'en remettre à Aÿ et à Horemheb. Il multipliait les épreuves infligées à Toutankhaton. Non seulement il voulait le voir devenir robuste mais il estimait important de développer aussi ses réflexes, sa vitesse d'exécution et son adresse. Il le mettait dans des situations complexes d'où le jeune garçon devait sortir en un minimum de temps. Tout d'abord affolé par ce genre d'exercices auxquels il n'était pas habitué, Toutankhaton finissait par s'habituer et par acquérir une agilité étonnante.

– J'ai l'impression que j'abattrai ces monts d'un coup de poing, avait-il dit, un jour, à Semenkharê.

– Tu es plus musclé. Tu as surtout appris à réagir vite face à l'ennemi. Je suis assez content de tes performances. Mais seul Horemheb saura juger si cet entraînement est suffisant. Je dois moi-même progresser et je n'ai pas la prétention de faire de toi un héros alors que je serais incapable de lutter contre trois adversaires.

Sur les conseils du général, Semenkharê prenait plaisir à rivaliser d'adresse avec Toutankhaton en tentant de lancer ses flèches le plus loin possible. Ils montaient tous deux à cheval avec beaucoup de facilité et faisaient des courses époustouflantes dans le désert. Les Égyptiens les encourageaient de leurs cris.

Luttant parfois sur le sol meuble comme de simples athlètes, allant jusqu'à boxer avec des mitaines de cuir qui laissaient le bout des doigts nus à la manière crétoise, comparant leurs mouvements dans les courses longues ou courtes, ils passaient parfois des journées entières ensemble.

– Ces deux-là sont très complices, remarqua Horemheb. Ils pourraient régner ensemble un jour…

Aÿ était toujours surpris de l'imagination fertile du général.

– Pourquoi veux-tu que l'Égypte ait deux rois alors qu'elle en a un de correct ! Inutile de multiplier les conflits !

– Avoue que tu apprécies Toutankhaton…

– Par les dieux, il est cher à ma petite-fille Ankhesepaaton tout comme Semenkharê l'est à Meritaton. Je dois reconnaître qu'il m'a beaucoup touché en prenant soin d'Ankhesepaaton. Elle a bien besoin de réconfort dans les moments pénibles qu'elle traverse. Son enfant est en danger…

– J'espère qu'il n'en est rien, grâce aux dieux ! La fille d'Akhenaton se portera bien. Elle luttera contre la maladie.

– Les dieux se sont peut-être calmés. Nous les avons tellement suppliés ! J'ai foi en l'avenir…

*
* *

Habituellement Meritaton et Ankhesepaaton prenaient plaisir à accompagner les hommes jusqu'au terrain d'entraînement. Elles les rejoignaient dans un char royal et s'installaient sous un dais. Leurs commentaires allaient bon train. Aussi le roi et son adversaire redoublaient-ils d'efforts.

– Toutankhaton déteste perdre, remarquait Ankhesepaaton. Il est plus brillant dans la détresse.

– Sa maigreur est compensée par son énergie ! dit Meritaton en riant. C'est un gagnant ! Il est aussi têtu que l'était sa mère…

Toutes deux se moquaient gentiment du jeune garçon qui ne déméritait pas face au roi.

– Te fiancerais-tu avec Toutankhaton ? lui demandait Meritaton.

– Je crois que je n'hésiterais pas. Nous sommes, cependant, très jeunes. Nous n'avons aucune expérience de l'amour.

– Je n'en ai guère plus que toi. La reine Tiyi s'est mariée très tôt. Néfertiti n'était qu'une enfant… Je suis sûre que mon époux exigera que Toutankhaton se marie sans tarder. Quand il aura acquis plus d'expérience, il voudra lui voir fonder une famille.

– Pourquoi tant de précipitation ?

– Parce que nous ne connaissons pas notre destinée. Mieux vaut que la relève soit assurée si mon mari disparaît prématurément.

Ankhesepaaton se taisait.

– La déesse du sommeil se serait-elle emparée de toi ? lui demanda alors sa sœur en riant.

– Je viens de songer que si Toutankhaton devient roi, je peux…

– … devenir sa reine.

– Je ne voulais pas te blesser, dit aussitôt Ankhesepaaton. Il n'est pas question que je prenne ta place ! Tu seras la reine de ce pays !

– Allons, par tous les dieux, que racontes-tu là, Ankhesepaaton ? Si tu es mariée à Toutankhaton et s'il devient roi, tu deviendras la Grande Épouse royale ! Je saurai me retirer comme il se doit !

Ankhesepaaton passait sa main devant son visage comme si elle chassait une mouche.

– Nous rêvons, disait-elle. Semenkharê n'a pas encore régné seul que nous pensons au règne suivant ! Vous êtes si jeunes. Vous êtes en pleine forme ! Inutile de penser à une catastrophe !

– Tu as raison, répondit Meritaton en riant.

Ankhesepaaton serrait sa sœur contre elle.

– J'aurais voulu que ton enfant survive. La vie est trop cruelle…

– J'aurais vu cette guérison comme un signe favorable. Quand les dieux se décideront-ils à nous aider ? J'aimerais tant que les guerres cessent car les États rivaux de l'Égypte deviennent de plus en plus vindicatifs. Je crains que les Égyptiens ne soient obligés de repartir en campagne dans peu de temps.

– J'ai entendu Aÿ et Horemheb évoquer les ambitions des Babyloniens…

– Le roi de Babylone serait facile à adoucir s'il avait eu satisfaction de Pharaon. Mais mon grand-père a toujours refusé d'envoyer ses filles ou ses petites-filles à Babylone.

– Que les dieux le gardent ! Je ne me voyais pas vivre là-bas !

– Je crois qu'Aménophis III était très contrarié d'avoir reçu du roi de Babylone des princesses laides et paresseuses qu'il n'a jamais dû approcher.

Ankhesepaaton éclata de rire.

– Nous n'avons pas été très honnêtes dans ces échanges. Pourquoi ne pas réparer un tel manque de diplomatie ? Il suffirait d'envoyer au fils de l'ancien roi des présents somptueux !

– Tu as raison, répondit Meritaton après réflexion. Je crois que les Babyloniens seraient faciles à amadouer. Nous pourrions nous en charger comme la reine Tiyi l'a fait avant nous. Elle savait écrire des lettres habiles et convaincantes.

– Restent les Hittites, les Libyens, les Nubiens et ce petit peuple d'Amourrou aussi rebelle qu'agaçant.

– En effet. Semenkharê et Horemheb sauront dominer facilement les Libyens et les Nubiens. Quant aux Hittites…

– Toutankhaton en parle avec aigreur et haine. Il n'oubliera jamais que le Hatti a entraîné la destruction du pays de son grand-père Tushratta. Si une guerre éclate entre l'Égypte et le Hatti, il sera le premier à partir !

– Semenkharê a donc raison de le former au

combat sans attendre. Ce jeune garçon est très impatient…

– Il est aussi doux qu'il peut être vindicatif contre un ennemi qu'il déteste !

– Je le comprends, répondit Meritaton, même s'il n'a jamais connu le Mitanni. Sa mère lui en a tant parlé !

– Penses-tu que les Hittites puissent enfin respecter le contrat de paix qui les liait à l'Égypte ?

– Non, répondait Meritaton. Ils sont sournois. Tantôt ils prétendent revenir à de meilleurs sentiments parce qu'ils sont frappés par la maladie, tantôt ils reviennent sur leur parole et échafaudent des plans contre nous en tentant de convaincre les pays limitrophes de les aider.

Les deux jeunes femmes s'encourageaient et se promettaient d'être fortes si le prince et le roi devaient partir pour la guerre.

*
* *

Après avoir assisté à ses cours de lecture et d'écriture, Toutankhaton se leva en hâte et plia ses affaires.

– Tu n'as donc plus de questions à me poser ? lui demanda son maître, surpris, en laissant sortir les autres.

– Pas aujourd'hui, balbutia Toutankhaton. En réalité, j'en ai quelques-unes mais je te les poserai demain.

– Demain ? Tu es toujours impatient d'obtenir des réponses !

– Je le reconnais. Mais j'ai promis à la Grande Épouse de lui obéir. Je ne peux m'attarder ici...

Toutankhaton rangea ses calames dans un plumier et essuya l'encre qui avait coulé de l'un d'entre eux.

– Tes rouleaux ne sont pas encore secs.

– Ils sécheront vite. Je dois partir.

Toutankhaton ne pouvait faire l'impasse sur son entraînement car le roi l'attendait. Il arriva sur le terrain peu de temps après.

– Tu as été plus rapide que d'habitude ! remarqua Semenkharê.

Toutankhaton lui expliqua que la reine ne les rejoindrait pas.

– Je pensais voir ma femme en compagnie de sa sœur.

– C'est impossible. Ankhesepaaton doit rester auprès de sa fille.

Le visage de Semenkharê s'était assombri.

– Comment va-t-elle ? Je ne croyais pas que son état était si critique.

– Elle est certainement atteinte de la peste. Ankhesepaaton aurait, cependant, trouvé une solution pour la soigner. La reine Meritaton est confiante.

– Une solution ?

– Je n'en sais pas plus.

– Bien ! Prends ton arc. Nous allons lancer quelques flèches.

– Maître, je dois rejoindre Ankhesepaaton au plus tôt…

– Préférerais-tu te pavaner avec ma belle-sœur plutôt que de faire ton devoir ?

– Ne crois pas cela. En réalité, Meritaton a exigé ma présence au palais. Elle est persuadée que je peux réconforter sa sœur. Je ne sais trop comment m'y prendre…

– Je comprends mon épouse. Je crois que ta place est effectivement auprès d'Ankhesepaaton. Ne crains rien. Tu sauras trouver les mots justes pour la réconforter.

– La reine ne parle pas autrement.

– Je crois qu'il est préférable de remettre nos leçons à plus tard. Tu n'es guère concentré et il est facile de se blesser lorsqu'on a l'esprit ailleurs.

Toutankhaton protesta. Il cherchait à retarder son retour au palais tout en ne désobéissant pas à la reine.

– Ankhesepaaton est partie sur la place du marché. En attendant, je peux tirer quelques flèches et te montrer que je deviens plus adroit que le roi !

Semenkharê le prit au mot. Ils s'approchèrent tous deux d'une cible et rivalisèrent d'adresse.

– Tu es plus puissant. Tu tiens mieux ton arc. Mais il te faut maintenant viser plus juste, lui expliqua Semenkharê. Horemheb te donnera ta prochaine leçon. Laisse ton arme ici. Les serviteurs la rapporteront au palais avec tes flèches. Je suis sûr que la fille d'Ankhesepaaton retrouvera le sourire.

J'ai confiance. Saute dans ce char et lance les chevaux au galop !

Toutankhaton obéit malgré lui.

– Que les dieux nous aident !

XVII

Toutankhaton se rendit d'un bon pas dans la Maison de vie où il devait suivre les cours des scribes. Il commençait à apprendre les règles du palais et les lois. La plupart des princes qui suivaient les mêmes leçons que lui étaient déjà au service du roi. Ils pouvaient tous espérer obtenir plus tard un domaine. Lui serait peut-être un jour corégent ou conseiller de Semenkharê.

Toutankhaton était satisfait des dernières nouvelles que lui avait données Ankhesepaaton. Alors qu'il avait pris l'habitude de venir chaque jour la voir pour l'aider ou la consoler, la jeune femme venait de lui faire parvenir un message réconfortant.

« Inutile d'interrompre cet après-midi ton entraînement avec le roi, lui écrivait-elle. Ma fille se porte mieux. Grâce aux dieux, les potions qu'elle a prises lui ont fait le plus grand bien. Le médecin prétend qu'elle a évacué son mal et que toutes ses douleurs sont sorties de ses pores. »

Toutankhaton fut heureux de lire ce passage. Il n'en avait pas moins envie de rejoindre Ankhesepaaton pour être en sa compagnie.

– Je me rendrai auprès d'elle ce soir. Demain, je m'abstiendrai puisque tel est son désir.

Toutankhaton passait beaucoup de temps avec Baketaton et les fils des hauts fonctionnaires, s'éveillant tôt, paressant, chaque matin, dans un lit aux pieds en ivoire, en ébène et en or, se laissant, ensuite, laver et peigner et ne portant, comme tous les enfants nobles, qu'une mèche tressée sur le côté du visage. Il était prêt à écouter les précepteurs.

Dès qu'il arriva à la Maison de vie, il but un verre de lait avant de prendre la position du scribe accroupi, à côté des princes, ses sœurs n'assistant à aucun des cours d'écriture, de littérature, de morale ou de mathématiques.

– À quoi penses-tu ? lui demanda le professeur de hiéroglyphes qui le sentait différent et préoccupé.

– Je suis prêt à t'écouter, lui répondit Toutankhaton.

– Les autres sont prêts. Toi, tu rêves…

– Je viens d'apprendre une nouvelle qui me réjouit et qui remplira de bonheur toute la cour.

– Peux-tu nous en dire davantage ?

Toutankhaton hésita.

– Pourquoi pas ? Personne ne me le reprochera. La fille d'Ankhesepaaton va beaucoup mieux. Les médecins estiment même qu'elle est guérie.

Les princes applaudirent cette nouvelle réjouissante et leur professeur leur suggéra de chanter un hymne pour remercier les dieux.

– Je vous conseille de vous rendre tous dans un

temple aussitôt après ce cours. Vous y prierez les dieux et vous les remercierez.

Toutankhaton réclama de l'eau. Au lieu de chanter comme les autres, il réfléchissait en souriant aux nues.

– Je vois bien que quelque chose d'autre te préoccupe, insista le maître.

– Ne compte pas sur moi pour t'en dire plus.

– Tâche d'être attentif.

Toutankhaton se plaisait à songer à Ankhesepaaton à laquelle il était de plus en plus attaché. « Qui aurait cru qu'elle était ma sœur ? » Pendant l'épreuve qu'elle avait traversée, il avait beaucoup admiré son courage et son dévouement. Il l'avait regardée avec d'autres yeux. Cette jeune femme en plein désarroi qui montrait, néanmoins, un visage digne, l'avait attiré. « Quelle majesté dans la douleur et le malheur ! » se disait-il. Il se sentait incapable d'en faire autant.

– Elle a réussi à sauver elle-même sa fille à force d'acharnement et d'imagination. Peut-être même a-t-elle ainsi trouvé un remède contre la peste.

– Tu murmures encore ? remarqua son professeur. Es-tu sûr de vouloir rester avec nous ?

– Évidemment. Je réfléchissais à voix haute. Crois bien qu'il s'agit de sujets importants. Je ne me laisserais pas distraire par des futilités.

– J'espère que tu as raison.

Toutankhaton s'intéressait aussi à Ankhesepaaton d'une tout autre manière. Il s'étonnait de l'émoi qu'elle faisait naître en lui. Bien qu'il ait toujours été sensible à son charme, il ressentait une plus forte attirance pour la jeune femme aux formes harmonieuses, un peu graciles. Il aimait contempler ce corps moulé dans un fourreau de lin plissé et se surprenait à vouloir la saisir par la taille pour l'embrasser et l'enlacer tendrement. Il se demandait comment Ankhesepaaton réagirait s'il osait un geste tendre. « Je suis sûr qu'elle l'accepterait. »

Alors qu'il bâillait encore comme s'il s'ennuyait tout en revoyant devant ses yeux la silhouette fine d'Ankhesepaaton, Toutankhaton se fit sévèrement réprimander. Il avait tant aimé la danse endiablée et sensuelle de la jeune femme qui avait accepté de se produire en spectacle comme une simple saltimbanque lors du banquet de la veille qui avait mis face à face le roi avec des ambassadeurs plus âgés, rompus à la politique.

« Quelle belle idée que de modifier l'atmosphère pesante de cette soirée par une danse de notre pays aussi voluptueuse ! se disait Toutankhaton en revoyant les gestes suggestifs d'Ankhesepaaton et sa longue apparence souple. Même Aÿ, en désespoir de cause, ne savait qu'inventer pour leur plaire et a accepté que sa petite-fille se produisît devant tous. » Toutankhaton était persuadé que la joie de voir sa fille presque guérie avait entraîné Ankhesepaaton dans cette danse folle. Elle avait également joué divinement de la harpe et avait charmé tous les invités du roi.

« Meritaton aurait dû savoir, comme Tiyi, trouver les mots justes pour rompre la roche et ne pas envenimer la situation. Quand Ankhesepaaton s'est levée pour esquisser quelques pas, Meritaton était impassible et froide. » Dès lors, Toutankhaton ne douta plus qu'Ankhesepaaton pouvait devenir une reine plus populaire que ne l'était Meritaton, pourtant aimée de son peuple. Les fonctionnaires avaient blâmé l'attitude curieuse et inattendue de la belle-sœur du roi avant de l'approuver. Cette attitude laissait présager une femme pleine d'entrain, de chaleur et de sensualité, autant de qualités qui ne déplaisaient pas à Toutankhaton.

– Toutankhaton, je t'adresse la parole depuis quelques instants mais tu ne daignes pas même me regarder, lui fit remarquer le professeur. Nous allons tous nous interrompre et je te propose de nous livrer l'objet de tes pensées.

Toutankhaton s'excusa une nouvelle fois.

– Crois bien que celles-ci sont pures et honnêtes.

– Pourquoi en serait-il autrement ?

– Elles concernent la famille royale…

– Est-ce trop personnel pour que tu ne puisses en faire part aux autres ?

– En réalité, je songeais au festin que le roi avait donné hier pour les ambassadeurs étrangers. Aucun des princes présents n'y assistait.

– Voilà qui sera d'autant plus intéressant pour eux. Que s'est-il donc passé pendant ce repas pour que tu y penses encore et que tu oublies notre présence ?

– J'ai vu un rayon de soleil dansant dans une pièce sombre et triste où les odeurs d'encens et de rose se mêlaient aux parfums des cônes fondant sur les joues des convives. Je n'avais jamais rien vu de plus beau, de plus lumineux, de plus éclatant. Ce rayon ressemblait à une jeune fille mince et dorée se produisant devant des spectateurs ébahis.

– Tu as sans doute bu trop de bière, répondit le professeur en déclenchant des rires collectifs.

– Tu as tort de te moquer de moi. Je te dis la vérité et cette vision m'a permis de mieux connaître mes sentiments.

– Si elle a été bénéfique, j'espère qu'elle ne te quittera pas.

– J'en suis sûr, répondit Toutankhaton.

– Pouvons-nous reprendre avec ou sans toi ?

– Avec moi, dit Toutankhaton.

Toutankhaton était très attiré par l'apprentissage des hiéroglyphes. Il préparait lui-même ses calames et ses pinceaux pour reproduire les images et les lettres que seuls maîtrisaient les scribes et les prêtres. Il posa de multiples questions sur la signification de divers signes qu'il découvrait pour la première fois et quitta avec regret son maître pour un autre.

Les leçons de mathématiques étaient faciles pour le jeune Toutankhaton qui n'aurait pas besoin d'acquérir un haut niveau dans cette matière.

– Seuls les scribes ou les architectes doivent faire de savants calculs dans leur vie, lui avait dit Aÿ. Contente-toi de bien assimiler des règles simples, de savoir additionner ou soustraire pour contrôler les comptes de tes scribes et ne pas te faire abuser.

Si tes fonctionnaires savent que tu peux les prendre en défaut, ils n'oseront pas te tromper.

Toutankhaton savait déjà mesurer en coudées, utiliser des unités de poids, compter les jours en observant la lune. Afin d'en apprendre davantage, il préféra prolonger son cours plutôt que d'aller jouer avec les jeunes princes qui s'exerçaient, non loin de là, au jeu du serpent. Ils bougeaient leurs pions en ivoire en forme de tête de fauves et cherchaient à arriver les premiers au centre d'une spirale. D'autres s'exerçaient au *mena* en comparant leur sens de l'intuition, leur intelligence et leurs réflexes. Ce jeu du solitaire était recommandé par Aÿ qui estimait, à juste titre, qu'anticiper les coups, prévoir la stratégie d'un adversaire ou ruser avec lui faisaient partie de l'apprentissage d'un futur général ou d'un prince.

Toutankhaton était assez bon à ce genre d'exercices. Aussi jugea-t-il plus utile de poser quelques questions à son professeur de mathématiques sur la manière dont les scribes calculaient les impôts de chacun.

– J'ai entendu parler du nilomètre.

– En effet. Il y en a à plusieurs endroits en bordure du Nil. Nous pouvons ainsi contrôler jusqu'à quel niveau arrive l'eau du fleuve et monter ou descendre le montant des impôts de tous les Égyptiens.

Le professeur lui fit quelques croquis de ces nilomètres qui avaient tous un escalier et des repères précis sur les murs.

– Il est effectivement très facile de se faire ainsi une idée.

– En réalité, lui expliqua le maître, le scribe doit évaluer à l'avance la montée du Nil afin de pouvoir établir un rapport précis et se rendre chez chaque contribuable. S'il se trompe, il est sévèrement puni car les Égyptiens refusent de payer plus d'impôt que prévu.

Comme Toutankhaton lui demandait plus de détails sur la tâche des scribes, le maître refusa de répondre.

– Il s'agit là de points de vue administratifs et non du travail d'un mathématicien. Tu devras te renseigner auprès des scribes chargés de cette fonction.

– Dis-moi alors comment, à partir de l'inondation du Nil et grâce au nilomètre, les scribes calculent ce que chaque Égyptien doit payer au roi.

Le professeur dressa des tableaux et expliqua avec moult détails au prince avide de connaissances comment, depuis des siècles, les redevances étaient évaluées le plus équitablement possible. Toutankhaton se mit, cependant, à songer de nouveau à Ankhesepaaton dès qu'il eut obtenu une réponse à toutes ses questions. Aussi tenta-t-il d'abréger ce cours particulier.

– Tu as hâte de rejoindre les princes, lui dit le maître en riant.

– Certainement pas. Je les laisse à leur *senet* et à leur jeu d'enfants. Mon destin n'est pas le leur. Je dois penser à mon devoir.

– Ton devoir ?

– Je dois obéir au roi, conclut Toutankhaton en se rendant compte qu'il parlait trop et qu'il devait prendre l'habitude de modérer ses propos. J'emporte tes croquis. Je les étudierai au palais et te les rapporterai demain.

– Tu peux les garder. Je n'en ai pas besoin.

Toutankhaton se leva en hâte et mit ses rouleaux sous le bras. Il prit précipitamment congé de son professeur et ne salua pas les princes qu'il regarda avec hauteur.

XVIII

Ayant largement satisfait sa curiosité, Toutankhaton se rendit dans la grande salle à manger du palais entourée de seize colonnes où il prenait habituellement une collation avec ses sœurs. Il emprunta le passage qui coupait la salle en deux et où étaient peintes des scènes de prisonniers de diverses nationalités. Il s'assit non loin d'une petite pièce d'eau recouverte de nénuphars et de lotus où nageaient, dans un ballet monotone, quelques poissons et où oiseaux et petits animaux s'ébrouaient tranquillement.

Les scènes et le pavement fait de marais et de peintures du Delta donnaient une dominante pastel à l'ensemble, les colonnes étant seules peintes de rouge, de noir et de jaune. Le sol, où revivaient tous les animaux et toutes les plantes, était le reflet de l'hymne à Aton dans lequel Akhenaton avait chanté la création du monde.

Toutankhaton souleva le rideau du dais soutenu par d'autres colonnes lotiformes. Il s'étendit sur le divan face à des trépieds en attendant le cuisinier. Mais il guettait avant tout le porche sous lequel passerait Ankhesepaaton. Celle-ci ne se fit pas attendre. Il fut aussitôt ébloui par sa présence et enveloppé par son odeur de myrrhe.

– Comment va ta fille ?

– Mieux. Je suis entièrement rassurée. Comment se sont passés les cours ?

Toutankhaton prit un air supérieur et daigna à peine répondre. Il regardait Ankhesepaaton en silence. Le cuisinier apporta des légumes et des fruits taillés en forme de dés. Toutankhaton se leva d'un bond et s'assit sur un pliant plus près d'Ankhesepaaton. Tous deux s'emparèrent de leurs piques et attrapèrent les morceaux préparés à leur intention.

– Tu as retrouvé tes couleurs, remarqua Toutankhaton.

– Parce que je me suis maquillée. J'avais perdu le goût de me faire belle.

– Tu étais plus belle que jamais. Ton dévouement, ta détresse, la tristesse de tes grands yeux te donnaient un air de gazelle traquée. Tes gestes étaient doux et tendres. Tes mouvements étaient harmonieux. Oubliant le décorum de la cour, les toilettes, les bijoux et le maquillage, tu étais naturelle comme un oiseau en détresse pris dans un filet. Tu me semblais forte et fragile.

– Tu exagères, Toutankhaton. J'étais laide et épuisée. Des cernes entouraient mes yeux. Ma peau était terne et blanche. Mes paupières étaient rouges et gonflées. Je ressemblais à un crapaud. De mes cheveux s'échappaient des mèches folles impossibles à maîtriser.

– Les femmes sont trop exigeantes. Elles sont parfois plus belles lorsqu'elles sont moins apprêtées.

– Lorsque je me suis regardée dans le miroir, je me suis à peine reconnue, dit Ankhesepaaton.

– Tu seras toujours la plus délicieuse à mes yeux.

Toutankhaton ordonna de faire venir des musiciens et des flabellifères pour les éventer.

– Nous voulons aussi les acrobates grecs qui se sont produits hier pendant le festin, ajouta la fille de Néfertiti.

– Je préférerais la danseuse, dit Toutankhaton.

– Je ne suis guère habillée pour danser, répliqua Ankhesepaaton. Ce fourreau est trop étroit.

– Défais-le et danse pour moi.

Ankhesepaaton hésita.

– Ma fille vient juste de guérir. Ce ne serait pas convenable.

– Personne ne t'a arrêtée hier…

– Je n'étais pas nue et j'ai compris qu'il fallait détendre l'atmosphère. Les danseuses n'étaient pas à la hauteur. Les ambassadeurs n'étaient guère troublés par leurs manifestations. Les chanteuses et les musiciennes étaient tristes…

– Je n'ai jamais vu une princesse se produire ainsi devant des invités ! Je dois, cependant, reconnaître que ta tenue et tes pas de danse étaient très corrects même s'ils m'ont permis de découvrir une autre Ankhesepaaton.

– Ankhesepaaton est la même. Mais tu grandis et tu ne me regardes plus avec les mêmes yeux.

– Que veux-tu dire ? demanda Toutankhaton en avalant d'un trait deux morceaux de fruits.

– Les hommes sont attirés par les femmes. Jusque-là, seul mon esprit te plaisait. Tu aimais être en ma compagnie. Aujourd'hui, tu détailles mes tenues et mon corps. Je sens tes yeux parcourir mes formes. Tu n'oses le faire devant moi mais les femmes comprennent quand les hommes les regardent dans le dos.

– Je me surprends à voir des détails que je ne distinguais pas avant, reconnut Toutankhaton. Étais-je stupide ou puéril ?

– Ni l'un ni l'autre. Tu étais charmant et jeune.

– J'ai l'impression d'avoir été ridicule.

– Je n'aime guère les adolescents accaparants, dit Ankhesepaaton. Ta réserve et ta timidité me plaisent.

Aussitôt accoururent des joueurs de flûtes, de théoribes et de luths. De souples Mycéniennes exécutèrent pour Toutankhaton des figures étonnantes que les Égyptiens ne connaissaient guère. Certains avaient été surpris par les acrobaties dangereuses que des acteurs mycéniens faisaient au-dessus de robustes taureaux crétois.

– Je veux du vin ! réclama Toutankhaton.

L'un des échansons de Semenkharê se présenta et tenta de raisonner Toutankhaton. N'était-il pas trop jeune pour boire de l'alcool ?

– Ajoutez du miel dans ce vin mais apportez-le-moi ! dit Toutankhaton.

– Je trouve que Toutankhaton a pris de l'assurance depuis qu'il croit être l'enfant d'Akhenaton, dit Ankhesepaaton.

– Comment peux-tu dire cela ? Tu es donc au courant ?

– Meritaton m'a parlé.

– La Grande Épouse a eu peut-être raison. Mais il est aussi flatteur d'être le fils d'Akhenaton que celui d'Aménophis III…

– Ne te vexe pas, Toutankhaton. Je constate seulement que tu es de plus en plus exigeant et que tu parles, désormais, en maître.

Toutankhaton rougit tandis que Meritaton se joignait à eux.

– Qu'on serve du vin mais en petite quantité, dit-elle.

Quand ils se furent rassasiés, Meritaton rappela à Toutankhaton qu'il était temps pour lui de rejoindre son professeur de morale.

– Il t'apprendra les maximes et les sentences de nos anciens écrivains, du scribe Ani et du sage Ptahhotep. N'oublie jamais ta mère Kiya. Qu'elle soit toujours fière de toi. Ne lui donne pas l'occasion de se plaindre de toi.

Quand il était plus jeune, Toutankhaton aimait écouter les préceptes des sages sans en comprendre la portée ni l'utilité. Il se plaisait à entendre ces histoires comme des légendes. Il comprenait mieux alors les messages que ces contes transmettaient à ceux qui les apprenaient par cœur.

– J'irai volontiers rejoindre la cour où doit m'attendre le professeur, répondit Toutankhaton. Il est si bon de l'entendre raconter à l'ombre des palmiers lorsque le soleil frappe Akhetaton de tous ses rayons et que tout le palais dort. J'ai appris hier comment Nout et Chout avaient formé l'univers. J'avoue avoir été quelque peu dérouté par de telles explications car j'en étais resté à Aton, grand et unique créateur du ciel et de la terre.

_ Tant de connaissances nous manquent ! reconnut Meritaton. Faut-il considérer tout cela comme des mythes ou comme la véritable création du monde ? Mon père avait-il tort ou raison ? En faisant venir à la cour des professeurs de morale et d'histoire, Aÿ a semé le doute. Depuis, j'ai appris que tous les pharaons avaient suivi les anciens préceptes pour gouverner. Il me paraît donc difficile de les occulter.

Mais, pour une fois, Toutankhaton n'avait aucune envie de rejoindre ce professeur essentiel. Il préférait prolonger sa collation et se rapprocher d'Ankhesepaaton dont il détaillait les bras blancs et minces ornés de bracelets en lapis-lazuli. Quand elle se penchait pour saisir un dé de fruit, il sentait son parfum voluptueux abondamment répandu sur ses membres, ses épaules et sa chevelure. Afin de rester encore en sa présence, Toutankhaton, qui n'avait pas l'habitude de discuter les ordres de Meritaton, eut recours à la ruse et développa leurs raisonnements.

– Où est la vérité ? demanda Toutankhaton. Tout ce que m'apprennent mes professeurs me semble digne de foi et cohérent. Je ne puis croire que les pharaons précédents aient été assez stupides pour adopter leur enseignement, les yeux fermés. Akhenaton s'était-il fourvoyé à ce point pour ne plus tenir compte d'aucune maxime, d'aucune loi, d'aucun précepte ?

Meritaton n'osait critiquer la politique de son père. Elle avait, pourtant, entendu des bruits curieux sur la manière dont le nom d'Aton devait être effacé comme l'avait été celui d'Amon.

– Un dernier détail, ajouta Meritaton.

Elle se tourna vers sa sœur et lui demanda de les laisser seuls quelques instants.

– Semenkharê m'a demandé de te parler au sujet d'une éventuelle union avec l'une des femmes du palais.

Toutankhaton se renfrogna.

– Déjà ! lui dit-il.

– Il serait bon d'envisager une union avec ma sœur. Que penses-tu d'Ankhesepaaton ? Elle est à peu près de ton âge.

– Notre professeur a enseigné aux princes les coutumes égyptiennes. Il a pris comme exemple la fille de Mineptah qui avait épousé son frère en disant que c'était l'usage dans notre pays. Leur mère voulait, pourtant, les marier à des fonctionnaires ou à des généraux mais le pharaon insista. Ils s'aimèrent comme n'importe quel couple et eurent un enfant. On nous apprend ainsi qu'il est bon d'avoir plusieurs femmes et de nombreux enfants afin d'accroître la population égyptienne.

– Nous en reparlerons bientôt, lui dit Meritaton.

Mais il serait bon qu'un jour prochain, les prêtres enregistrent ce mariage et l'inscrivent dans les registres.

Ankhesepaaton revint sans y être invitée.

– J'y réfléchirai, promit Toutankhaton. Je peux seulement t'avouer que cette perspective ne me déplairait pas.

Toutankhaton rejoignit les autres princes tandis que la toute jeune Ankhesepaaton réclamait des explications à sa sœur.

– On ne marie tôt que les princes héritiers. Pourquoi tant insister en ce qui concerne Toutankhaton ? Nous venons d'apprendre qu'il est peut-être notre demi-frère !

Meritaton fit une nouvelle fois la leçon à sa sœur.

– Tu dois te plier aux volontés du roi. Je ne puis tout t'expliquer maintenant. Sache que nous agissons pour le bien de tous.

Ankhesepaaton haussa les épaules et bouda sur le pliant que Toutankhaton avait laissé vacant.

– Toutankhaton n'est pas déplaisant, lui dit Meritaton.

– C'est vrai mais je ne veux pas me marier tout de suite.

– Ton propre père a fait de toi comme de nous toutes son épouse aimée.

– Il s'agissait de notre père. Laisse-moi le temps de mieux connaître Toutankhaton. Parle pour moi à ton époux.

Ankhesepaaton supplia tellement Meritaton que celle-ci promit d'intervenir en sa faveur.

– À condition que tu ne regrettes pas l'idée d'une union avec Toutankhaton et que tu y réfléchisses !

– Je te le promets. Il est vrai que Toutankhaton est un agréable compagnon. En réalité, je dois t'avouer que je l'aime beaucoup.

– Tu me l'avais déjà laissé entendre. Voilà pourquoi je ne comprends pas tes réticences. Chercherais-tu à te jouer de moi ?

– Pas du tout, ma chère sœur. Je suis très attirée par Toutankhaton. Je crois même l'aimer plus qu'il ne m'aime. Avec le temps, il changera peut-être. Je l'ai trouvé aujourd'hui plus mûr et plus attentionné.

Meritaton éclata de rire.

– Je comprends maintenant ce qui te retient d'accepter ce mariage. Tu as raison. Les tout jeunes hommes méritent parfois de vieillir un peu.

– Dans les prochains jours, je verrai si Toutankhaton est réellement attiré par ma présence ou s'il convoite toutes les femmes du palais !

– Ta prudence t'honore. N'oublie, cependant, pas les recommandations du roi. Même si Toutankhaton se montre subitement distant à ton égard, je doute que tu puisses échapper à cette union…

XIX

L'avènement de Semenkharê juste après le rétablissement d'Ankhesepaaton-Tachrit, la fille d'Ankhesepaaton et d'Akhenaton, fut accueilli avec une joie sans mélange. Les nourrices ne cessaient de se relayer dans la chambre de l'enfant avec des porte-bonheur qu'elles mettaient autour du cou d'Ankhesepaaton-tachrit. Mais alors même que les prêtres invitaient le peuple à prier les dieux pour les remercier d'avoir sauvé la princesse et que Semenkharê avait recouvert tous les autels d'offrandes, un nouveau malheur frappa la famille royale.

Alors que Semenkharê s'était rendu dans un temple où avaient été martelés pendant la nuit les noms d'Akhenaton, l'un des prêtres d'Aton l'attira dans la salle hypostyle.

– Nous devions nous y attendre, constata Semenkharê en regardant le martelage qui avait permis d'effacer le nom de son prédécesseur. Il est difficile de placer un policier derrière chaque Égyptien !

– Que pouvons-nous faire ?

– Nettoyer cette poussière et ces murs et tenter une restauration.

– Le peuple te sifflera si tu ordonnes de redessiner ces cartouches.

– Que proposes-tu ?

– Laissons-les ainsi et évitons d'en parler. Sa Majesté accepte-t-elle de venir près de l'autel ?

Semenkharê le suivit.

– Ces statues ont été renversées…

– Akhenaton n'y était pas sculpté à son avantage. Je les ferai remplacer. Thoutmès sera bientôt là. Tu lui expliqueras ce qui s'est passé…

Mais, au moment où Semenkharê s'apprêtait à rejoindre Toutankhaton, un messager arriva à toute allure du palais. Peu habitué à voir des serviteurs s'activer de la sorte dans ce désert brûlant où chacun accomplissait sa tâche lentement et avec soin, le roi comprit tout de suite qu'un événement inhabituel s'était produit. Il attendit que le messager l'ait salué par l'ensemble de ses noms et de ses titres. Préférant ne pas l'interrompre, il le laissa parler.

L'homme, subitement embarrassé devant le roi, faisait de longues phrases sans fin et absconses.

– Que veux-tu me dire ? Allons ! Sois plus clair ! Tu aurais dû fréquenter l'école des scribes ! Tu aurais appris la concision et l'éloquence !

– Roi tout-puissant et aimé, la reine Meritaton que nous chérissons vient d'avoir un malaise. Elle est pâle et reste sans connaissance.

Semenkharê perdit, à son tour, ses couleurs.

– Je ne puis le croire. Je viens de la quitter et

elle était joviale. Elle voulait aller voir sa sœur Ankhesepaaton.

– Je n'ai pas commis d'erreur. Aÿ m'envoie, Horus d'or, Grand parmi les grands. Il m'a dit de venir ici le plus vite possible et de te demander de retourner au palais.

Le prêtre qui avait entendu la conversation restait coi. Il finit par encourager le roi à partir.

– Tu dois reprendre tes esprits et lancer tes chevaux au galop. Ce n'est peut-être pas grave.

– Tu as raison, prêtre. Fais appeler Thoutmès et montre-lui les statues. Il saura comment remédier à ces actes de vandalisme… Mais ne lui donne surtout pas d'ordre ! Il ne les accepte guère. Dis-lui bien que tu cherches à le joindre de ma part.

– Faut-il lui parler de la reine Meritaton ?

– Non. Ne dis rien à personne à ce sujet. Inutile d'inquiéter la cour pour rien. J'espère que Meritaton est seulement victime de ces malaises féminins que nous avons du mal à interpréter.

– À moins que la divine reine tant aimée n'attende un héritier…

Les yeux de Semenkharê se remplirent d'étoiles.

– C'est sans doute cela.

Il monta dans son char et ordonna au cocher de lancer ses bêtes au galop.

– Nous retournons à la Maison du roi.

En faisant le court parcours qui le séparait du palais, Semenkharê s'était convaincu que Meritaton allait lui annoncer une heureuse nouvelle.

– Elle pansera ainsi ses blessures et oubliera un

peu la fille qu'elle a perdue, sa petite Meritaton-Tachrit que nous aimions tous.

Il entra dans la Maison du roi d'un pas décidé. Moins inquiet mais impatient de parler avec sa femme, il pénétra dans les appartements royaux avec précipitation. Mais il ne vit devant la couche de son épouse que des mines déconfites et attristées. Trois médecins s'affairaient autour d'elle. Aÿ et Horemheb murmuraient dans un coin de la pièce avec des visages atterrés. Ankhesepaaton se lamentait et ne retenait pas ses larmes.

Semenkharê comprit tout de suite qu'il avait dû se tromper en sous-estimant la situation. Dès qu'il le vit entrer, Aÿ se précipita vers lui.

– Laisse-moi voir ma femme, dit Semenkharê en l'écartant doucement.

– Elle va très mal.

– Que s'est-il passé ?

– J'étais en sa compagnie lorsqu'elle a perdu connaissance.

– Soudain ?

– Oui. Elle est devenue blême et elle est tombée de tout son poids comme si elle était…

– Les femmes ont souvent des vertiges…

– Les médecins savent distinguer des problèmes féminins avec des états plus préoccupants.

– Veux-tu dire que la santé de Meritaton est inquiétante ?

– Je l'affirme.

– Je pensais qu'il pouvait s'agir d'un malaise précurseur d'une heureuse nouvelle…

– Je ne crois pas que Meritaton attende un enfant. Les médecins ne l'ont pas envisagé.

Semenkharê s'avança vers la couche de son épouse autour de laquelle étaient agenouillées Baketaton et Ankhesepaaton. Elles levèrent vers le roi des yeux embués de larmes.

– Elle n'a pas repris connaissance, souffla Ankhesepaaton en se courbant pour saluer le roi selon les habitudes de la cour.

– Oublie ce décorum qui n'était bon que sous Akhenaton. Tu m'as déjà salué ce matin.

Il se pencha vers Meritaton qu'il trouva pâle. Ses traits étaient fripés. Elle tenait les mains crispées sur une croix ankh.

– Nous avons tenté de la lui enlever mais elle la serre comme si elle avait encore tous ses sens, lui expliqua l'un des médecins.

– Laissez-la-lui. Cette croix lui portera peut-être chance.

Il demanda à l'assistance de sortir. Comme les médecins refusaient, il leur promit qu'il ne serait pas long. Semenkharê regarda sortir de la pièce tous ceux qui pleuraient la Grande Épouse comme si elle venait de mourir.

– Nous sommes seuls maintenant, murmura-t-il à Meritaton en lui prenant les mains. Je voudrais que tu ouvres les yeux. Je t'ai toujours réconfortée. Je ne comprends pas ce qui se passe. Pourquoi ne réponds-tu plus ?

Après avoir fait quelques tentatives pour lui faire

ouvrir les yeux, Semenkharê se laissa aller à sa douleur.

– J'espérais un signe de toi.

Il se releva, passa la main sur son visage pour en essuyer la sueur et les larmes et marcha d'un pas lent vers la porte.

– Vous pouvez entrer, dit-il aux médecins qui s'impatientaient. Meritaton la Grande est toujours inconsciente.

Semenkharê s'isola dans le jardin et alla s'asseoir sur un banc juste en face d'une immense statue d'Akhenaton. Il leva machinalement les yeux vers lui et observa son ventre rebondi au-dessus de son pagne placé sur les hanches, ses lèvres épaisses comme celles des Nubiens, son visage allongé, la croix ankh qu'il tenait fermement contre sa poitrine. Il le trouva étrange et mystérieux, presque laid. La pierre blanche était frappée par les rayons du soleil.

– Est-ce toi, Akhenaton, qui es responsable de tous nos maux ? Certains le disent. Je t'aimais et te vénérais. Je ne peux, toutefois, faire fi des reproches que l'on t'adresse. Tes filles sont parties pour l'Au-Delà. Les femmes que tu aimais t'ont rejoint dans les champs d'Ialou. Même tes enfants en bas âge n'ont pas été épargnés. Aujourd'hui, la plupart des Égyptiens réclament ta disparition et préféreraient voir ton nom effacé à jamais des temples et des monuments.

Semenkharê se mit à penser à Meritaton, à leur liaison, à leur amour et à l'affection qu'elle portait à son père qui en avait fait une épouse et une mère.

– Tu appréciais tant Meritaton, dit-il encore en s'adressant à Akhenaton que tu lui avais donné ce que tu avais offert à ta chère Kiya et à Néfertiti. Toi qui vois tout d'où tu es, tu peux constater que ta fille est très malade.

Semenkharê s'interrompit et baissa la tête. Il était profondément ému. Il joignit ses mains et fut secoué d'un sanglot.

– Pourquoi ai-je la sensation que je vais être malheureux ?

Il revit Meritaton rire des histoires que lui racontait sa mère, imiter Néfertiti en portant les mêmes tenues qu'elle, reprendre ses coiffures et ses rubans, lui emprunter ses miroirs et ses sacs, son maquillage et ses bijoux. Tantôt il souriait, tantôt il fronçait les sourcils.

– La famille royale était si unie ! Thoutmès a eu raison de la représenter. Tous les Égyptiens étaient admiratifs devant la complicité qui unissait Akhenaton à Néfertiti et l'amour que le roi portait à ses filles. Un jour, juste après une fête mémorable qui regroupait tous les alliés de l'Égypte, la foudre s'est abattue sur nous. Un déluge pire que la pluie a emporté les habitants d'Akhetaton. La nécropole est remplie de fonctionnaires amis du roi. La reine Tiyi est morte. Néfertiti, Akhenaton, Kiya, Maketaton et ses sœurs ont été emportés en quelques mois. Où est-il ce temps où Meritaton jouait sur les genoux de son père ou tentait d'attraper le collier de sa mère sous les rayons d'Aton ?

XX

Semenkharê regarda autour de lui. Il ne voulait pas partager sa peine avec autrui.

– Tout s'est passé si vite ! Cinq ans à peine ont permis à Akhenaton d'imposer sa religion et sa politique.

Le roi entendit un va-et-vient devant l'entrée principale du palais. Des chars arrivaient à toute allure sans respecter les ordres royaux. Il se retourna doucement comme s'il n'était pas concerné. Mais, lorsqu'il vit deux prêtres descendre du véhicule, sa gorge se serra.

– Encore des médecins et des prêtres… Quand en verrons-nous la fin ? J'ai fait d'importants projets avec ma chère Meritaton, dit-il à Akhenaton. Tu sais combien j'aimais ta fille et épouse. Je la chérirai jusqu'à ma mort. Je voudrais des héritiers.

Mais un scribe l'interrompit.

– Toi ? dit-il surpris. Mais que fais-tu ici ? Comment savais-tu que je me trouvais sur ce banc ?

– Je t'ai cherché dans tout le parc. Aucun garde n'a pu me dire où tu étais. Nous étions inquiets…

– Je dois signer des dépêches et du courrier. Je me rends de ce pas dans mon bureau…

– Je ne te cherchais pas pour le travail, grand maître. Meritaton vient de quitter notre monde pour celui des Bienheureux. Paix à son âme !

Semenkharê devint extrêmement pâle. Il prit son visage entre ses mains et oublia un instant qu'il était le roi.

– Ma chère Meritaton… Ma très chère épouse…

– Le vénérable Aÿ t'attend.

– Allons-y ! dit Semenkharê en se levant. Je veux voir ma femme avant tout.

Tout le monde était bouleversé par l'apparence de Meritaton. Le visage impassible comme si elle dormait, les traits livides et presque jaunes, elle semblait plus âgée qu'elle n'était. Ankhesepaaton pleurait sans discontinuer.

– Écarte-toi, lui dit Semenkharê d'une voix blanche en prenant sa belle-sœur par les épaules.

Toutankhaton, qui était également bouleversé, hésitait à consoler Ankhesepaaton. Ne sachant comment s'y prendre, il attendait des instructions. La belle-sœur du roi le rejoignit spontanément.

– Quel grand malheur ! murmura-t-elle.

– C'est une véritable catastrophe ! Meritaton était si aimable, si douce, si généreuse. Je ne comprends pas la décision des dieux.

– Personne ne la comprend, dit Ankhesepaaton. en s'appuyant sur le bras de Toutankhaton.

– Je ne suis qu'un enfant et je ne puis admettre de voir disparaître des êtres chers. La séparation est cruelle. Elle me fait peur même si je sais que ces êtres aimés sont heureux dans l'Au-Delà.

– C'est normal. Moi aussi, je préfère côtoyer mes sœurs et mes parents sur terre plutôt que de les voir partir pour un monde agréable. Les Égyptiens ne supportent pas ce départ vers l'Éternité.

– Regarde le roi. Il est si malheureux… Je voudrais l'aider comme il m'aide chaque jour. Il est si dévoué et il espérait tant avoir des enfants de Meritaton. Il lui faudra prendre une autre femme…

– C'est exact. Il devra choisir une autre Grande Épouse dans les plus brefs délais. Je doute qu'il la trouve dans les harems royaux qu'il ne fréquente guère. Aménophis III s'y rendait plus volontiers.

– Semenkharê est jeune. Tout comme moi. Mais l'âge venant, les femmes nous intéressent davantage…

Ankhesepaaton se demandait subitement quelle Égyptienne deviendrait Grande Épouse. « Notre pouvoir en sera diminué. »

– Il sera si difficile de trouver une femme aussi compréhensive que Meritaton.

– Certaines épouses sont impossibles à remplacer, murmura Toutankhaton en se rapprochant d'elle.

Toute l'assistance était en pleurs. Les pleureuses professionnelles venaient d'entrer dans la pièce et gémissaient très fort en se tirant les cheveux.

– Pauvre enfant ! dit Aÿ en tentant de garder toute sa dignité. Elle ne méritait pas un pareil destin.

– Elle va rejoindre son père, dit Horemheb. Il nous faut dès maintenant songer à une remplaçante.

La froideur du général n'étonna pas Aÿ qui s'offusqua, cependant, de son ton expéditif et cinglant.

– Je ne doute pas que tu aies déjà un nom en tête, répondit-il avec une pointe d'ironie dans la voix.

– En effet. Tu sais combien je déteste laisser les destins s'accomplir tout seuls.

– Tu dois respecter la volonté divine.

– Je peux aussi avoir des idées.

– Tu as hâte de m'en faire part mais l'endroit est mal choisi. Je refuse de t'entendre aujourd'hui. Nous réglerons tout cela plus tard. Cette mort me touche terriblement.

– Par Horus, me crois-tu insensible ? rétorqua Horemheb.

Ankhesepaaton s'échappa un instant de la pièce. Elle regagna la chambre de sa fille et s'assura que deux nourrices se trouvaient auprès d'elle. Elle prit elle-même sa fille endormie et la coucha sur une natte.

– Je l'ai entièrement déshabillée, lui expliqua une nourrice. Elle avait trop chaud.

– Elle peut rester ainsi.

Ankhesepaaton entoura le cou de sa fille d'un collier fait avec des arêtes de poissons.

– Ainsi, personne ne s'approchera d'elle pour l'enlever ou pour prendre son énergie et sa force.

Ankhesepaaton retira également l'une de ses bagues et l'attacha à une corde fine à laquelle elle fit plusieurs nœuds.

– Celui qui emporte les enfants fuira devant ce

chaton de bague, dit-elle. Il a la forme d'une main humaine ouverte. Ce sera pour toi un talisman qui te protégera. Je n'ai pas accouché assise sur un grand vase pour te perdre. Tes nourrices veilleront à ce que tu ne te sépares jamais de cette bague.

Les employées approuvèrent.

– Elle dort. Les dieux n'ont pas permis à ma mère d'avoir un fils. Son époux a dépouillé Amon. Les champs des dieux sont laissés à l'abandon. Il s'est emparé des domaines divins. Toutes les villes égyptiennes tombent en ruines. Les mauvaises herbes poussent même sur les chemins. Les magasins ont été détruits par des vandales. Les champs ont été occupés par des clochards. Le roi n'a donc eu que des filles et des petites-filles qui meurent les unes après les autres.

Ankhesepaaton ne s'attarda pas. Elle voulait retrouver Toutankhaton qui s'était rapproché d'Horemheb à la demande du général, quelque peu rejeté par Aÿ.

– Akhenaton préférait s'entourer de gens du peuple. Il a éloigné tous les hommes instruits et capables pour embaucher des hommes d'origine modeste à son service, expliquait Horemheb. Qui était May sinon un pauvre homme qui faisait la manche ? Ces choix sont incompréhensibles.

– Akhenaton brillait davantage aux yeux de ces mendiants qui arpentaient les temples à la recherche d'une galette.

– Un pharaon a besoin d'une cour imposante. Dès qu'un pauvre homme acceptait de prier Aton,

Akhenaton lui donnait des domestiques et des terres. May est devenu un fonctionnaire puissant, un intime du roi !

– Que comptes-tu faire ?

– Il faut se débarrasser de ces incapables dont la seule qualité est la servilité et redonner à chacun son véritable nom. Il faut que les villes retrouvent leur ancienne appellation. Celui qui se faisait appeler « la gloire d'Aton » n'avait pas le droit d'imposer à tous de changer de nom en s'inspirant du seul Aton. Il a commis des actes sacrilèges. Combien de fois le jeune Tout, heureux de se retrouver subitement à la cour, a reconnu être traité comme un prince alors qu'il ramassait des morceaux de pain sec sur les places publiques ? Tous les membres de la famille royale, les amis du roi ou ses enfants ont des maisons d'éternité dans le désert, autant de demeures qui assureront à nos proches l'éternité et le bonheur absolu sous les rayons d'Aton. Quels tributaires de l'Égypte n'ont pas acclamé le soleil ? Les Nubiens honorent Aton dans « l'Endroit qui trouve Aton », une ville nouvelle, et les Asiatiques dans un autre « Horizon d'Aton ». Akhenaton aurait multiplié les villes en l'honneur de son dieu.

– Akhenaton voulait sans doute faire de l'Égypte un pays adorateur d'Aton et reproduire cette adoration à l'étranger.

– Je reverrai souvent Akhenaton s'éveiller et monter dans son char pour aller au temple d'Aton. Il voulait assister au lever de son dieu en compagnie de Néfertiti. Quand l'astre apparaissait peu à peu, les courtisans tombaient à genoux, le nez dans le sable. Tout le monde honorait Aton, à commencer par le maître de l'Égypte qui perdait soudain son pouvoir devant une puissance plus grande encore.

Ankhesepaaton n'osa pas les interrompre. Mais Toutankhaton l'avait vu revenir et il posait, à chaque instant, les yeux sur elle en n'écoutant plus aussi attentivement les propos d'Horemheb.

– Néfertiti n'aurait jamais dû régner, susurrait Horemheb. Ta mère aurait été plus indiquée pour Akhenaton. La fille d'Aÿ a eu un effet néfaste sur le roi. J'espère qu'un jour on ne retrouvera plus aucune trace de cette reine.

– Si tu le dis, grand Horemheb, murmura Toutankhaton.

– Il est difficile de faire effacer les images de Néfertiti sans endommager celles de sa fille Meritaton. Elle l'a souvent fait représenter en sa compagnie en train de porter un sistre. Si nous donnons l'ordre à des ouvriers un peu rustres de marteler Néfertiti, gageons qu'ils abîmeront aussi Meritaton.

– Ce serait très impopulaire.

– Est-il normal que cette reine possède plusieurs temples et ce Benben de Karnak en plein cœur du temple d'Amon ? Cet édifice doit être abattu. Nous pourrions facilement utiliser les talatates qui composent ses murs pour restaurer d'anciens pylônes ou en faire ériger de nouveaux. Pour ma part, je n'hésiterais pas à faire marteler les rais d'Aton qui osent atteindre Néfertiti et la protéger. Ainsi la reine sera-t-elle dénuée de tout appui. Sans détruire les scènes que constituent ces talatates, je les ferais monter à l'envers pour que Néfertiti ait la tête en bas !

– Voilà le plus grand déshonneur dont on puisse frapper un personnage !

– En effet. Néfertiti mérite d'être martelée ou ridiculisée !

Malgré son très jeune âge, Toutankhaton était extrêmement troublé par la manière dont le général parlait de la mère de Meritaton qui gisait sans vie devant eux. Il revoyait le couple délicieux que formaient Semenkharê et Meritaton, lui la tête couverte d'une perruque frisée d'où partait un ruban coloré, le torse nu, le cou entouré d'un collier turquoise, le pagne arrivant au-dessous du nombril selon la mode lancée par Akhenaton, la ceinture brillante où étaient attachés quatre rubans, les sandales au bout recourbé ; elle, la tunique en lin plissé soulignant sa taille fine, ouverte à partir de la taille entourée de rubans aux bouts extrêmement longs qui flottaient au vent, les bras nus, les épaules couvertes par un pan de sa tunique blanche, le cou orné d un gorgerin, les cheveux entièrement dissimulés sous une coiffe rappelant qu'elle était reine de Haute et de Basse Égypte, les mains pleines de bouquets de fleurs. Tous deux de petite taille, d'une hauteur presque identique, ressemblaient à tous les adolescents amoureux.

– Désormais, Meritaton sera gravée sur les murs des tombes royales comme Maketaton qu'elle aimait tant, dit Toutankhaton. Debout dans une pièce aux magnifiques colonnes lotiformes au sommet desquelles s'épanouissent parfois des volubilis et des papyrus, Meritaton, en tunique longue et en perruque courte, se tiendra devant sa famille comme si elle était encore parmi nous. Des tables d'offrandes chargées de fleurs, de fruits et de boissons diverses lui seront présentées et, malgré tout l'amour que nous lui montrerons, elle ne reviendra jamais vivre sur terre.

Étonné par un tel discours si différent du sien, Horemheb regarda le jeune prince avec une moue de pitié. « Il est trop sensible, se dit-il. Je le croyais plus ferme et plus courageux. Il faudra l'endurcir si nous voulons, un jour, en faire un roi ! »

Horemheb n'en observait pas moins l'assistance, détaillant principalement les femmes qui la composaient. Il imaginait certaines d'entre elles en Grandes Épouses. « Ce nouveau choix sera compliqué. »

– Je vais rejoindre Ankhesepaaton, ajouta Toutankhaton.

– Tu as raison. Aÿ nous observe… Il doit se demander quel est notre sujet de discussion.

– Grand Horemheb, le vénérable Aÿ te connaît mieux que personne. Il est si perspicace qu'il a dû deviner sans peine ce que tu me murmurais.

Horemheb se surprit à rougir légèrement.

– Je ne lui ai jamais caché la haine que je ressentais pour sa fille ! Je ne l'aurais pas tant détestée si elle n'avait pas accédé au rang suprême qu'elle n'a pas su tenir. Dans quelque temps, ce malheureux épisode de l'histoire égyptienne sera oublié !

XXI

Horemheb était accaparé par les décisions à prendre. Semenkharê ne lui était alors d'aucun secours et Aÿ ne connaissait pas les sujets qui le préoccupaient. Il devait organiser son armée et l'envoyer dans plusieurs pays étrangers. Le porte-parole du roi répartissait intelligemment ses contingents.

– Note, scribe ! Les Asiatiques du littoral se sont tenus tranquilles ces derniers mois. Ils sont surveillés en permanence par des vassaux et des garnisons égyptiennes. J'ai confiance en ces alliés de l'Égypte qui nous donnent régulièrement leurs tributs. Nous pourrions donc alléger les garnisons pour envoyer nos soldats ailleurs. Je dois surveiller les pas du roi en permanence.

– Que dois-je écrire, maître ?

– Que deux garnisons vont remonter vers le nord en direction du pays d'Amourrou. Nous avons fait plusieurs tentatives pour soumettre cette région qui reste fidèle aux Hittites. Le peuple d'Amourrou a osé nous menacer et nous narguer en envoyant des hommes au sud de son pays, sur un terrain allié des Égyptiens ! Notre victoire à Kadesh ne leur a donné qu'une brève leçon puisque les Hittites ont repris la place et ont assiégé Karkemish !

Horemheb s'interrompit pour laisser au scribe le temps de tout noter.

– Bien ! Nous devons donc impérativement envoyer des soldats égyptiens au pays d'Amourrou et mettre ces hommes au pas ! Ils n'ont que trop méprisé les contrats que nous avons signés avec les Hittites. Mais je veux aussi envoyer quelques expéditions en Nubie. Les Koushites ont besoin d'une leçon. Nous en ramènerons quelques travailleurs pour nos carrières.

Le général réfléchit.

– J'en ai fini sur ce point. Tu vas faire circuler ce rouleau dans les bureaux dont je vais maintenant te dresser la liste. Sois attentif car c'est important. Il est plus que temps pour nous de reprendre notre place !

– Est-ce tout, maître ?

– Non. Tu vas prendre d'autres rouleaux. Je dois absolument rencontrer les femmes les plus jeunes, les plus belles et les plus cultivées de la cour. Pour ce faire, je vais commencer par interroger le responsable du harem d'Akhetaton. Je doute, toutefois, que les princesses que je connais conviennent à Semenkharê. Il n'existait qu'une seule Kiya et Baketaton me paraît trop passive, trop molle, trop gentille pour assister un roi. Je vais, cependant, lui adresser un message pour qu'elle vienne ici dès demain matin. Tu le lui remettras dès que possible.

– J'agirai comme le dit mon maître tout-puissant, Grand Seigneur devant l'Éternel.

Horemheb lui dicta son message et ordonna au chef du harem de se présenter le lendemain après-midi avec les femmes qu'il aurait choisies.

– Moutenejmet, qui est accablée par la mort de sa nièce, pourrait m'être utile… Elle prétend souvent que je comprends mal les femmes. Elle est peut-être plus subtile que moi dans ce domaine. Mais acceptera-t-elle de laisser Ankhesepaaton seule pour aider son époux ? Celle-ci ne cesse de veiller sa sœur.

Horemheb eut soudain une idée.

– À moins que tout cela ne soit inutile et que la solution ne se trouve devant mes yeux…

– Dois-je continuer ? lui demanda le scribe, perturbé par ces réflexions.

– Oui, poursuis ! Écris au chef du harem.

Horemheb se leva et regarda par la fenêtre pour mieux se concentrer sur sa dernière pensée.

– Accepterait-elle de devenir Grande Épouse royale ? dit-il pour lui-même. On ne refuse jamais un tel honneur ! Si le roi le veut, il est impossible de lui désobéir. Plutôt que de lui parler, il vaudrait mieux que je m'entretienne avec Semenkharê. Mais sera-t-il assez fort pour envisager déjà d'épouser une nouvelle femme ? En attendant, je ne perds rien à voir quelques princesses du harem. On ne sait jamais…

Le général se retourna vers le scribe qui achevait sa dernière phrase.

– Tu peux sécher tes calames et rentrer tes pains d'encre. Nous en avons terminé. Ne perds pas de temps !

Le scribe qui s'était assis en tailleur se releva et mit son matériel sous le bras. Il salua Horemheb courtoisement et sortit sans faire de bruit.

*
* *

Bien qu'il consacrât plusieurs jours aux entretiens avec les femmes d'Akhetaton les plus aptes à devenir Grande Épouse royale, Horemheb ne parut guère convaincu par ses visiteuses. Comme sa femme lui demandait pourquoi tant de jeunes filles défilaient dans son bureau, Horemheb lui réclama son aide.

– Je comptais te parler de tout cela mais tu vas encore prétendre que j'ai un cœur de pierre et que je suis incapable d'éprouver des sentiments.

– J'ai reconnu mon erreur lorsque je t'ai fait ce reproche après le décès d'Akhenaton, répondit Moutenejmet, les yeux remplis d'admiration et d'amour pour son époux.

– Ne me croyais-tu pas impliqué dans la mort de ton père ?

– Je t'ai mal jugé. Je le regrette. Je pensais avoir acquis ton pardon.

– Voilà pourquoi j'hésite à te parler… Tu vas de nouveau mal me juger, croire que je suis égoïste, que je n'éprouve aucun sentiment, que je suis resté aussi dur que les soldats de mon armée, qu'un général est incapable de ressentir de la pitié ou de la peine…

– Pourquoi prends-tu tant de précautions ? Il est inutile de te justifier. Je sais que tu agis pour le bien de tous et que tu ne perds jamais de vue le bonheur des Égyptiens.

Moutenejmet, qui était très curieuse, ne supportait pas que son mari lui cachât un secret.

– Je ne voulais pas t'ennuyer avec mes problèmes, ajouta Horemheb. Tu es fatiguée…

– Je n'ai pas beaucoup dormi depuis la mort de la pauvre Meritaton, dit-elle avec une profonde tristesse. Je voulais aider Semenkharê et Ankhesepaaton.

– Les nourrices et les domestiques sont également là pour vous soulager.

Moutenejmet le regarda avec un air de reproche.

– Tu sais que je n'aime pas ce genre de réflexions.

– Pardonne-moi. Tu vas encore me trouver très dur mais je dois penser au destin de l'Égypte. Semenkharê est incapable de songer à son devoir.

– Je n'en suis pas si sûre, répliqua Moutenejmet.

– L'Égypte va avoir besoin d'une nouvelle reine…

Quelques instants de silence suivirent cette affirmation.

– Je le sais, répondit Moutenejmet, et j'ai déjà réfléchi à une solution.

– Que dis-tu ?

– Que toutes les femmes du palais ont envisagé le fait qu'elles pouvaient devenir Grande Épouse royale. Connais-tu seulement la gent féminine ? Dès qu'une reine disparaît, les trois cents femmes du harem font des pronostics. Elles s'observent, se jalousent, évaluent leur chance de succéder à la Grande Épouse royale. Elles mettent en avant leurs enfants. Celles qui ont plusieurs fils du roi se croient privilégiées. Les remarques et les ambitions des femmes du harem donnent une piètre image de la fierté féminine ! Mais n'est-ce pas normal ? Un tel avenir est en jeu !

– Ainsi donc, malgré ta peine, tu as pensé au nouveau couple royal.

– Par la force des choses. Il est impossible de l'oublier. Et Semenkharê y a songé lui aussi même s'il n'en a parlé à personne.

– As-tu une idée de la reine idéale ?

– Non. Il est difficile de deviner comment une femme, même sage et intelligente, peut se révéler lorsqu'elle a le pouvoir. Mais, avant d'envisager une princesse étrangère, comme tu sembles l'avoir fait, j'ai évidemment pensé en priorité à la famille royale. Meritaton a des sœurs.

– La plupart ont disparu avant elle.

– Mais il en reste une, jeune mais assez mûre, attachante, qui a de beaux traits, un visage doux et un corps agréable.

– Tu as donc pensé à la même femme que moi.

– Ankhesepaaton remplacerait naturellement sa sœur.

– Tu oublies qu'elle fréquente souvent Toutankhaton qui éprouve pour elle une affection évidente.

– Voilà ce qui m'inquiète.

– Allons ! Ils sont très jeunes ! Ce ne sont que des enfants ! Peut-être auraient-ils vécu un jour ensemble mais il n'en était pas encore question.

– Ne crois pas cela, Horemheb. Semenkharê avait fait savoir à Meritaton qu'il voulait voir Toutankhaton épouser Ankhesepaaton, dès que possible.

– Les deux enfants sont-ils au courant ?

– Oui.

– Comment ont-ils réagi ?

– Plutôt bien. Meritaton m'a raconté qu'ils étaient, tout d'abord, réticents mais qu'ils reconnaissaient être très attirés l'un par l'autre. Semenkharê ne reviendra pas sur cette union.

– Il le faudra bien s'il n'y a pas d'autres solutions répondit Horemheb.

– Je crains, toutefois, que désigner Ankhesepaaton risquerait de déclencher une rivalité entre Semenkharê et Toutankhaton. Or, ces deux-là s'entendent bien. Il serait dommage de briser leur complicité… qui peut être très utile dans le futur.

– Que faire ?

Le couple continua à parler du même sujet jusqu'au coucher du soleil mais seul revenait dans leur bouche le nom d'Ankhesepaaton.

– L'Égypte passe avant tout. J'espère que nous sommes capables de le comprendre et de l'accepter en faisant fi de nos propres sentiments, conclut Horemheb, bien décidé à parler à Semenkharê de sa prochaine union.

– Sois prudent, mon époux adoré. Ne fais pas de

grands discours. Ménage les âmes sensibles. Ne provoque ni colère ni haine. Tente de t'exprimer avec la sagesse des savants et des politiques.

Horemheb la rassura.

– Tu m'as beaucoup apporté dans ce domaine, reconnut-il. Grâce à toi, j'aborde ces sujets difficiles avec plus de diplomatie.

Moutenejmet le remercia d'un regard.

– Crois-tu réellement que Semenkharê accepterait d'épouser Ankhesepaaton ? demanda encore Horemheb.

– Oui sans hésitation. Semenkharê aime beaucoup la sœur de sa femme.

– Mais il apprécie Toutankhaton.

– En réalité, cher époux, ce ne sont pas les hommes qui m'inquiètent mais Ankhesepaaton.

– Une femme doit savoir se plier aux nécessités !

– Si elle est amoureuse de Toutankhaton, Ankhesepaaton refusera de se plier à tes volontés. Si elle épouse, malgré tout, Semenkharê, elle le détestera vite et courra se réfugier dans les bras de Toutankhaton.

– Les femmes sont compliquées…

– Elles agissent pas impulsion et suivent leurs sentiments. Ankhesepaaton a accompli son devoir une fois en épousant son père. Elle était très jeune. Elle lui a même donné un enfant. Mais je crains qu'elle ne veuille en aucun cas recommencer cette expérience. Elle n'est que trop heureuse de pouvoir fréquenter Toutankhaton lorsqu'elle le souhaite.

– Meritaton a eu le même destin.

– Voilà pourquoi les deux sœurs étaient si proches. Ankhesepaaton s'occupe avec beaucoup d'attention de l'embaumement de sa sœur et de ses prochaines funérailles.

– En épousant Semenkharê, elle ne doit pas avoir l'impression de tromper sa sœur.

– Il faut, au contraire, qu'elle ait la sensation de l'aider et de lui rendre service afin que Semenkharê ne tombe pas sur une mauvaise épouse.

– Tu as trouvé le discours qu'il convient de lui tenir.

– Me laisserais-tu le soin de lui parler ? demanda Moutenejmet qui redoutait la brusquerie de son mari.

– Je parlerai à Semenkharê. Tu tenteras de persuader Ankhesepaaton.

– Je ferai mon possible dans l'intérêt de tous.

– Ma chère Moutenejmet, je voudrais que ce mariage ait lieu le plus vite possible. Les Égyptiens ont besoin de stabilité. Ils étaient enfin rassurés par la politique du roi et par la gentillesse du couple royal. Ils doutent de nouveau de leur destinée et de la faveur des dieux.

– J'ai souvent accompli des tâches difficiles. Je devrais réussir à fléchir Ankhesepaaton qui a confiance en moi.

– Puisses-tu avoir raison !

– J'irai, dès demain, m'entretenir avec elle. Il faut que je trouve un moment favorable… Je sais qu'elle tient à ne pas quitter sa chambre quand sa fille dort de peur qu'elle ne retombe malade. Elle écoute de la musique, des poètes ou des chanteurs. Elle lit. En ce moment, elle prie les dieux pour sa sœur. J'espère que le début de l'après-midi où tous les Égyptiens se reposent à l'ombre loin de l'agression de Rê sera le meilleur moment pour nous parler en toute complicité. Je ne veux pas la brusquer. Elle doit comprendre d'elle-même ce que la cour attend d'elle.

XXII

Horemheb avait trouvé une nouvelle épouse à Semenkharê. Il lui fallait maintenant consolider le pouvoir de l'Égypte. Aÿ consentit à lui parler et à l'écouter.

– Ton attitude le jour du décès de ma petite-fille m'inciterait à ne plus t'adresser la parole, dit le prêtre. Tu m'as demandé de venir au palais. Me voici. Je m'étonne que tu me donnes rendez-vous dans cet endroit. Nous préparons, tu le sais, l'enterrement de ma chère Meritaton.

– Je t'ai convoqué ici parce qu'il s'agit d'affaires d'État.

– Convoqué ? souligna Aÿ avec ironie. Le général du roi « convoque » le père de la reine Néfertiti et le grand-père de la Grande Épouse royale. Ta superbe n'a décidément pas de limites !

– Je comprends que tu aies été blessé par mon attitude.

– Si tu détestais Néfertiti et Meritaton, tu pouvais au moins les respecter devant leur lit de mort !

– Aÿ, je ne cherche pas à me quereller avec toi,

lui dit Horemheb, mielleux, en lui servant lui-même une coupe de vin. Assieds-toi et écoute-moi.

– Tu vas me parler de la nouvelle épouse de Semenkharê, anticipa Aÿ. Moutenejmet m'a informé. Ma fille ne me cache jamais rien !

– Je le savais. Ce n'est pas un secret et j'espère que tu comprends la nécessité d'une telle démarche…

– Oui (le ton était froid et sec).

– Bien ! La disparition soudaine de Meritaton nous démontre encore une fois qu'il faut être vigilant et que l'avenir de l'Égypte est fragile. Je serais rassuré si Semenkharê partageait le pouvoir avec un autre roi.

– Tu souhaiterais une nouvelle corégence ?

– Sans aucune hésitation. On doit absolument protéger le pays tant que nous sommes en vie.

– Semenkharê a déjà de très nombreux conseillers de grand talent.

– Et nous en faisons partie.

– N'est-ce pas suffisant ?

– Si Semenkharê disparaît, quel roi montera sur le trône ?

– Celui que nous formons : le jeune Toutankhaton, à moins que Semenkharê n'ait des héritiers.

– Pourquoi ne pas associer Semenkharê à Toutankhaton ?

Vu le jeune âge de Toutankhaton, Aÿ n'y avait pas pensé.

– Nous en reparlerons lorsque cet enfant aura grandi.

– Je préférerais que nous y réfléchissions dès maintenant, insista Horemheb.

– Et qui penses-tu convaincre ? Les prêtres ? Les courtisans ? Les conseillers ? Les hauts fonctionnaires ? Tu es toujours impatient.

– Je me plie aux événements qui ne nous laissent aucun répit !

– Je te connais, Horemheb. Quand tu veux une gazelle, tu pars aussitôt à la chasse ! Tu ne lâcheras pas ta proie !

Horemheb leva sa coupe.

– À ton *ka*, mon cher Aÿ. Semenkharê et Toutankhaton régneraient très bien ensemble !

*
* *

Lorsque Moutenejmet s'approcha d'Ankhesepaaton pour lui parler de Semenkharê, la fille de Néfertiti attendait la visite de Toutankhaton.

– Je savais que je te trouverais ici, lui dit sa tante. D'habitude, tu écoutes des musiciennes…

– J'essaie surtout d'apprendre la harpe et de jouer aussi bien que ma mère mais je crois que je n'y parviendrai jamais.

– Ta mère était une grande artiste !

– Tous les professeurs le reconnaissent.

– Certains venaient de loin pour lui enseigner la musique.

– En avait-elle besoin ?

– Tu ne m'invites pas à m'asseoir ?

– Par les dieux, prends place ici, répondit Ankhesepaaton, un peu contrariée par cette visite inopinée.

– J'ai l'impression que je te dérange, lui dit Moutenejmet.

– Tu viens ici quand tu le désires, ma très chère tante. Sache seulement que j'attends Toutankhaton et que j'ai hâte de lui parler. Je ne l'ai pas vu depuis plusieurs jours.

Moutenejmet sourit.

– Toutankhaton vit dans cette ville ! Tu peux le voir à tout moment !

– Je suis très occupée par l'enterrement de ma sœur. Quant à Toutankhaton, il doit se plier à la discipline que lui impose Aÿ, mon grand-père adoré.

– Je comprends ton impatience. Tu apprécies donc tant que cela la présence de Toutankhaton ?

– Je vais te faire un aveu, dit Ankhesepaaton, soudain très excitée par ce qu'elle allait révéler à sa tante. Ma sœur Meritaton m'avait demandé de me rapprocher de Toutankhaton. Semenkharê veut nous unir. J'ai réfléchi à la question. Je suis sans doute trop jeune pour envisager un mariage…

– Peut-être pas… répondit Moutenejmet. Tu peux toujours y songer et te marier un peu plus tard.

– Voilà la réponse que m'a faite ma sœur. Mais je sentais bien que Semenkharê voulait nous unir immédiatement. Depuis la disparition de Meritaton, le roi se fait encore plus pressant.

– Parce qu'il a pris conscience, comme nous tous, que la vie peut être courte et qu'il faut songer à l'avenir des Égyptiens. Toutankhaton doit se préparer à régner au cas où il arrive malheur au roi. Quant à toi…

– Je deviendrais Grande Épouse royale et il me faut aussi m'y soumettre.

Moutenejmet devint très embarrassée.

– Quand doit arriver Toutankhaton ?

– D'un moment à l'autre. Quand tu es entrée, je croyais que c'était lui.

– Je dois te parler sans être dérangée. C'est extrêmement important…

– Peut-on remettre cet entretien à un autre jour ? la supplia la jeune fille.

– C'est très urgent, Ankhesepaaton. Je comprends bien ta hâte de revoir Toutankhaton mais il faut parfois faire passer la raison avant le jeu ou la distraction.

– Toutankhaton n'est pas tout à fait une distraction…

– Tu m'as comprise.

– Bien, tante. Mais notre conversation durera-t-elle longtemps ?

— Tout dépend de toi. En fait, ce que j'ai à te dire ne réclame que quelques instants. Si les déesses ouvrent tes oreilles et me donnent ton attention, j'en aurai fini avant que tu ne boives ce thé. Sinon, notre conversation peut revenir pendant des jours entiers sur nos lèvres.

– J'avoue que tu aiguises ma curiosité. Puisque nous pouvons en finir rapidement, je t'écoute. Je verrai ensuite Toutankhaton.

– Je ne crois pas que cela soit possible, répondit Moutenejmet. Je crains que mes paroles ne te demandent une profonde réflexion et qu'elles ne te mettent dans un état qui ne te permette pas, ensuite, de plaisanter avec Toutankhaton.

– Que dois-je faire ?

– Condamne ta porte et parlons dès maintenant. Tu décideras, ensuite, de ce que tu feras.

– Bien, répondit Ankhesepaaton en se levant à regret. Je vais dire à mon scribe de prévenir tout de suite Toutankhaton de ce contretemps.

– Pour qu'il ne s'en offusque pas, dis-lui que le roi m'envoie et que tu n'avais pas le choix.

Toutankhaton avait décidé de se rendre au palais à pied. Escorté de sa garde personnelle, il longeait silencieusement les maisons en brique et en pierre aux portes en bois. Presque à chaque fois qu'il marchait devant le mur qui entourait une demeure, un gardien sortait de sa loge et se courbait devant lui. Chacune de ces maisons était entourée d'un jardin. Celles des riches fonctionnaires étaient faites d'une large pièce principale au plafond haut, soutenue par quatre piliers. Face à une petite fontaine qui permettait de laver les mains et les pieds des invités, une estrade pouvait recevoir plusieurs sièges. Afin que le soleil ne réchauffât pas cette salle à manger ni les autres pièces, au plafond généralement plus bas, les fenêtres étaient petites, proches du plafond et souvent striées de barres en pierre. Un balcon était aménagé au-dessus de l'entrée, ce qui permettait au maître de maison de s'entretenir avec des amis de passage ou de haranguer ses domestiques.

Toutankhaton commençait à s'imaginer en pharaon. Il rêvait à son futur palais.

– Un domaine aux colonnes, au plafond et aux murs peints de scènes champêtres. Mon bureau se trouvera juste à côté de la salle principale comme chez le scribe royal. Mon épouse aura son salon. Nos chambres posséderont chacune une alcôve. Je veux une cave exceptionnelle avec des jarres provenant du domaine d'Aton dans le nord de l'Égypte, des écuries, des chenils, des ateliers de filature, un jardin très ombragé avec des sycomores, des palmiers, des saules, des papyrus, des pavots, un étang avec des canards et des nénuphars. Serai-je obligé d'ajouter dans le hall d'entrée le même autel que celui qui se trouve encore dans le palais de Néfertiti ?

En songeant à son épouse, Toutankhaton en vint à penser à Ankhesepaaton. Il arrivait au centre de la ville où avaient été regroupés les bâtiments administratifs et religieux. Les divers édifices de Pharaon étaient reliés entre eux par un petit pont qui enjambait la rue principale.

Toutankhaton entreprit la montée vers le palais. Il entra dans le parc en terrasses qui s'étageaient au-dessus du fleuve, lui-même agrémenté de plantes. D'où il était, Toutankhaton voyait l'embarcadère et les commerçants non loin des silos. Il traversa plusieurs salles à ciel ouvert et s'arrêta dans l'une d'entre elles où se trouvait un gigantesque autel d'Aton. Il regarda les offrandes qui y avaient été déposées plusieurs jours auparavant et qui commençaient à pourrir.

– Je ne comprends pas que ces victuailles soient encore ici. L'air est nauséabond. C'est indigne du domaine de Pharaon !

Les fruits et les légumes étaient déposés sur des socles en argile, aussi nombreux que les jours de l'année.

– Je préfère le temple construit en l'honneur de Tiyi, dit Toutankhaton. Sa petite chapelle est toujours bien entretenue. Les prêtres ne la délaissent pas comme ces autels monumentaux.

Toutankhaton arriva enfin au bureau de la correspondance. Il salua Toutou qui lui apprit aussitôt qu'un scribe le cherchait.

– Il est envoyé par Ankhesepaaton.

– Que se passe-t-il ? demanda Toutankhaton, inquiet.

– Je n'en ai aucune idée. Je dois trier des centaines de tablettes en cunéiforme de nos vassaux et ranger le rapport qui avait été fait lorsque le divin Aÿ a reçu ses récompenses d'Akhenaton. Tu ne t'en souviens sans doute pas. Tu étais trop petit…

– Aÿ me l'a raconté. Il a reçu des colliers en or, de la vaisselle, des coupes, des bijoux, des gants de Pharaon. Jamais personne n'avait vu de telles magnificences ! Néfertiti et Akhenaton se trouvaient au balcon d'apparition et tout le monde a pu assister aux louanges que le roi adressait au responsable des écuries royales.

– Je dois donner ce rapport aux prêtres de la Maison de vie.

– Il devrait y être depuis longtemps.

– Tu as raison. Mais nous avons délaissé ce travail pour des tâches plus urgentes.

– Où puis-je trouver le scribe d'Ankhesepaaton ?

– Je crois qu'il est retourné vers les appartements de sa maîtresse.

– Puisque je suis là, je vais y aller. J'en saurai davantage.

Toutankhaton jeta un rapide regard sur les tablettes étalées dans le bureau de Toutou.

– J'aimerais un jour maîtriser le cunéiforme aussi bien que toi. Je commence à connaître quelques langues.

– Tu es doué. Tu apprendras vite. Je dois retraduire toutes ces tablettes et les classer. Ensuite, je reproduirai le discours qu'Akhenaton a tenu face au père Aÿ. Il tient lui-même à le relire.

– Quoi de plus normal ? Je ferais de même !

Toutou lui montra quelques documents qui lui permettraient d'achever son travail.

– Je suis convaincu qu'il sera satisfait et que cela lui rappellera d'excellents souvenirs.

– Il sera ému en revoyant sa chère Néfertiti lui lancer des colliers d'or.

– Tu ne parais pas pressé de prendre connaissance du message du scribe… ajouta Toutou en le voyant lanterner.

– J'ai le pressentiment qu'il n'annonce rien de bon.

– Présente-toi au plus tôt chez Ankhesepaaton, lui conseilla Toutou. Il est inutile de se voiler la face et de fuir son destin.

– Les dieux pourraient témoigner que je regarde toujours ma route sans cligner des yeux !

XXIII

Toutankhaton continua son chemin en sifflotant.

– Je ne comprends pas pourquoi Ankhesepaaton m'envoie un scribe alors que je dois la rencontrer. Je n'aime pas cela. J'ai l'impression que cette journée va être pénible.

Il s'arrêta pour acheter un pendentif en lapis-lazuli très modeste mais d'un bleu intense.

– Je suis sûr qu'il plaira à Ankhesepaaton. Je te donne ce bijou en échange, dit-il au commerçant.

Le Grec retourna le bracelet en or de Toutankhaton dans sa main et refusa tout d'abord sa proposition.

– Je ne serais pas honnête. La valeur de ce bijou équivaut à tous les objets que tu vois sur mon étal !

– N'aie aucun scrupule, marchand ! Tu pourras peut-être le revendre…

– Je te donne au moins ces vases ornés de pieuvres que les Égyptiens apprécient tant et qui viennent de notre beau pays.

– Garde-les ! Je ne saurais qu'en faire. En revanche, je vois que ta femme sait deviner l'avenir.

– Elle prépare des potions et les fait boire aux passants avant de leur raconter leur destin.

– Est-elle réellement savante ?

– Je le crois. Elle m'a souvent étonné. Elle ne parvient pas toujours à lire la destinée de ses clients mais, quand elle les comprend, elle se met en transe et leur parle comme à des amis dont elle connaît la famille.

– Puis-je te demander un service ?

– Tout ce que tu voudras après un tel don ! répliqua le marchand en regardant de nouveau le bracelet de Toutankhaton. Je me sentirai moins redevable si je peux te rendre un service.

– Alors, dis à ta femme de venir à l'écart et de m'écouter.

Le commerçant s'exécuta aussitôt. Sa femme, plus jeune que lui, rejoignit bientôt Toutankhaton qu'elle salua avec déférence.

– Je sais qui tu es, jeune prince, lui dit-elle. Nous sommes honorés par ta visite.

– Je dois me rendre à un rendez-vous, femme. Or, je ne sais si j'y apprendrai une bonne ou une mauvaise nouvelle. J'ai l'impression que ma journée va être bouleversée par un événement inattendu. Tout allait bien. J'étais heureux. Et maintenant, je suis inquiet.

La femme l'entraîna devant son propre stand et lui versa une potion verdâtre qui lui fit faire la grimace.

– Bois sans crainte et donne-moi ta main, lui dit-elle. Ouvre-la.

Comme Toutankhaton s'apprêtait à en dire davantage, la Grecque lui fit signe de se taire. Elle ferma les yeux et se mit à trembler.

– Je vois une femme, affirma-t-elle, ou plutôt une enfant fragile. Elle appartient à la famille royale. Elle porte le pschent. Elle a un immense pouvoir. Tu ressens des sentiments très forts pour cette personne. Elle vient près de toi et recherche ta présence.

La Grecque se mit à s'agiter.

– Ma vision se trouble. Cette jeune femme s'éloigne. Elle est séparée de toi. Vous cherchez à vous réunir mais quelqu'un vous sépare.

– Vois-tu cette personne ?

– Non. Il ne s'agit pas d'une personne. Un événement soudain vous éloigne. Vous résistez et vous vous rapprochez de nouveau. Cette jeune fille se trouve près d'ici !

La Grecque passa sa main sur son visage.

– Je ne vois plus rien. Tout a disparu.

Elle paraissait épuisée.

– Essaie de m'en dire plus, insista Toutankhaton. Je te donnerai ce collier.

– Je ne t'apprendrai rien de plus aujourd'hui. Il est inutile d'insister.

Elle se calma peu à peu.

– Je suis encore plus tourmenté par ce que tu viens de me dire. Je dois en savoir davantage. Prends tout de même ce collier pour ta peine.

Toutankhaton monta les quelques degrés qui lui permettaient d'accéder aux appartements des femmes proches de la Grande Épouse Meritaton. En approchant de la porte d'Ankhesepaaton, il reconnut la voix fluette de la jeune fille et fit signe aux gardes de s'écarter.

– Nous avons reçu l'ordre de n'ouvrir à personne, dirent-ils en chœur.

– Ouvrez tout de suite si vous ne voulez pas être sévèrement punis ! dit Toutankhaton en écartant leurs lances avec ses avant-bras.

Il venait de reconnaître également la voix plus douce et plus mûre de Moutenejmet.

– Ankhesepaaton a de la visite…

Il lui sembla distinguer quelques sanglots.

– Sois courageuse, disait Moutenejmet. Meritaton et Semenkharê t'avaient conseillé d'épouser Toutankhaton. Il trouvera, sans doute, une autre femme à la cour. Pour le moment, il serait bon que Semenkharê prenne une autre femme et tu es celle que nous avons choisie pour assumer le rôle de Grande Épouse royale.

Toutankhaton en avait suffisamment entendu pour comprendre la situation. Il pâlit de rage, de colère, de tristesse et de dépit. « Pourquoi ne suis-je pas roi à la place de Semenkharê ? » pensa-t-il aussitôt.

Le scribe d'Ankhesepaaton le rejoignit en courant.

– Je t'ai cherché partout, maître, lui dit-il en se mettant à genoux.

– Je suis au courant. Qu'avais-tu à me donner ?

– Ce message de la part d'Ankhesepaaton.

– Je n'en ai plus besoin, répondit Toutankhaton. Tu pourras rendre cette lettre à ta maîtresse, lui avouer que je suis venu jusqu'ici comme nous en étions convenus et que j'ai compris ce qui se tramait dans cette pièce. Je lui parlerai plus tard.

– Prends ce papyrus, maître, le supplia le scribe sinon je serai fouetté.

– Allons ! Ankhesepaaton n'a jamais fait fouetter personne !

– Mais elle pensera que je n'ai pas fait mon travail. Quand il est question de notre honorable et brillant Toutankhaton, nous ne devons rien laisser au hasard… Elle devient exigeante et intraitable.

– Gageons, scribe, que les temps vont changer… Ne crains rien. Rends-lui ce message de ma part et rapporte-lui très exactement ce que je t'ai dit. Tu as compris ?

Le scribe hocha la tête et laissa partir Toutankhaton, le rouleau à la main. Il regarda les gardes et haussa les épaules.

– Que se passe-t-il donc dans ce palais ?

Voyant Moutenejmet sortir des appartements d'Ankhesepaaton, il entra discrètement et comprit aussitôt que sa maîtresse avait versé des larmes. Ses paupières étaient gonflées et rouges. Elle n'en avait pas moins embrassé sa tante en lui disant combien elle était fière d'avoir été choisie pour succéder à sa sœur.

– J'avoue être partagée entre la fierté et la peine, reconnut-elle. Mais quel immense honneur que de devenir Grande Épouse royale.

Moutenejmet comptait sur cette réaction de la jeune fille pour lui faire approuver leur projet. Elle la quitta en étant persuadée que sa cousine commençait déjà à rêver aux applaudissements de la foule et aux cadeaux qu'elle recevrait des alliés de l'Égypte. « Quelle enfant n'a pas imaginé être un jour à la place de la reine ? »

– Que veux-tu, scribe ? demanda Ankhesepaaton. Je dois m'occuper de ma fille qui s'est réveillée. Je ne veux pas la confier systématiquement à sa nourrice. Ma mère nous a élevées. Je souhaite agir comme elle.

Le fonctionnaire se courba et lui tendit son propre message.

– Tu n'as donc pas trouvé Toutankhaton ?

– Que ma maîtresse m'écoute. Je l'ai rencontré dans ce palais. Il n'a pas voulu parcourir ton message. Je lui ai proposé de le lui lire. Rien n'y a fait !

– Je ne comprends pas, lui dit Ankhesepaaton.

– Quand je suis arrivé, il était à ta porte et il m'a dit qu'il était au courant de tout.

– C'est impossible !

– J'ai cru comprendre qu'il avait entendu ce que la grande Moutenejmet te disait.

– Les gardes étaient devant ma porte !

– En effet. Mais il a dû capter quelques phrases… Il m'a simplement dit que tu pouvais lui parler quand tu le souhaitais.

– Laisse-moi, scribe.

Ankhesepaaton était très troublée. Elle décida de se faire masser et ordonna à son masseur habituel de se taire pendant qu'il était avec elle. Lui qui avait l'habitude de lui raconter des histoires attrayantes s'étonna.

– J'ai besoin de me relaxer et de réfléchir, lui dit-elle.

– Je croyais que le chagrin nouait ton corps.

– Il est vrai que la perte de ma chère Meritaton me tourmente mais j'ai un nouveau sujet d'inquiétude. En réalité, je ne sais si les dieux me l'envoient pour m'être agréable ou pour transformer ma vie en cauchemar.

Ankhesepaaton s'étendit sur une table recouverte d'un linge frais et blanc. Le masseur s'enduisit les mains d'onguents parfumés et respecta les ordres de sa maîtresse.

« Comment pourrais-je être aussi attirée par Semenkharê que je le suis par Toutankhaton ? » se demandait Ankhesepaaton qui tentait de se souvenir avec précision des traits du visage de son beau-frère. « Je ne l'ai jamais regardé comme un époux potentiel mais comme celui de ma sœur, comme un souverain à qui je dois respect et obéissance. » En y réfléchissant, elle en vint à la conclusion que son beau-frère était plutôt agréable, attentionné avec les femmes, compréhensif avec ses sujets, plutôt beau et modeste. « Si ma sœur, qui avait un goût irréprochable, l'aimait, les femmes ont d'excellentes raisons de l'apprécier. Si Toutankhaton n'existait pas, j'avoue que le fait d'épouser Semenkharê ne me serait pas désagréable. » Elle se mit à sourire.

– Je préfère ce visage-là à celui que j'ai vu en entrant, osa le masseur.

– En réalité, j'ai honte de me plaindre de mon sort.

– De nombreuses femmes souhaiteraient appartenir à la famille royale et profiter des avantages innombrables auxquels elle a droit.

– Il existe aussi beaucoup de contraintes…

– Nous, serviteurs, n'en avons pas conscience. Nous voyons les princes et les princesses se distraire, prendre des cours écouter de la musique, participer à des banquets, apprendre à chasser…

– Tout cela fait partie de l'apprentissage d'un enfant de la cour. Mais aller à la chasse à cinq ans n'est parfois pas de tout repos !

– Tu as raison. Le peuple n'est pas malheureux. Il vit dans une époque très prospère…

– Je le crois, en effet, dit Ankhesepaaton en se retournant pour laisser le masseur appliquer ses pommades sur ses reins et son dos. Les Égyptiens n'ont aucune raison de se plaindre !

– J'en ai conscience.

– Crois-tu que les Égyptiennes jalousent les princesses parce qu'elles portent des bijoux précieux alors qu'elles n'achètent que des bracelets et des colliers en pierres semi-précieuses ?

– Les Égyptiennes honorent les enfants du roi comme des dieux !

– Je trouve que la famille royale a toujours été généreuse…

– Que de dons Akhenaton a faits à de pauvres gens ! Tant de simples commerçants, de modestes paysans sont devenus de grands fonctionnaires !

– Qui ont acquis une fortune !

– Je ne céderai ma place pour rien au monde !

– Tu aimais aussi la reine Néfertiti…

– Elle était gracieuse et lointaine. Les Égyptiens l'admiraient plus qu'ils ne l'aimaient. Elle leur paraissait inaccessible.

– Parce que Akhenaton en a fait la compagne d'Aton…

– Peut-être. J'avoue que la reine Meritaton était plus proche du peuple. Nous regrettons beaucoup son absence.

– Tu es le seul à travailler aujourd'hui ! Les journées de deuil ne sont pas terminées. Le roi veut absolument que tous les serviteurs de la cour, les artistes, les commerçants et les paysans prient pour la reine et restent chez eux. Seuls quelques marchands étrangers vendent leurs produits devant le palais.

– J'ai cessé toute activité dès que Meritaton s'est éteinte. Mais je dois aussi accomplir les ordres que me donnent mes souverains. Tu avais besoin de moi. Lorsqu'on est dans la peine et que l'on est tendu, rien ne vaut un bon massage. Les dieux me puniraient si je te le refusais !

– Rassure-toi ! Tu m'as fait le plus grand bien. Même ta conversation m'a été bénéfique. Si l'on te faisait le moindre reproche, je te défendrais.

Un voile sombre passa devant les yeux d'Ankhesepaaton qui redevint plus grave.

– Je dois parler avec Toutankhaton, dit-elle en se levant et en se couvrant le corps avec sa serviette. Je sais maintenant ce que je vais lui dire.

– Je suis heureux d'avoir détendu ton corps et ton esprit.

– Tu m'as permis d'y voir plus clair et tu es précieux. J'ai, cependant, une mission délicate à accomplir au nom du roi. J'aurai donc besoin de toi dès ce soir. Reviens vers le coucher du soleil juste avant le banquet. Je dois être détendue et belle ce soir.

– Ma maîtresse est toujours splendide, dit le masseur en rangeant ses pots et son matériel.

Il roula les serviettes et les jeta dans un panier en osier. Puis il classa ses racloirs dans un coffret et aligna les petits pots d'onguents parfumés dans une autre boîte. Bien qu'ils fussent hermétiquement fermés, ils sentaient encore l'amande, la rose, la myrrhe, la menthe et l'encens.

Le masseur essuya le contour des pots enduits de pommade et s'essuya les mains avec du linge imbibé d'eau citronnée.

– Je vais te préparer pour ce soir des massages appropriés, lui dit-il. Je me suis aperçu que tu avais les épaules nouées et que tu gémissais lorsque je tapotais ton ventre.

– C'est la contrariété.

– J'ai des remèdes pour cela.

– Je les expérimenterai ce soir même.

Ankhesepaaton le poussa vers la sortie et appela ses servantes.

– Vite ! Habillez-moi et coiffez-moi ! Je veux quelque chose de simple et de rapide.

Dix servantes nues s'activèrent aussitôt autour d'Ankhesepaaton qui désignait ce qu'elle souhaitait.

– Cette tunique ! Là ! Ce ruban ! Inutile de me coiffer. Il suffit de me relever les cheveux et de les maintenir avec le ruban. Voyons ! Ajoutez cette fleur de lotus. C'est cela… Mettez des fleurs partout sur ma chevelure et sur ma tunique. Piquez-les dans le lin.

Les servantes utilisèrent l'immense bouquet que le jardinier avait préparé le matin même pour Ankhesepaaton.

– Appelez-le et réclamez-lui un autre bouquet. Je ne supporte pas cette pièce sans fleurs fraîches.

Les jeunes filles choisissaient les plus belles fleurs et les coupaient avec leurs doigts avant de les piquer dans le haut de la tunique d'Ankhesepaaton qui embauma bientôt de mille senteurs.

– N'est-ce pas mieux que du parfum ? dit-elle en prenant son miroir et en se regardant.

– Notre maîtresse est parfaite. Sa jeunesse ressort sous la fraîcheur de ces pétales ouverts.

– J'espère que Toutankhaton sera sensible à ce charme particulier. Il doit être plongé dans l'étude des hiéroglyphes.

– Aucun homme ne pourrait être insensible à tant de grâce, lui dirent en chœur les dix femmes très admiratives de leur jeune maîtresse.

– Vous me flattez…

– Nous aimons prendre exemple sur toi pour nous vêtir et nous parfumer. Sois bien sûre que d'ici peu toutes les femmes de la cour seront revêtues de pétales de fleurs !

– Il faudra alors trouver une nouvelle mode… Je suis si angoissée…

– Maîtresse, sois confiante, lui dit la responsable de toutes les domestiques chargées de la toilette. Je voulais venir voir si tu étais satisfaite de tes servantes. Elles ont réalisé un bon travail. Tu es la plus belle femme de cette cour. Tu ressembles beaucoup à ta mère Néfertiti.

– Que les dieux te bénissent ! Mon avenir est en train de se décider et je tremble de tous mes membres. Vous avez su, pourtant, me redonner confiance. Revenez ce soir. Je dois assister à un banquet important. Il faudra alors me coiffer et m'habiller avec plus de distinction. Je veux une perruque courte et épaisse, une robe moulante et transparente, de nombreux bijoux et un maquillage très étudié.

– Nous aurons besoin d'un long moment pour te préparer.

– Je le sais. Mais je dois, ce soir, être la plus resplendissante de toutes les femmes que le roi peut rencontrer.

– Tu le seras sans peine, maîtresse, dit la responsable en s'écartant pour la laisser sortir et en tombant à ses pieds comme l'ensemble des servantes.

XXIV

Toutankhaton était rentré précipitamment dans l'aile du palais qui lui était consacrée au nord de la Maison du roi. Il jeta sur sa couche le bijou qu'il avait acheté pour Ankhesepaaton et se mit à bouder.

– Les filles sont décidément sans intérêt, conclut-il en s'asseyant devant une petite table à trois pieds en forme de pattes de lion.

Toutankhaton déchiffra quelques lignes en hiéroglyphes puis il révisa ses conjugaisons, fit des calculs pour s'entraîner comme le lui avait conseillé son professeur de mathématiques. Il avait beaucoup de facilité pour retenir les opérations mentalement.

– Bien ! Passons à des matières plus compliquées.

Toutankhaton entendait par là les langues étrangères. Il s'exerça sur des supports de papyrus alors que la plupart des autres élèves étaient obligés d'écrire sur des morceaux de poterie. Il sortit également les corrections que son professeur de littérature avait apportées à l'encre rouge sur les récits, les contes et les légendes des anciens Égyptiens qu'il avait recopiés avec application.

Toutankhaton avait tendance à utiliser l'hiératique dont tous les Égyptiens se servaient chaque jour, mélangeant ainsi une langue savante avec une cursive plus pratique, à la portée de tous. Il caressa du bout des doigts la palette en or et en ivoire que le père Aÿ lui avait offerte pour l'encourager. Auparavant, il portait avec lui une palette en bois comme la majorité des élèves.

– Il ne me reste que peu de pains, dit-il en s'emparant de ses deux derniers pains d'encre, un rouge et un noir, constitués d'ocre et de suie mélangés avec de la gomme.

Il sortit ses calames en jonc d'un trou aménagé dans la palette et les nettoya. Comme le bout des calames était écrasé, il prit un étui long orné de motifs floraux et l'ouvrit avec précaution. Il saisit les deux calames qui se trouvaient à l'intérieur avec beaucoup de soin. Puis il appela son scribe afin d'avoir un matériel neuf.

– Ce hiéroglyphe est mal reproduit, dit-il en s'emparant de son lissoir pour redonner un bel aspect au papyrus après avoir enlevé la lettre qui ne lui plaisait pas. Cette phrase est peu lisible…

Il se leva, prit nerveusement un sac minuscule et l'ouvrit afin d'en sortir un morceau de grès avec lequel il gratta les mots illisibles. Comme il n'y parvenait pas, il s'empara de son éponge qu'il gardait en permanence attachée à sa ceinture, à la manière des scribes, et mouilla son calame en le trempant dans un gobelet d'eau.

– Que ces gouttes d'eau répandues à terre rendent hommage au sage Imhotep, architecte adoré à

Deir el-Bahari et à Saqqarah, et que Thot m'apporte l'inspiration. Je ne veux pas perdre de temps car je compte bien m'entraîner ensuite à la gymnastique. J'ai progressé à la lutte mais je dois encore m'exercer au tir à l'arc. Quant à la nage, Semenkharê m'encourage à en faire davantage.

Le nom même du roi le mit en colère.

– Oublions le souverain. J'apprends pour moi et pour l'Éternité. Mon apprentissage durera autant que les monts et les mers. Sinon, je ne serai bon qu'à ramer sur un pauvre navire en partance pour l'Asie ! Je préfère lire plutôt que courir car celui qui n'est pas instruit sera perdu à jamais.

Il pensa de nouveau à Semenkharê.

– Je vais annuler ma participation à la chasse royale. Qu'importe pour moi de rapporter au palais des bouquetins, des gazelles, des autruches, des lièvres ou des antilopes. Je préfère me réfugier dans le jardin à l'ombre des arbres et lire jusqu'au soir. Je me promènerai avec mes chiens ou je jouerai au senet avec les fils d'Aménophis III. Après tout, la compagnie de Khai qui aime voyager en Nubie et d'Hékanéfer si apprécié du vice-roi de Nubie m'est plus chère que celle d'Ankhesepaaton.

Toutankhaton tenta de résoudre les problèmes qu'on lui avait donnés : combien d'hommes sont-ils nécessaires pour élever un pylône à Karnak ? Quel navire choisir pour transporter un obélisque d'Assouan à Louxor ? En quelle saison faut-il se rendre en Asie pour éviter les orages ? Où se trouve la capitale du Hatti sur la carte ? Comment prépare-t-on une armée avant une expédition ?

– Si je réponds à toutes ces questions, je mériterai l'écritoire cher aux scribes qui ont réussi leurs premières années d'études. Additionner, soustraire, multiplier, utiliser les fractions sont pour moi des jeux d'enfant.

Mais Semenkharê Ankhépérourê, avec ses paupières tombantes, son beau visage jeune et triangulaire, son *némès* orné du cobra, son sceptre et son fouet s'imposait de nouveau à lui.

– Certains prétendent que Néfertiti ne l'aimait guère et qu'elle l'aurait envoyé à Thèbes pour l'empêcher de régner avec son époux. Elle n'aurait pas hésité à le faire disparaître. Pourquoi n'a-t-elle pas été au bout de ses projets ? Pour qui se prend Semenkharê ? Il a fait ériger un temple à Thèbes afin d'honorer Amon. Il a fait sculpter plusieurs blocs de stéatite où il trône avec Meritaton. Il ose porter le nom qu'Akhenaton avait donné à Néfertiti : « Néfernéferuaton adoré d'Aton ». Allons ! Je dois me concentrer sur mon travail. Semenkharê disparaîtra peut-être comme Meritaton. Pourquoi serait-il le seul épargné ?

Toutankhaton fut, cependant, dérangé par l'un de ses gardes qui lui annonça une visite.

– Qui est-ce ? Je n'ai pas le temps. J'ai condamné ma porte.

– Maître, il s'agit d'Ankhesepaaton la bien-aimée.

– Je la verrai un autre jour. Je dois partir pour l'entraînement.

Il se leva précipitamment et prit son arc.

– M'interdirais-tu ta porte ? lui demanda Ankhesepaaton en entrant d'office dans la pièce.

– Tu arrives au plus mauvais moment. J'allais partir.

La jeune fille regarda le papyrus et les pains.

– Tu semblais pourtant en plein travail. Tu ne ranges donc pas ton matériel lorsque tu t'absentes ?

– Que veux-tu ? demanda Toutankhaton en roulant le papyrus sur lequel il écrivait.

– J'ai appris que tu étais passé me voir…

– N'était-ce pas prévu ?

– En effet, dit Ankhesepaaton en remarquant le bijou sur la couche de Toutankhaton.

– Je l'avais acheté pour toi. Il est sans grande valeur mais je l'ai trouvé très beau.

– Il l'est. Puis-je l'essayer ?

– Si tu veux. Prends-le. Je ne le donnerai à personne d'autre. Il est fait pour toi.

Toutankhaton regarda Ankhesepaaton pendant qu'elle faisait ses essais.

– En réalité, j'ai beaucoup de travail, ajouta Toutankhaton.

– Le scribe m'a dit que tu nous avais entendues parler de notre avenir.

– J'ai entendu Moutenejmet et j'ai compris ce qu'elle te proposait. Devenir Grande Épouse royale doit être tentant pour une jeune fille.

– Je préférerais le devenir à tes côtés.

– Mais je ne suis pas Pharaon !

Un silence accueillit ces paroles un peu brutales.

– Qu'as-tu décidé ? demanda Toutankhaton en jetant son calame plein d'encre sur la table.

– Je n'ai pas le choix. Je dois obéir.

– Bien sûr.

– Nous n'avions rien décidé entre nous. Nous sommes très jeunes. Nous nous entendons bien mais…

– Pourquoi te justifier, Ankhesepaaton ? Nous ne sommes que des enfants. Tu as été mariée à ton père et tu lui as donné un enfant alors que tu sortais toi-même de l'enfance. Je connais ton sens du devoir. Nous nous plierons aux volontés du roi.

– Je suis d'accord avec toi. Cependant…

– Bien ! Je dois vraiment te quitter. Belle Ankhesepaaton, je souhaite ton bonheur, tu le sais, et nous passerons toujours ensemble d'agréables moments. Quand tu seras reine, j'aurai peut-être du mal à te saluer comme je le faisais face à Meritaton car nous avons partagé nos jeux. Mais, rassure-toi, je serai ton fidèle serviteur.

Ankhesepaaton caressa le bijou que Toutankhaton lui avait offert.

– Je me souviens d'une histoire qui m'enchante et m'encourage, ajouta le garçon. Ma mère a connu Aménophis IV trop jeune. Elle a dû épouser son père Aménophis III. Mais celui-ci a disparu, laissant les deux jeunes gens s'aimer à loisir. On raconte même qu'ils s'aimaient du vivant du pharaon Aménophis III…

Ankhesepaaton rougit. Elle savait que Toutankhaton était peut-être né de cette union.

– Pourquoi l'histoire ne se reproduirait-elle pas ?

– Parce que je serai fidèle à mon mari tant qu'il vivra, répondit Ankhesepaaton. Je ne m'appelle pas Kiya.

– Ma mère était la plus belle et la plus intelligente des femmes que j'ai rencontrées !

– Elle était aussi plus courageuse que moi, répondit Ankhesepaaton. Un banquet m'attend ce soir, Toutankhaton. J'espère t'y voir.

– Ne m'attends pas, Ankhesepaaton. Je préfère passer cette soirée avec mes chiens.

XXV

Ankhesepaaton était attristée par l'attitude de Toutankhaton. Quand elle rentra dans son appartement, sa fille pleurait. Elle se précipita pour la prendre et la bercer dans ses bras.

– La chaleur la fait gémir, lui expliqua la nourrice. Rien de grave.

– Depuis qu'elle a été malade, je ne supporte plus ses cris. Je crains toujours que ce ne soient des signes de souffrance.

Ankhesepaaton ne fut pas étonnée de voir entrer son grand-père qui embrassa son arrière-petite-fille.

– Je sais ce que tu vas me dire. Moutenejmet m'a déjà parlé cet après-midi.

– Tu connais la situation. Qu'en penses-tu ?

– Je ne suis pas la seule femme capable de devenir reine. Je suis jeune et sans expérience.

– Nous en avons beaucoup discuté. À la mort de ta sœur, je refusais d'aborder le problème mais, aujourd'hui, je dois reconnaître qu'Horemheb n'a pas tort.

– Aÿ, tu sais aussi combien j'apprécie la compagnie de Toutankhaton. J'avais accepté de le rencontrer et de partager ses loisirs à la demande de ma sœur et du roi.

Comme Ankhesepaaton avait les larmes aux yeux, son grand-père l'attira contre lui.

– Nous ne sommes pas des particuliers. Nous ne pouvons agir ni vivre comme les autres Égyptiens.

– Je dois me préparer pour le banquet de ce soir.

– Semenkharê te demande de prendre place à ses côtés pour partager son repas. Tous les fonctionnaires seront présents et t'observeront. Quelques étrangers séjournent en ce moment à la cour. Ils ne manqueront pas, eux aussi, de te juger et de rapporter dans leur pays ce qui se passe en Égypte.

– Je n'ai pas envie d'être au centre de cette soirée, répondit Ankhesepaaton. J'aurais préféré la passer seule…

– Ou avec Toutankhaton ?

– Il ne viendra pas.

– Beaucoup de femmes vont envier ta place ce soir, Ankhesepaaton. Ne l'oublie pas et sois sur tes gardes. Sois irréprochable. Ta mère t'a enseigné tout ce qu'une reine et une princesse doivent savoir. Il te suffira d'être naturelle.

– Je vais m'habiller et me faire coiffer, lui dit Ankhesepaaton. Tu peux rester près de moi si tu le souhaites. Tu me réconforteras. J'ai demandé à mon masseur de venir me soigner. Si je reste seule, je crains de me mettre à pleurer et de ne plus pouvoir m'arrêter. J'aurai les paupières gonflées et je serai laide. Or, il me faut briller et être resplendissante.

– Je resterai avec toi.

Ankhesepaaton se prépara avec beaucoup d'attention. Son grand-père lui donnait des conseils sur la couleur et la longueur de ses vêtements. Il choisit lui-même les bijoux qu'il aimait voir porter par sa petite-fille.

– Je tiens à mettre celui-ci, insista Ankhesepaaton en lui donnant le bijou de Toutankhaton. Je pourrais me satisfaire de cet unique objet. Il est magnifique.

– Mais il te faut éblouir la cour ! Ce bijou est beau mais un peu terne. Tu n'es pas une paysanne ! J'aime beaucoup ce diadème, ces larges bracelets en or, ces bagues en forme de serpent, ces peignes en ivoire, ces broches et ce collier.

– Il appartenait à Néfertiti.

– Précisément. Ce gorgerin est connu de tous. Il est célèbre parce que ta mère le portait avec majesté. Ce vert intense souligne ton regard. Entoure donc tes yeux de cette couleur qui te va bien. Ce collier représente tout un symbole. Je crois qu'il est impératif que tu le portes ce soir.

– Comment réagira Semenkharê en le voyant à mon cou ?

– Il comprendra que tu as la beauté de ta mère et que tu peux aussi avoir sa noblesse et sa grandeur. Tu feras une reine parfaite !

– Heureusement que tu es resté ici, lui dit Ankhesepaaton en jetant ses bras autour de son cou. Conseille-moi ! Assiste-moi ! Ne me laisse jamais seule si je monte un jour sur le trône d'Égypte !

– Je veillerai toujours sur toi, ma chère Ankhesepaaton. Je te surveillerai même doublement, d'abord, parce que tu es ma petite-fille et que je t'aime, ensuite, parce que tu seras la reine d'Égypte et que j'ai toujours protégé les souverains contre les menaces extérieures et intérieures.

– J'ai confiance, lui dit-elle en lui prenant les mains et en les serrant avec affection.

Après s'être fait masser une nouvelle fois avec des préparations secrètes, maquiller, habiller et coiffer, Ankhesepaaton se regarda dans son miroir et joua d'astuces pour se contempler sur toutes les faces.

– Il est temps de rejoindre la salle à manger, lui dit Aÿ.

– Tu n'as pas pu te préparer, lui dit-elle en s'excusant. Tu es si bon... Tu as préféré rester avec moi. Je suis égoïste. Je n'ai pas pensé qu'un personnage aussi important que toi devait se montrer sous son meilleur aspect.

– Je me rendrai au banquet avec ce pagne et cette peau de bête sauvage. Personne ne s'en offusquera. En revanche, j'aurais bien, moi aussi, pris un bain rapide ! Ne t'occupe pas de moi. L'important est de te voir sourire et de remplir notre mission.

Ankhesepaaton portait une coiffe semblable à celles que choisissait sa mère. Mais elle n'avait pas le cou aussi long que Néfertiti si bien que le mortier ne dégageait pas pareillement ses épaules fines et étroites. Ses oreilles n'étaient pas aussi petites que celles de Néfertiti.

– Pour oser porter de telles coiffes, il faut avoir

un visage parfait, lui dit son grand-père, et je suis très fier de cette réussite. Tu parais plus mûre et plus sévère que tu ne l'es. C'est bon signe. N'oublie pas de montrer un visage plaisant même si tu ne souris pas. Tout le monde excusera ta tristesse puisque Meritaton vient de disparaître.

– Crois-tu que Semenkharê m'attende ?

– Le roi n'attend jamais. Il viendra lorsque nous serons installés et entrera en grande pompe dans la salle de réception.

– Je te suis, lui dit Ankhesepaaton, subitement intimidée.

Aÿ la guida à travers les corridors, les couloirs et les vestibules. Tous les fonctionnaires qu'ils croisaient tombaient à genoux devant le grand-père et sa petite-fille. Ils se rendaient, eux aussi, au festin en se demandant pourquoi le roi avait ordonné à toute la cour de s'y trouver. Certains pensaient qu'un ambassadeur important devait y venir, d'autres que Semenkharê allait annoncer une grande nouvelle au sujet de l'enterrement de son épouse, d'autres encore que le roi voulait quitter Akhetaton et qu'il allait officiellement en parler. Personne ne pouvait imaginer que Semenkharê, dont toute la cour avait constaté l'immense chagrin, évoquerait sa prochaine union. Lui-même n'en était pas sûr. Il voulait, auparavant, mieux connaître Ankhesepaaton et l'observer en public.

Ankhesepaaton s'installa à la place que lui indiqua Aÿ.

– Quel siège prends-tu ? lui demanda aussitôt la jeune fille avec inquiétude.

– Je serai ici. Tout près de toi.

La plupart des fonctionnaires avaient déjà pris place sur leurs fauteuils et parlaient entre eux. Quand Aÿ et Ankhesepaaton étaient entrés, ils avaient fait silence et avaient salué les membres de la famille royale.

– Je vais accueillir les étrangers, dit Aÿ. Reste ici et ne t'inquiète pas.

Le père Aÿ accomplit sa tâche et installa ceux qui étaient en visite en Égypte. Semenkharê se présenta peu après. Les serviteurs se couchèrent devant lui. Tout le monde l'honora. Ankhesepaaton sentait son cœur battre très fort. Elle avait les mains moites. « Il est si beau avec ce pagne plissé, cette ceinture en or et cette coiffe imposante dorée et bleutée comme le bijou que m'a offert Toutankhaton. »

Elle plaça sa main sur ce bijou comme si on allait le lui voler. Mais elle se mit à trembler lorsqu'elle aperçut Toutankhaton derrière Semenkharê. « Il m'avait dit qu'il ne viendrait pas ce soir ! » Désespérée, elle jeta un regard à son grand-père qui la rassura d'un hochement de tête. Aÿ avait tout de suite compris l'inquiétude d'Ankhesepaaton.

Toutankhaton s'assit loin du trône royal. Semenkharê lui avait manifestement donné l'ordre de venir au banquet.

– Tu es très belle ce soir, dit le roi à Ankhesepaaton. Relève-toi. Nous allons passer ensemble cette nuit de festivités. Malgré la disparition de ma chère

Meritaton, je tenais à ce banquet car je dois prendre des décisions. Aÿ t'a-t-il parlé ?

– Oui, maître, ainsi que Moutenejmet.

– Tu ressembles à ta mère, lui dit-il. Ta douceur et ton sens du devoir m'ont toujours émerveillé car tu es encore si jeune. Ton courage pendant la maladie de ta fille m'a également surpris. Tu es une jeune fille exceptionnelle.

Ankhesepaaton rougit.

– J'avoue, maître, qu'il m'est difficile de te considérer autrement que comme mon beau-frère.

– Comment voudrais-tu me regarder ?

Ankhesepaaton rougit et ne sut que répondre.

Semenkharê, qui était extrêmement pointilleux et très observateur, ne lâcha pas Ankhesepaaton du regard. La jeune fille se sentait également surveillée par son grand-père et par Horemheb qui venait régulièrement demander au roi si tout se passait selon ses volontés.

– Le général commence à m'exaspérer, confia Ankhesepaaton au roi. Même si Moutenejmet est inquiète, elle est plus discrète. Elle m'adresse des sourires encourageants et ne vient pas constamment nous déranger.

Pour la première fois depuis le décès de son épouse, Semenkharê sourit spontanément.

– Je retrouve enfin l'Ankhesepaaton que je connais, lui dit-il. Tu étais si guindée que je pensais dîner avec une tout autre personne ! J'aime le franc-parler et la spontanéité. Pourquoi prends-tu cet air confiné et tendu ?

– J'avoue que cette situation est très particulière, lui confia la jeune fille. Puisque tu apprécies la franchise, je vais être directe. J'ai l'impression de tromper ma chère sœur en minaudant ainsi à tes côtés. Je suis encore très triste et je n'ai qu'un souci en tête : m'occuper de son enterrement. Aussi la perspective d'une fête célébrant un mariage me paraît-elle déplacée. Je sais qu'un roi a des obligations et que la sœur de la reine doit se plier à ses devoirs. Je suis prête. Mais je ne veux pas, pour autant, que ma sœur soit oubliée et que son enterrement soit précipité.

Les yeux de Semenkharê brillèrent. Il s'empara spontanément de la main fraîche et fragile d'Ankhesepaaton et la porta à ses lèvres.

– Merveilleuse Ankhesepaaton, lui dit-il. Tu es digne de ta sœur. Je sais combien vous étiez liées. J'aimais Meritaton de tout mon cœur. Nous sommes tous les deux malheureux et nous devons faire face aux événements avec courage. Puisque je connais maintenant tes sentiments, profitons de cette soirée en pensant à notre chère Meritaton. Elle nous approuverait.

Des serviteurs apportèrent des plats si bien présentés que les invités applaudirent. Pigeons farcis, autruche, cuisses de bœuf étaient entourés de sauces épicées qui dégageaient de fortes odeurs. Les musiciennes et les danseuses pénétrèrent dans la salle en faisant voler leurs tuniques arachnéennes et leurs voiles. Des cônes parfumés furent distribués à tous les invités. Certains les placèrent sur leur chevelure ; d'autres glissèrent des pastilles amidonnées de parfum dans les plis de leur tunique. Les échansons servirent le vin du Delta. De fines jeunes filles nues répandirent, en piochant dans leurs paniers en osier, des pétales de rose à terre. Toutes ces senteurs se mêlèrent bientôt, procurant à tous ivresse et joie. Cet enthousiasme était, pourtant, tempéré par la disparition de Meritaton à laquelle tout le monde rendit hommage.

– Au *ka* et au *ba* de ma sœur ! dit Ankhesepaaton en levant sa coupe d'or vers le ciel. Son âme va bientôt rejoindre le Soleil.

– Qu'elle aille dans le pays des Bienheureux et qu'elle nous y attende ! répondit Semenkharê en imitant sa belle-sœur.

Il posa sa coupe sur le guéridon qui était placé en face de lui et se montra soudain plus grave.

– Ma chère Ankhesepaaton, Aÿ t'a-t-il parlé du plan de mes conseillers ? Ils pensent que je dois me marier sans tarder pour ne pas affaiblir le pouvoir de l'Égypte.

– Je suis au courant, dit Ankhesepaaton.

– Ils ont réfléchi à l'épouse qui me conviendrait le mieux.

– Oui, maître.

– Ils en ont tous conclu que toi seule pouvais succéder à ta sœur.

– J'en suis flattée. Cependant, j'ai cru comprendre que le roi souhaitait me voir épouser Toutankhaton.

Ankhesepaaton jeta un bref regard vers Toutankhaton qui était entouré de trois jeunes filles superbes.

Il riait et buvait beaucoup malgré son âge en repoussant tous ceux qui l'invitaient à plus de modération.

– Meritaton t'en avait parlé et je sais que vous étiez tous les deux disposés à m'obéir.

– En effet.

– Je comprends que notre décision soit un déchirement pour toi. Nous n'avons pas le choix…

– Inutile d'essayer de me convaincre, Semenkharê, lui dit Ankhesepaaton. Je dois obéissance au roi.

– Je préférerais que nous nous appréciions mutuellement et que notre union ne soit pas essentiellement basée sur notre sens du devoir. Apprenons à nous connaître mieux.

– J'y suis tout à fait disposée, lui répondit Ankhesepaaton. J'avoue que mes sentiments pour Toutankhaton sont exceptionnels. Mais je connais toutes tes qualités et je ressens pour toi une grande affection.

– Ces propos me touchent.

Toutankhaton avait invité deux danseuses à s'asseoir près de lui. Il les regardait sous le menton et embrassait leurs épaules. Son ami Khai plaisantait et se moquait de lui. Les gloussements et les rires des deux filles, pourtant couverts par le son des harpes et des tambourins, n'échappèrent pas à Ankhesepaaton qui sentit les larmes lui monter aux yeux. Semenkharê suivit son regard et comprit la situation.

– Veux-tu que je demande à Toutankhaton de se joindre à nous ?

– Je ne crois pas que ce soit une bonne idée,

répondit-elle. Laissons-le s'amuser. Pourquoi le déranger et gâcher sa soirée ?

– Toutankhaton a un rang à tenir. Nous avons des invités prestigieux. Il doit se montrer digne d'un prince ! Sa place est près de nous.

– Pourquoi s'est-il assis au fond de la salle ?

– Parce qu'il voulait nous laisser parler en toute tranquillité. Je trouve, cependant, qu'il en prend à son aise. Il a beaucoup bu alors qu'il est très jeune. Il se comporte comme un vulgaire marchand de coussins !

Comme le roi claquait des doigts pour appeler l'un de ses serviteurs, Ankhesepaaton s'empara de son poignet et le pria de laisser Toutankhaton là où il était.

– Bien… Dans ce cas, il ira s'asseoir à côté d'Horemheb. Voilà qui le calmera !

Semenkharê chuchota ses ordres au serviteur qui revint en compagnie de Toutankhaton.

– Nous parlerons plus tard de ta conduite étonnante, lui dit le roi. Pour l'instant, j'aimerais que tu tiennes compagnie à Moutenejmet qui a l'air de s'ennuyer avec son époux. Elle semble triste. Ne pourrais-tu la distraire ? N'oublie pas que la Grande Épouse vient de s'éteindre et il est indécent de rire comme tu le fais depuis le début du repas.

Toutankhaton se coucha presque devant Semenkharê.

– Mais je me plie à toutes les volontés du roi, répondit-il.

– Alors, obéis-moi.

Ankhesepaaton baissa les yeux.

– Toutankhaton a trop bu. Je préférerais qu'il regagne sa chambre. Mais je crains que nos visiteurs ne s'en offusque.

Le jeune garçon tituba presque jusqu'à la chaise de Moutenejmet tandis qu'un serviteur lui apportait un nouveau siège.

– Il faut être indulgent, osa Ankhesepaaton. Toutankhaton n'est pas dans son état normal. Il est très contrarié par la situation.

– C'est un prince ! Il doit tout accepter, la tête haute !

– Il le fera.

– Nous devons respecter Meritaton, ajouta Semenkharê comme s'il s'excusait.

– Je t'approuve totalement.

À la fin de la soirée, Semenkharê paraissait tout à fait conquis par sa belle-sœur. Il lui dit combien il était satisfait de l'idée d'Horemheb. Ankhesepaaton lui renvoya le compliment.

XXVI

La nuit était alors plus fraîche car le soleil était couché depuis longtemps. Les danseuses et les musiciennes étaient allées se reposer. Épuisées par des spectacles incessants, elles buvaient de l'eau et un peu de vin grec que leur avait fait servir le roi. Ces petites attentions rendaient le souverain très populaire.

Des odeurs, plus lourdes, de sueur et d'haleine avinée envahissaient la pièce. Aussi le roi, toujours en éveil, attentif au bien-être de ses invités, fit-il nettoyer les sols de mosaïques et parfumer les sièges et les murs de senteurs citronnées.

– J'espère que tous ces hommes ont gardé leur esprit bien clair car je vais maintenant leur parler, dit Semenkharê à Ankhesepaaton.

– Mais que va dire le roi à des invités las et grisés ?

– J'avais prévu ce petit discours au cas où la situation tournerait favorablement, lui dit le roi en se levant et en réclamant le silence.

Ankhesepaaton fut soudain affolée. Elle croyait la soirée terminée et se promettait d'y réfléchir sérieusement après avoir mieux apprécié le roi. Aÿ intervint pour obtenir un silence complet.

– Vous avez été surpris que je vous réunisse tous ce soir, dit le roi. Vous pensiez que j'avais une nouvelle importante à vous annoncer. C'est bien le cas.

Le souverain attira soudain tous les regards. Aucun fonctionnaire ne perdait une miette de ses paroles.

– Je vais satisfaire votre curiosité. Je voulais être sûr de mon fait. Maintenant, je sais que j'ai fait le bon choix. Nous aimions tous Meritaton, la grande parmi les grandes. Elle était douce, intelligente, fine, parfaite. Hélas, les dieux n'ont pas permis qu'elle restât sur cette terre. Je l'ai beaucoup pleurée et je penserai à elle toute ma vie. Il nous faut, cependant, songer à l'avenir de notre pays. Nous sommes constamment menacés. L'Égypte doit donc avoir un pouvoir fort. Je rends hommage à tous ceux qui m'entourent et m'aident car je suis encore jeune pour assumer seul un tel pouvoir.

Semenkharê se tourna alors vers Horemheb et Aÿ.

– Nous avons décidé de choisir une nouvelle Grande Épouse royale…

Des murmures se firent aussitôt entendre dans l'assistance.

– Ne croyez pas que cette union prochaine soit un signe de désintéressement pour ma chère Meritaton. Après avoir côtoyé Ankhesepaaton et avoir apprécié son esprit et sa beauté, j'ai décidé de concrétiser notre union. Ankhesepaaton deviendra donc officiellement ma deuxième Grande Épouse après Meritaton. Nous organiserons les fêtes du mariage après l'enterrement de Meritaton. Pour l'instant, l'Égypte est en deuil. J'interdis à quiconque de reprendre son activité et de se réjouir. Ce banquet a été une exception à la règle. Mais vous avez su modérer vos élans d'enthousiasme et respecter le souvenir de la reine défunte. Poursuivons cette soirée dans le bonheur.

Cette nouvelle laissa l'assistance sans voix. Ankhesepaaton avait baissé les yeux dès qu'elle avait entendu mentionner son nom. Elle tremblait légèrement et avait les mains subitement moites. Elle n'osait regarder Toutankhaton qui enfonça ses ongles dans le fruit mûr qui était dans sa main.

Le roi se baissa vers Ankhesepaaton et l'invita à se lever.

– Je crois que je n'y arriverai jamais, lui souffla-t-elle.

– Allons ! Pense à ta sœur et à ton grand-père qui te regarde.

Ankhesepaaton réussit enfin à se mettre debout. Elle se sentait encore plus observée. Les femmes commençaient leurs commentaires, détaillant son corps, sa tenue, sa chevelure et son visage.

– Que tout le monde respecte comme il se doit la future Grande Épouse ! dit le roi.

Les fonctionnaires s'inclinèrent devant Ankhesepaaton avec beaucoup d'émotion. Toutankhaton, seul, resta assis. Comme le roi lui jetait un regard sévère,

Ankhesepaaton lui saisit de nouveau le bras et prit la parole :

– Ma chère sœur va rejoindre les cieux et les dieux. Je dois poursuivre son travail. Je serai heureuse de devenir la femme d'un tel souverain et je souhaite de tout mon cœur apporter bien-être et bonheur au peuple et à la cour. Je suis consciente des dangers qui menacent l'Égypte. Je suis prête à écrire, comme le faisait la Grande Reine Tiyi, à tous nos alliés pour qu'ils nous aident et à nos ennemis pour qu'ils nous oublient ! Il faudrait aussi que nos tributaires, qui en prennent à leur aise depuis que le pharaon ne les contrôle plus, reviennent nous apporter leurs redevances et leurs tributs. Trop contents qu'Akhenaton refusât de sortir d'Akhetaton, ils ont fini par ne plus envoyer leurs biens aussi régulièrement qu'autrefois. Je recevrai, si nécessaire, les ambassadeurs en l'absence de mon époux. Je souhaite aussi que les querelles entre prêtres cessent ! Il est inouï que les prêtres d'Amon s'opposent aujourd'hui aux prêtres d'Aton alors que nous devons honorer tous les dieux !

Tous les invités applaudirent vivement ces paroles.

– Je suis très jeune. Aussi pourrai-je donner au roi de nombreux enfants vigoureux et sains. J'espère avoir des fils en pleine santé qui succéderont à leur père. Comme j'ai déjà eu une fille d'Akhenaton mon cher père, vous savez tous que je suis féconde. Mais je saurai aussi faire des fils !

Les étrangers se concertèrent du regard. Ils étaient manifestement impressionnés par le court discours de la future reine. Quand Ankhesepaaton eut terminé, l'un d'entre eux désira s'exprimer. Il complimenta le futur couple royal et se félicita d'être l'allié de l'Égypte.

– Si votre pays a connu des bouleversements religieux et politiques, nous comprenons qu'il veut maintenant revenir à ses anciennes habitudes. Vous y gagnerez en puissance. Nous sommes fiers d'avoir été conviés à ce banquet pour y apprendre une nouvelle de cette importance en avant-première.

Semenkharê fit signe à sa belle-sœur qu'il allait se retirer.

– Je t'accompagne, lui répondit-elle. Je ne veux pas affronter seule les questions et les félicitations de tous !

– Maintenant que tout cela est réglé, enterrons Meritaton comme elle le mérite !

*
* *

Pendant les jours qui suivirent, Toutankhaton évita le roi et la jeune fille. Il se plongea dans son travail et refusa d'écouter les conseils d'Aÿ.

L'enterrement de Meritaton eut lieu dans le plus grand recueillement. La reine fut pleurée par les Égyptiens. L'union d'Ankhesepaaton et de Semenkharê fut officialisée un mois plus tard. Thoutmès réalisa quelques portraits du couple. Le peuple envisageait de nouveau son déménagement vers Thèbes. Dans les mois qui suivirent, des commerçants et des paysans quittèrent définitivement Akhetaton.

Le roi projetait de plus en plus sérieusement de s'installer à Thèbes. Il partit un jour à la chasse aux antilopes et déclara à sa femme que ce serait sans doute la dernière dans le désert de Moyenne Égypte.

– Nous ne pouvons rester ici alors que tout le monde part. Je me refuse à retenir ici les Égyptiens de force comme le faisait Akhenaton.

– Mon père ne les retenait pas de force. La plupart ont accepté de le suivre ici.

– Parce qu'il a promis aux plus pauvres des vies luxueuses.

– Ces Égyptiens sont satisfaits d'avoir quitté Thèbes.

– Ils ne représentent qu'une minorité. Les paysans et les fonctionnaires plus riches ont suivi le roi à regret.

Horemheb insistait chaque jour pour précipiter l'installation de la cour à Malqatta ou sur la rive est de Thèbes.

– Tant que la cour restera à Akhetaton, le roi donnera l'impression de privilégier Aton. Redonnons à chacun des dieux leur pouvoir, conseilla Aÿ.

– N'est-ce pas déjà fait ? lui rétorqua Semenkharê.

– Aux yeux des étrangers, rien n'a changé puisque tu vis ici. Akhetaton est la ville symbole du dieu lumière.

– Accorde-moi quelques mois et nous partirons.

– Une saison suffirait pour tout organiser.

Semenkharê promit de lui donner une date. Le début de l'inondation lui parut favorable.

– Il faudrait être installé à Thèbes avant que le Nil ne déborde, le conseilla Aÿ. Nous pourrions ainsi préparer les sols et bénéficier de la récolte de l'année. Ici, nous ne ramassons rien ! Je crois qu'il ne faut pas tarder !

– Écoute, Aÿ, je veux bien me hâter mais je ne peux agir d'une manière irréfléchie…

– Nous travaillons pour toi, lui répondit Aÿ en le réconfortant. Nous sommes tes yeux, tes oreilles et ta tête. Je te dis que le moment est arrivé parce que j'en suis maintenant convaincu.

– Mais je suis le roi et je dois seul assumer les décisions que nous prenons. Laisse-moi juste quelques jours pour y réfléchir.

– Nous évoquons ce départ depuis le décès d'Akhenaton. Nous sommes tous prêts. Horemheb s'est rendu plusieurs fois à Thèbes pour vérifier si le palais était correctement tenu par les fonctionnaires chargés de le surveiller. Non seulement le palais de la rive est peut être habité du jour au lendemain mais celui de Malqatta te tend les bras !

– Je voudrais être sûr qu'Ankhesepaaton se plaira à Thèbes et que tous les membres de la famille royale s'y installeront avec plaisir.

– Que de temps perdu ! Tout cela t'est acquis ! Si besoin est, je parlerai à ma petite-fille mais ce sera inutile ! Allons ! Réfléchis vite car nous ne pourrons partir après la crue du Nil. Mieux vaut s'organiser avant. Les Égyptiens seront ravis de retrouver leurs champs. Les scribes ont prévu une belle inondation. Voilà des années que les Égyptiens n'ont pas bénéficié d'une aussi bonne récolte que lorsqu'ils vivaient à Thèbes.

– Aÿ, tu oublies les étrangers qui ont choisi d'habiter dans la ville lumière et luxueuse d'Akhetaton. Tu ne tiens pas compte de ceux qui ont tout abandonné à Thèbes et qui se plaisent dans cette ville de plaisirs, plus belle que toutes les autres cités égyptiennes. Resteront-ils seuls ici ?

– Non. Ils suivront la cour et leur roi. Quelques jours plus tard, ils comprendront qu'ils seront plus heureux à Thèbes qu'à Akhetaton.

– Dans une ville laissée à l'abandon, sale, envahie par les herbes et les ordures ? Ici, tout est beau, propre et neuf. Les salles des palais rutilent. Les statues sont splendides. Les colonnes colorées rutilent sous le soleil. Tout est parfait.

– Laisse-nous faire, lui dit Aÿ, un peu agacé par les arguments de Semenkharê qui lui tenait tête. Contente-toi de dire à Ankhesepaaton qu'elle prépare ses malles et ses coffres.

– Je l'ai déjà fait car tu prêches un convaincu. Je n'en déciderai pas moins de la date de notre départ.

Semenkharê monta sur son cheval à cru et fit signe au chasseur qui guidait la meute d'hyènes et de chiens.

– Je vais me détendre dans les monts environnants. Je te promets de te donner demain une réponse précise.

– Crois-moi, tu n'en seras que plus populaire.

– Je l'espère dans ton intérêt, lui rétorqua Semenkharê qui ne s'en laissait pas conter et qui acceptait de moins en moins les conseils appuyés d'Horemheb et d'Aÿ.

Il lança son cheval au galop.

– Suivez-moi ! dit-il à ses troupes. Je veux rapporter, ce soir, des antilopes, des taureaux et au moins un lion !

Le père Aÿ le regarda partir dans un épais nuage de poussière et de sable. Il sourit en regardant le ciel et en joignant les mains.

– Bien ! Nous sortons enfin de cet épisode lamentable qui a entraîné l'Égypte au bord du gouffre. Dès que nous nous trouverons à Thèbes, Amon retrouvera sa place.

Tout en prenant le chemin du grand autel d'Aton, il se demanda pourquoi le jeune roi était si réticent à l'idée de s'installer à Thèbes.

– Il a tout à y gagner ! Aurait-il changé d'avis ? Il veut, sans doute, nous faire comprendre qu'il souhaite avoir le dernier mot. C'est de son âge…

Mais Semenkharê savait combien le clergé d'Amon avait eu de pouvoir du temps d'Aménophis III. Le père Aÿ avait tout intérêt à redonner à ses collègues leur ancienne puissance.

XXVII

Tout en ralentissant son cheval, le roi se retourna vers les chars qui le suivaient.

– S'il pense offrir sur un plateau d'argent tout le pouvoir de l'Égypte aux prêtres d'Amon, Aÿ se trompe lourdement, dit-il pour lui-même. Je veillerai à ce que les Grands Prêtres ne retrouvent pas cette puissance menaçante qui concurrençait le roi. Je suis prêt à écrire un texte qui figurera sur une stèle thébaine afin d'annoncer officiellement que nous allons dorénavant vénérer tous les dieux. Mais je resterai prudent. Même Horemheb se méfie du pouvoir excessif des prêtres.

– Où veux-tu aller, roi tout-puissant ? lui demanda le chef de meute en le rattrapant.

– Par là (il avait le doigt pointé vers le sommet des monts)… Nous avons vu des lions rôder la nuit dans ces parages.

– C'est très loin.

– J'en suis conscient. Mais nous sommes équipés.

– D'habitude, nous restons dans ces passes…

– Il me plaît de partir chasser ces fauves qui hurlent à la lune dès le coucher du soleil. Ils me paraissent forts et impressionnants par leur grandeur.

– Tout le monde les redoute. On raconte qu'ils viennent manger les volailles dans les fermes et qu'ils effraient les chiens.

– Ce sont des légendes. Ils ne sortent jamais de ces montagnes. Je voudrais les en débusquer.

Semenkharê accéléra son allure. Dès qu'il fut au pied des monts, il s'arrêta. Quand il vit un animal passer devant eux, il partit aussitôt en chasse. Ses hommes jetèrent bientôt une quinzaine de lièvres dans les chars.

– Il faut aller plus loin pour trouver des animaux plus intéressants, dit-il.

Il réussit lui-même à blesser deux antilopes.

Au bout de plusieurs heures de chasse, le roi accorda une pause à ses hommes et les laissa se désaltérer tranquillement.

– Je me demande où se trouvent les fauves, insista-t-il en se mettant à l'ombre devant l'entrée d'une caverne.

Le chef de meute s'assit tout près de lui en recherchant un peu de fraîcheur.

– Ils ne sortiront pas sous cette chaleur. Il faudrait attendre la nuit pour avoir une chance de les trouver. Quand ils nous entendront, ils seront effrayés mais ils risquent aussi de nous attaquer. Nous serons sur leur territoire. Nous ne connaissons par leur nombre. Tu penses voir toujours les deux mêmes lions. Je doute qu'ils ne soient que deux. Que ferons-nous face à une douzaine de lions ?

– Nous sommes suffisamment armés pour tout affronter. Aménophis III a tué tellement de lions dans sa vie que j'espère être capable d'en rapporter quelques-uns à la reine !

Le chef de meute continuait à le dissuader d'aller trop loin.

– Il y a également des bandes insoumises au pharaon dans ces montagnes.

– Ceux qui ont, autrefois, tué un prêtre. Ils sont maintenant soumis au roi. Ils risquent la peine de mort s'ils s'attaquent à nous.

– Ces hommes sont rebelles et sournois. S'ils ont une occasion de se venger, ils la saisiront ! Akhenaton les a chassés de leur ancien village. Ils le détestaient.

– Cesse de trouver de bonnes excuses pour ne pas avancer ! dit Semenkharê. Hommes ou bêtes sont à notre portée !

L'Égyptien n'osa plus rien ajouter.

– Allons ! Repartons ! Cette chasse a bien commencé. Ne la gâche pas par de vains arguments.

– Je me rends bien compte, Maître tout-puissant, que mes paroles ne servent à rien.

– Allons, tais-toi, par Horus, et presse tes hommes !

Tous les chasseurs remontèrent dans leur char ou sur leur cheval en riant et en faisant des bons mots. Cette halte leur avait redonné courage. Ils étaient contents de leur butin et croyaient leur souverain également satisfait.

Celui-ci n'épargna personne. Il donna ses ordres à chacun.

– Vous avez tous un objectif, leur dit-il. Je souhaite qu'il soit atteint.

– Pourquoi épuiser nos chasseurs ? lui demanda le responsable de la charrerie.

– Parce que la chasse est un exercice. Nos troupes ne sont pas suffisamment entraînées. Elles languissent à Akhetaton alors qu'elles vont bientôt partir pour l'Asie. Il faut qu'elles redeviennent performantes si nous ne voulons pas courir à la catastrophe. Akhenaton a tout fait pour éviter les conflits. Il détestait la guerre. Je le comprends aisément et je n'aime pas davantage les campagnes. Nous devons, cependant, nous plier aux contraintes de la nécessité. Or, il est évident que nous ne pouvons plus rester reclus dans la ville d'Aton. Le pharaon doit se montrer de nouveau à la tête de ses troupes !

– Ainsi donc ces chasses successives que tu multiplies ont un but précis.

– En réalité, Égyptien, il me plaît de chasser. Je crois qu'il est bon d'endurcir ces hommes alanguis par les loisirs et endormis par le luxe. La vie est agréable en Égypte. Qui s'en plaindrait ? Le risque est de tomber dans l'oisiveté et de laisser nos alliés fomenter contre nous des complots dangereux. Tous les peuples que mes aïeux ont conquis risquent de se rebeller si je n'apparais pas car nous avons laissé sur place de faibles garnisons qui ne sauraient résister à de sérieuses représailles.

– Tu parles comme Horemheb, le grand général.

– Parce qu'il a raison. Il m'a expliqué comment Thoutmosis III avait vaincu dans plusieurs régions. Depuis son règne, les rois se sont endormis.

– Tu es donc prêt à suivre son exemple…

– Certainement pas ! Je hais les conflits et je préférerais œuvrer comme la reine Tiyi en écrivant à nos alliés. Mais je crains que ce ne soit pas suffisant !

Les Égyptiens repartirent en chantant.

– Le soleil baisse, dit encore le chef des troupes. Le roi ne souhaite pas rentrer ?

– Non. Il est plus agréable de poursuivre son effort au coucher du soleil.

– Pour viser juste, il vaut mieux avoir une bonne visibilité et je doute…

– Pourquoi discutez-vous tous mes ordres aujourd'hui ? Nous continuons ! Regardez !

Le roi tendit le bras vers le sommet d'une des collines.

– Voilà l'un des fauves que tu veux abattre, lui dit le chef de la meute.

– C'est exactement ce que je souhaitais. Hâtons-nous

– Où allons-nous laisser les chars ? demanda le responsable de la charrerie. Il est impensable de s'engager avec eux dans ces passes étroites et tortueuses.

– Laissons-les au pied des monts et continuons à pied ! Personne ne nous volera ces véhicules !

Tous les hommes de Semenkharê se mirent à escalader les collines rocailleuses qui servaient de décor à la ville d'Akhetaton. Tout en montant, ils pouvaient distinguer les différents monuments et bâtiments de la ville. L'ombre s'étendait progressivement sur elle.

Quand ils arrivèrent au sommet, les Égyptiens trouvèrent un lieu entièrement désert. Ils se camouflèrent et attendirent mais, au bout d'un long moment, le roi, déçu, donna l'ordre de rebrousser chemin. Au pied des monts, des tribus s'étaient installées dans les chars et s'apprêtaient à s'opposer au souverain.

– Je suis le roi ! dit Semenkharê. N'essayez pas de nous menacer sinon je vous fais jeter demain aux crocodiles !

Les rebelles s'enfuirent, laissant la troupe du roi rejoindre paisiblement Akhetaton.

Quand il rentra au palais, Semenkharê trouva Ankhesepaaton avec Toutankhaton autour d'une table chargée de mets. Des acrobates accomplissaient de savantes et esthétiques figures. Un poète répétait les sentences du sage Ani. Semenkharê entendit leurs dernières paroles.

– Quelle merveilleuse journée, racontait Ankhesepaaton. Le peuple nous a acclamés lorsque nous sommes passés devant lui. Maintenant, il est plaisant d'écouter ces légendes que me racontaient autrefois mes nourrices. Le sculpteur Bak veut absolument représenter mon visage. As-tu vu ses derniers bustes ?

– Il a presque autant de talent que Thoutmès, reconnut Toutankhaton.

– Lui aussi nous a tant de fois dessinés sous les rayons d'Aton !

– Il excelle dans les bas-reliefs. J'avoue aimer aussi l'œuvre d'Auta qui était si appréciée d'Akhenaton.

– J'ai adoré ces vases en émail que les artistes sortaient de la fabrique au moment où nous sommes passés. Je suis très touchée que tu m'en aies acheté un.

Ankhesepaaton se pencha pour saisir un objet qu'elle avait posé sur une autre table.

– J'aimerais, moi aussi, t'offrir un cadeau. Un magnifique poignard en or que je commanderai à l'orfèvre !

Ankhesepaaton portait sur sa tête une plume d'autruche. « Aurait-elle rendu hommage à Aton en mon absence ? A-t-elle traversé avec Toutankhaton la grande cour d'un des temples d'Aton avec les porteurs de chasse-mouches pour offrir au dieu des fruits et des fleurs tout en agitant des sistres ? Les courtisans ont-ils accepté de l'accompagner et de rester à genoux, les mains sur les cuisses, pour acclamer Aton ? » se demanda Semenkharê.

Ankhesepaaton racontait combien elle avait été émue d'arriver au portique du temple d'Aton, de franchir le vaste pylône en haut duquel flottaient des drapeaux rouges, de pénétrer dans la cour où se trouvait une statue impressionnante d'Akhenaton avant de parvenir à une colonnade près de laquelle trônaient l'ancien couple royal et Aménophis III.

– Quand j'ai revu mes parents portant un plateau d'offrandes de chaque côté de l'autel et que j'ai été éblouie par les reflets du soleil sur les colonnes

rosées de la dernière pièce, j'ai compris qu'il me serait difficile de quitter Akhetaton.

– Pourquoi l'évoques-tu ?

– Parce que Semenkharê m'en a parlé.

– Et tu préférerais habiter ici ?

– Je ne connais pas la vie à Thèbes.

– Moi non plus. J'avoue que la perspective de partir me déplaît.

– J'espère qu'Aton a été comblé par nos présents…

– Nous lui avons offert des dattes, des lotus, des iris, des figues, des pots d'onguent, des feuilles d'acacia. Nous ne pouvions faire mieux !

– Te souviens-tu de ces processions où nous agitions nos sistres et où mes parents, en robe blanche, montaient les marches conduisant à l'autel en compagnie de chanteurs et de joueuses de castagnettes et de cymbales ?

– Je m'en souviens parfaitement car ces jours ne sont pas loin. Pharaon s'enduisait d'encens puis il puisait un peu d'onguent parfumé dans un pot et montrait la cuillère pleine au soleil avant de lui donner des fruits et des fleurs. Il tenait à embaucher des chanteurs qui ne puissent contempler le dieu car seul le couple royal pouvait le voir.

– Ce moment était si parfait, si troublant. Pharaon devenait Aton. Il l'aimait tant ! dit Ankhesepaaton, encore sous le charme de son père.

– Quand je rentrais, j'entendais longtemps les poèmes de Pharaon qui venaient se mêler aux légendes des poètes. J'allais parfois flâner près du

port Khoutaton avec des serviteurs. On y retrouvait le chef du harem Housa ! Il venait y chercher de la fraîcheur après de rudes journées passées au palais à surveiller ses dizaines de femmes plus capricieuses les unes que les autres et plus exigeantes que la Grande Épouse royale ! Si le roi en avait choisi une pour la nuit et s'il trouvait une collègue pour l'aider, il prenait quelques instants de liberté.

Les deux enfants rêvaient aux jours heureux en mangeant des dattes.

– Et puis, un jour, le prêtre a annoncé que Semenkharê s'associerait au pouvoir, dit Toutankhaton avec humeur.

Ankhesepaaton lui prit la main.

– Il est bon et généreux.

Toutankhaton remit son pagne en place. Il avait pris un peu de poids.

– Akhenaton avait une maladie qui lui donnait des doigts plus longs que les autres, un problème oculaire et un embonpoint étonnant. Plusieurs membres de la famille royale sont atteints par cette maladie.

– Je ressemble moi-même à mon père, ajouta Ankhesepaaton.

– Cette différence est, sans doute, voulue par les dieux. Mais comment seront les enfants que tu auras avec Semenkharê ? Je mérite autant que lui de régner ! Nous n'avons ni l'un ni l'autre ces détails physiques que le roi mettait en avant. Mais nous pouvons tous les deux avoir des descendants qui auront ces caractéristiques.

Sentant que la situation risquait de s'envenimer, le roi préféra signaler sa présence. Toutankhaton lui jeta un regard jaloux. Il n'accepterait pas aussi facilement la destinée que les hommes avaient choisie pour lui.

– J'ai cru comprendre que vous avez honoré Aton sans le roi, dit-il. Si les prêtres d'Amon et de Ptah l'apprennent, je doute que ce geste leur plaise. Il faut, à tout prix, faire oublier que nous avons honoré un dieu unique pendant des années.

– Sans doute avons-nous été guidés par les dieux, répondit Toutankhaton. J'ai la sensation que ce signe ne sera pas le seul qu'ils nous feront.

– Ankhesepaaton est la Grande Épouse royale. Dois-je te le rappeler ? demanda Semenkharê en exigeant de lui plus de déférence.

– Ankhesepaaton restera pour moi une sœur aimée et chérie quoi qu'en disent les hommes ! répondit Toutankhaton.

Ankhesepaaton trembla pour la première fois en croisant le regard de son époux.

– Un garçonnet doit respect au roi et à la reine ! ajouta-t-il en renvoyant Toutankhaton.

Quand le roi se mit à la petite fenêtre de la chambre de sa femme, il distingua une forme sombre en haut des monts.

– Que regardes-tu ? demanda timidement Ankhesepaaton.

– Pharaon ne peut atteindre ni les astres ni les rebelles, répondit-il.

– La chasse a été bonne ?

– Non. Mais je suis enfin à tes côtés et ta présence est réconfortante. J'espère que tu auras toujours confiance en moi. Il nous faudra bientôt penser au départ. Tu te plairas à Thèbes. Je te le promets.

Semenkharê se retourna de nouveau vers les monts à peine visibles dans la nuit. Seules les éclairaient les étoiles, petites et nombreuses. Un deuxième lion rejoignit le premier. Ils hurlèrent tous les deux, le corps efflanqué et la gueule relevée. « On dirait qu'ils me narguent, se dit Semenkharê. Un pharaon ne peut tout obtenir. Les plus dangereux de ses ennemis sont ceux qui le côtoient et qui refusent de lui obéir. »

ANNEXES

Thèbes-Ouest

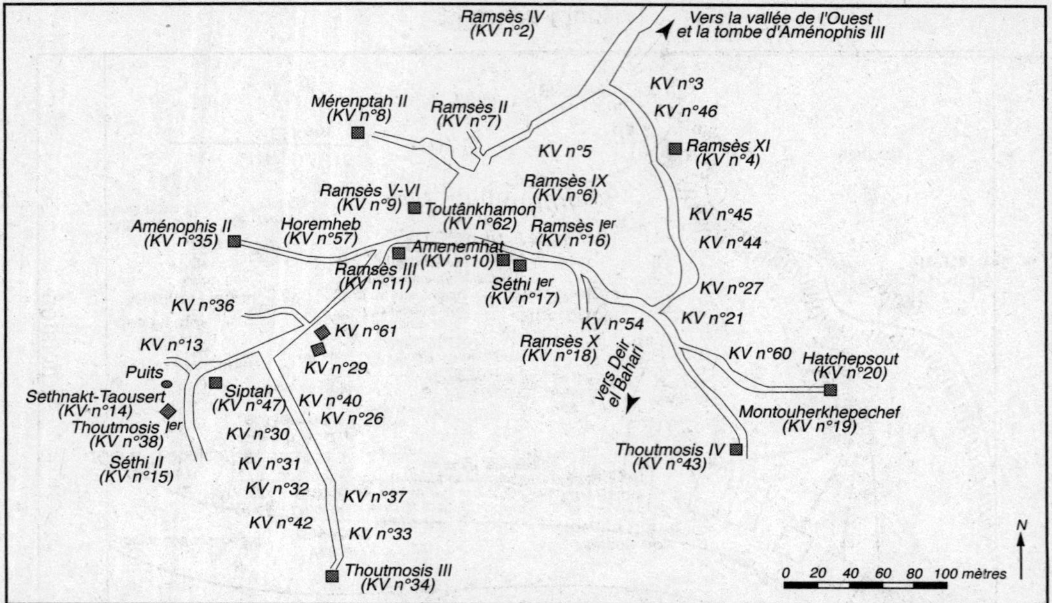

La Vallée des Rois

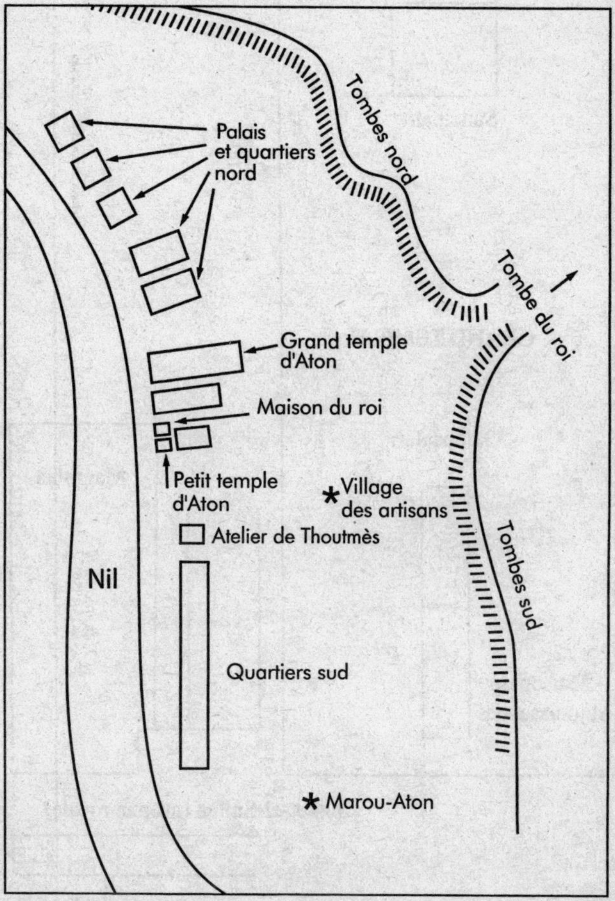
Palais
et quartiers
nord
Tombes nord
Tombe du roi
Grand temple
d'Aton
Maison du roi
Petit temple
d'Aton
Village
des artisans
Atelier de Thoutmès
Tombes sud
Nil
Quartiers sud
Marou-Aton

Akhetaton

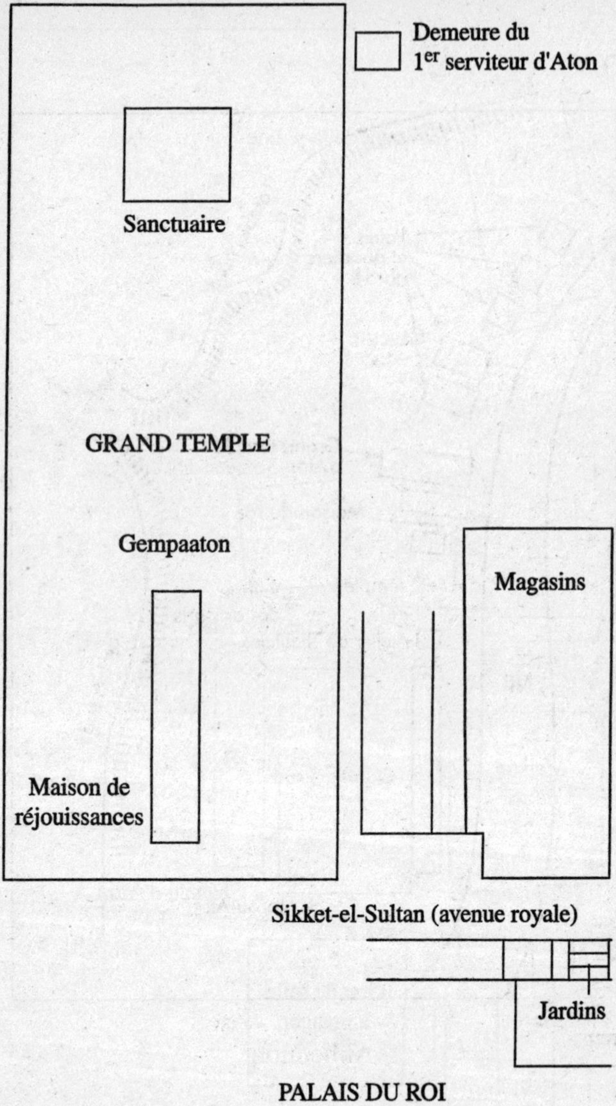

Centre ville d'Amarna

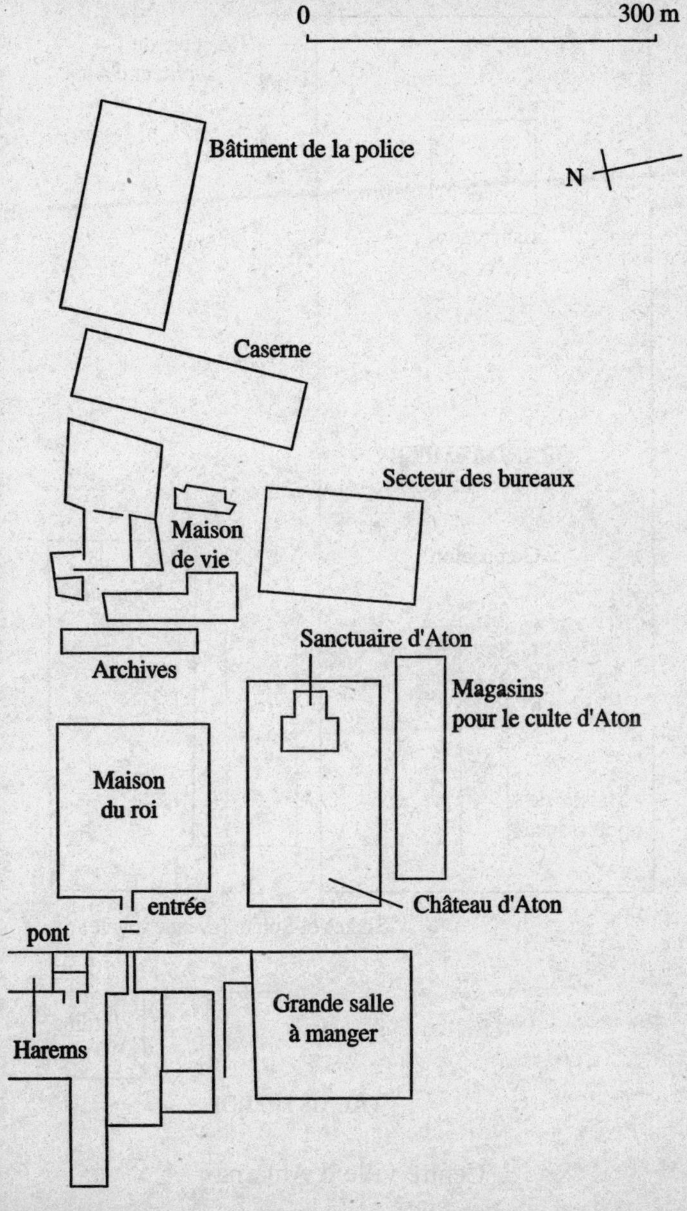
0
300 m
N
Bâtiment de la police
Caserne
Secteur des bureaux
Maison
de vie
Archives
Sanctuaire d'Aton
Magasins
pour le culte d'Aton
Maison
du roi
entrée
Château d'Aton
pont
Grande salle
à manger
Harems

RAPPELS CHRONOLOGIQUES
(les dates sont approximatives)

Environ 3000 av. J.-C. :
* Période prédynastique.

Première partie du troisième millénaire avant J.-C. :
* Période thinite (Ire et IIe dynasties).

Deuxième partie du troisième millénaire avant J.-C. :
* Ancien Empire (IIIe dynastie : Djéser ; IVe dynastie : Snéfrou, Khéops, Didoufri, Khephren, Mykérinos ; Ve dynastie : Sahourê, Niouserrê, Ounas ; VIe dynastie : Téti, Pépi I, Pépi II).

Fin du troisième millénaire avant J.-C. :
* Première Période Intermédiaire (VIIe dynastie-XIe dynastie).

Première partie du deuxième millénaire avant J.-C. :
* Moyen Empire (XIe dynastie : Montouhotep I, II ; XIIe dynastie : Amenhemat, Sésostris).

* Deuxième Période Intermédiaire (XIIIe à XVIIe dynastie).

Pendant les XVe et XVIe dynasties s'imposent les envahisseurs Hyksos (XIIIe-XVIe siècle avant J.-C.) qui gouvernent à Avaris tandis que des rois ou gouverneurs égyptiens dirigent l'Égypte du Sud à Thèbes.

Deuxième partie du deuxième millénaire avant J.-C. :

* Nouvel Empire.

– XVIIIe dynastie : Ahmosis-Grande Épouse royale, Ahmès-Néfertari
Aménophis Ier
Thoutmosis Ier-Grande Épouse royale, Ahmose
Thoutrnosis II
Hatchepsout
Thoutmosis III-Grande Épouse royale Méryrêt-Hatchepsout II
Aménophis II-Grande Épouse royale Tiâa
Thoutmosis IV [env. 1397 (?)-1387/8]-Grande Épouse Néfertari
Aménophis III (env. 1387/8-1348/9)-Grande Épouse Tiyi
Aménophis IV-Akhenaton [env. 1352/50-1338/36 (?)]-Grande Épouse Néfertiti

Semenkharê (?)
[env. 1338 (?)-1336 (?)]
Toutankhamon (env. 1336-1327)
Aÿ [env. 1327 (?)-1323 (?)]
Horemheb

– XIXe dynastie : Ramsès I, Séthi I, Ramsès II, Mérenptah, Séthi II, Amenmès, Siptah, Taousert, Sethnakht, Ramsès III, Ramsès IV à XI.

Première partie du premier millénaire avant J.-C. :
* Troisième Période Intermédiaire (XXIe dynastie : Smendès, Psousennès, Pinedjem ; XXIIe dynastie : Chechonq ; XXIIIe-XXVe dynastie : Piankhy, Chabaqa, Taharqa).

700-305 avant J.-C. :
* Basse Époque (XXVIe dynastie : Psammétique, Amasis ; XXVIIe dynastie : les Perses Cambyse et Darius ; XXVIIIe-XXIXe dynastie : Achoris ; XXXe dynastie : Nectanebo).

Domination du Perse Artaxerxès III.
Libération de l'Égypte par Alexandre le Grand qui crée Alexandrie.
Dynastie des Lagides avec les Ptolémées et les Cléopâtre (jusqu'en 30 avant J.-C., date de la bataille d'Actium).

Égypte romaine puis chrétienne en 39 ap. J.-C.

Ahmosis ≃ Ahmès-Néfertari

Aménophis Ier ≃ Ahotep

Ahmose ≃ Thoutmosis Ier ≃ Moutnéfret (Ire épouse)

Hatchepsout ≃ Thoutmosis II - Iset (fille du harem ?)

Néférou-Rê

Méryrêt-Hatchepsout II (?) ≃ Thoutmosis III

Plusieurs enfants dont Aménophis II ≃ Tiâa

Thoutmosis IV ≃ Princesse du Mitanni

≃ Néfertary (Moutemuia ?)

Nedjem,
Oubensenou,
Amenemipet...

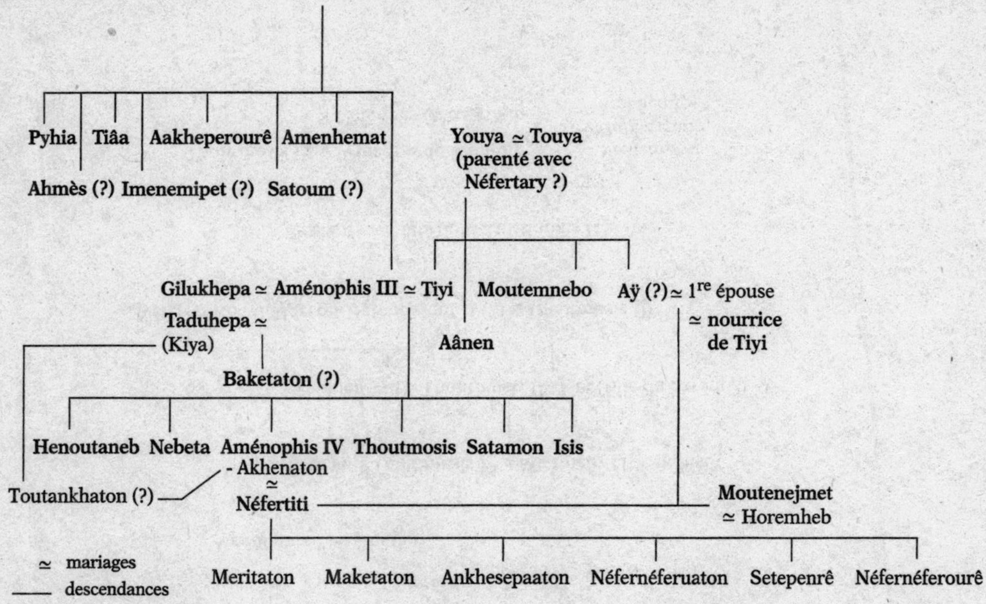

Arbre généalogique des premiers pharaons de la XVIIIe dynastie

LISTE DES PRINCIPAUX PERSONNAGES

Abdi-Achirta : Chef d'Amourrou.
Ahmosis : Père d'Aménophis Ier.
Amenetep : Fils royal de Koush.
Amenhemat : Grand Prêtre d'Amon.
Amenhotep : Architecte ayant succédé au premier Amenhotep.
Amonmès : Intendant dirigeant Thèbes.
Aperhel : Fonctionnaire chargé du culte d'Amon.
Artashup : Messager.
Asal : Émissaire d'Aménophis IV.
Asli : Scribe.
Aÿ : Frère de Tiyi. Fils de Touya et de Youya.
Bak : Sculpteur.
Baki : Femme du prêtre Samout.
Beanna : Femme de Meriptah, responsable de Malqatta.
Capalescou : Mitannienne.
Chaoui : Échanson du roi.
Hatiai : Supérieur des greniers d'Aton.
Hékanéfer : Ami de Toutankhamon.

Henoy : Servante d'Aménophis III et de Thoutmosis IV mise au service de Tiyi.

Henutam : Harpiste.

Hinutimpet : Fille d'Artatama.

Horemheb : Général de Thoutmosis IV et d'Aménophis III.

Hor : Artisan d'Amenhotep.

Houia : Intendant de Tiyi.

Housa : Chef du harem.

Houy : Scribe de Satamon.

Ipouki : Artisan.

Irechepa : Coursier d'Aménophis III.

Iÿ : Cousin de Tiyi, chargé de son domaine. Fils de Moutemnebo.

Kadachman-Enlil : Roi de Babylone.

Kassi : Messager.

Kerouef : Intendant de Tiyi.

Khâ : Peintre du Village des ouvriers.

Khaemhat : Chef des greniers.

Khaemouaset : Époux de Mana, chef des archers du Nord.

Khai : Riche fonctionnaire, ami de Toutankhamon.

Khnoumès : Fonctionnaire chargé des greniers d'Amon à Karnak.

Kiya : Nom égyptien de Taduhepa.

Maabal : Émissaire d'Aménophis IV.

Maïa : Nourrice de Toutankhamon.

Mana : Chanteuse du culte de Bastet, femme de Khaemouaset.

Maou : Chef de la police à Akhetaton.

Parenefer : Échanson.

Penhout : Supérieur des régions du Nord.

Pentou : Médecin du roi.

Ptahmès : Fils du vizir Thoutmès. Grand Prêtre de Ptah.

Ptamosis : Fils de Menkheper. Grand Prêtre de Ptah.

Quenamon : Intendant du palais royal de Memphis.

Ramosé : Vizir.

Ribada : Gouverneur de Byblos.

Samout : Grand Prêtre de Karnak.

Satamon : Fille aînée de Tiyi et d'Aménophis III.

Sebekhopis : Éducateur d'Aménophis III, mari de Méryt.

Sennefer : Fonctionnaire du roi.

Set : Échanson du roi.

Setou : Échanson d'Aménophis et de Tiyi.

Seth : Messager.

Sobekmosé : Artisan d'Amenhotep.

Souty : Artisan d'Amenhotep.

Supiluliuma : Roi du Hatti.

Surer : Intendant du roi.

Syee : Porte-étendard faisant partie de l'équipe royale.

Syece : Porte-étendard faisant partie de l'équipage royal.

Taduhepa : Fille de Tushratta, appelée Kiya.

Tarundaradu : Chef d'Arzawa.

Temouadjès : Supérieure du harem d'Amon.

May : Scribe et surintendant du bétail du temple de Rê. Architecte.

Mayé : Chef des chantiers.

Mena : Sculpteur.

Meni : Grand Prêtre d'Amon.

Menna : Scribe des champs royaux.

Mérymès : Vice-roi de Koush.

Meriptah : Fils du vizir Thoutmès.

Meryrê : Père nourricier. Époux de Baketemané.

Méryt : Nourrice, femme de Sebekhopis, éducateur.

Mesu : Gardien du domaine de Tiyi.

Mine : Coursier d'Artatama.

Mis : Intendant de Tiyi chargé du domaine thébain.

Moïse : Fils d'Abraham.

Monaktouf : Architecte.

Moutenejmet : Sœur de Néfertiti.

Moutemnebo : Sœur de Tiyi.

Nabi : Fils d'Abraham.

Nakhmin : Général.

Nebamon : Artisan.

Neben : Porte-étendard du Khaemaat.

Nebesen : Scribe du Trésor.

Nebetia : Fille de Meryrê.

Neferophis : Fonctionnaire chargé des greniers d'Amon à Karnak.

Neferenpet : Chef des carriers.

Nepnefer : Grand Prêtre de Karnak.

Ouserhat : Chef du harem.

Païri : Fils royal.

Paoua : Grand Prêtre d'Héliopolis.

Thoutmès : Vizir sous Thoutmosis IV et Aménophis III.

Timia : Danseuse.

Taïtaï : Grand Prêtre de Thot à Hermopolis.

Toutou : Fonctionnaire d'Aménophis IV.

REMERCIEMENTS

Je remercie M. Hosni Moubarak, Président de la République arabe d'Égypte ; M. Farouk Hosni, ministre de la Culture ; M. Mandouh el Beltagui, ministre du Tourisme ; M. Zahi Hawass, secrétaire général du Conseil supérieur des Antiquités égyptiennes ; M. Sabry Abd el Aziz Khater, responsable des Antiquités pharaoniques auprès du CSAE, qui facilitent depuis de très nombreuses années mon travail en Égypte ; M. Oulayel, directeur des Antiquités de Haute Égypte ; M. Ali el Asfar et M. Ibrahim Soleyman ; M. Adel El Masri, directeur d'EgyptAir en France ; M. Kebir d'EgyptAir ; Mme Yushreia Ismaïl, sous-secrétaire au ministère du Tourisme et Mme Sonia Guirguis, directrice de l'Office du tourisme égyptien pour leur aide extrêmement précieuse ; M. Sayed Abdel Gawad, directeur général des relations touristiques ; M. Khaled Bakir, conseiller de presse à l'ambassade de la République arabe d'Égypte ; M. Osama Abd el Afiz pour son efficacité et son accueil ; M. Adel el Masry de l'E.T.A. en France et M. Rami Nazmy de l'E.T.A. au Caire ; Mme Suzanne Matsakis et M. Jean Robert Reznik du groupe Accor, fidèle partenaire culturel, qui a toujours lié la découverte d'une région à une approche de sa culture ; M. Alain Y. Khoury pour sa précieuse collaboration et sa fidèle attention ; M. Taher, directeur des Autorités touristiques de Sharm.

Je tiens à remercier très chaleureusement M. Randolph Edmonds, directeur général du légendaire Sofitel Winter Palace de Louxor, établissement remarquable, et son épouse Marie-Hélène, ainsi que M. Farid Guirguis pour son efficacité.

Mes plus vifs remerciements vont aussi à M. Rajiv Kaul du Mena House de Gizeh ; M. Adel Bibars du Sheraton Sharm dont l'accueil m'a beaucoup touchée ; M. G. Nejjar du Riad Salam à Casablanca ; Mme Aziz de l'hôtel Imperial Borj de Marrakech ; Mme Anissa Bouchkoura de La Mamounia de Marrakech ; M. Patrick Ghielmetti du Four Seasons de Sharm ; M. Medhat FatHallah du Laguna Vista de Sharm pour son accueil chaleureux dans un cadre idyllique proche des sites antiques ; M. Werner Gessner du Sonesta Beach de Sharm pour son attention et sa collaboration.

Je salue aussi de tels humanistes, attentifs à la culture, grâce à qui la recherche, l'histoire et les découvertes progressent et qui permettent au patrimoine international de sortir de l'ombre.

Violaine VANOYEKE

Du même auteur :

L'Art aux yeux pers, Le Cherche-Midi, 1980, *poésie.* Prix Jean Christophe.

Torrent, R.E.M., Lyon, 1983, *poésie.* Album avec interprétation au piano de Violaine Vanoyeke.

L'Harmonie et les arts en poésie, Monaco, 1985, *anthologie.*

Le Mythe en poésie, Monaco, 1986, *anthologie.*

Cœur Chromatique, R.E.M., Lyon, 1986, *poésie.* Album avec accompagnement musical interprété au piano par Violaine Vanoyeke. Interprétations des textes avec Dominique Paturel.

Clair de Symphonie, J. Picollec, 1987, *roman.*

Messaline, Robert Laffont, 1988, *roman.* Traduit en espagnol, portugais, grec, coréen, bulgare, polonais…

Le Druide, Sand, 1989, *roman.*

Au bord du Douro, Lizier, Luxembourg, 1989, *poésie.*

Les Louves du Capitole, Robert Laffont, 1990, roman. Prix littéraire de l'été 1990. Traduit en espagnol, portugais…

La Prostitution en Grèce et à Rome, Belles Lettres, 1990, *histoire.* Traduit en espagnol, en grec, en japonais, en tchèque…

Le Crottin du diable, Denoël, 1991, *roman.* Prix de l'Association de l'assurance et des banques, 1992.

Les Bonaparte, Critérion, 1991, *histoire.*

La Naissance des Jeux Olympiques et le sport dans l'Antiquité, Belles Lettres, 1992, *histoire.*

Les Grandes Heures de la Grèce antique, Perrin, 1992, *histoire*. Repris au Grand Livre du Mois.

Les Sévères, Critérion, 1993, *histoire.*

Les Schuller, Presses de la Cité, 1994-1995, *romans* :

* *Les Schuller*, Presses de la Cité, 1994.

** *Le Serment des Quatre Rivières*, Presses de la Cité, 1995.

Hannibal, France-Empire, 1995, *histoire/biographie.*

Paul Éluard, le poète de la liberté, Julliard, 1995, *histoire/biographie.*

Le Secret du pharaon (série), L'Archipel, *romans* :

* *Le Secret du Pharaon*, L'Archipel, 1996. Traduit en espagnol, portugais, catalan, tchèque, slovaque, hongrois… Repris au Grand Livre du Mois (1996), par Succès du Livre (1997), à Presses Pocket (1997), Le Chardon bleu (1997).

** *Une mystérieuse Égyptienne*, L'Archipel, 1997, *roman.* Traduit en espagnol, tchèque, portugais, hongrois, slovaque… Repris par Succès du Livre (1998), à Presses Pocket (1999), Le Chardon bleu (1999).

*** *Le Trésor de la reine-cobra*, L'Archipel, 1999. Traduit en slovaque, tchèque, hongrois… Repris par Succès du Livre, Presses Pocket (1999).

Quand les athlètes étaient des dieux, Les Jeux Olympiques de l'Antiquité, Fleurus, Collection « Encyclopédie Fleurus », 1996, *ouvrage pour la jeunesse.*

Ramsès, série radiophonique, 1995-1996.

Périclès, Tallandier, 1997, *histoire/biographie.* Traduit en portugais, espagnol… Repris au Grand Livre du Mois (1997).

Les Histoires d'amour des pharaons (série), Michel Lafon :

* *Les Histoires d'amour des pharaons : Néfertiti et Akhenaton; Ramsès II et Néfertari; Tiyi et Ramsès III; César et Cléopâtre; Antoine et Cléopâtre*, Michel Lafon, 1997. Traduit en italien, espagnol, turc, portugais, hongrois, tchèque... Repris au Grand Livre du Mois (1997), par Succès du Livre (1999), au Livre de Poche (1999).

** *Les Histoires d'amour des pharaons II : Ahmosis et Ahmès-Néfertari; Tiâa et Aménophis II; Tout-Ankh-Amon et Ankhsepaton; Séthi II et Taousert*, Michel Lafon, 1999. Traduit en espagnol, portugais, hongrois, tchèque... Repris au Livre de Poche (2000).

Chaque histoire a été publiée au Chardon Bleu, en 9 volumes (2000).

La Passionnée, Michel Lafon, 1997, *roman*. Traduit en espagnol...

De la prostitution en Alsace (collectif), Le Verger, 1997, *histoire*.

Les Dynasties pharaoniques (série), Tallandier, *histoire* :

* *Les Ptolémées, derniers pharaons d'Égypte*, Tallandier, 1998. Traduit en espagnol, portugais...

Les Pharaons du Soleil (saga-collection), Michel Lafon :

1) *La Pharaonne Hatchepsout* (trilogie), Michel Lafon, *romans* :

* *La Princesse de Thèbes*, Michel Lafon, 1998. Nouvelle édition, 1999. Traduit en portugais, hongrois, tchèque, turc... Repris au Livre de Poche (2000) et par Succès du Livre (2002). Publié avec le livret « Apprenez les hiéroglyphes avec Hatchepsout ».

** *Le Pschent royal*, Michel Lafon, 1998. Nouvelle édition, 1999. Traduit en portugais, hongrois, tchèque, turc… Repris au Livre de Poche (2000) et par Succès du Livre (2002).
*** *Le Voyage d'éternité*, Michel Lafon, 1999. Traduit en portugais, tchèque, hongrois, turc… Repris au Livre de Poche (2000) et par Succès du Livre (2002).

– *La Pharaonne Hatchepsout* sous coffret (œuvre intégrale), 2002.

2) *Thoutmosis* (trilogie), Michel Lafon, *romans* :
* *Le Rival d'Hatchepsout*, Michel Lafon, 2000. Repris au Grand Livre du Mois, au Livre de Poche (2002), à Succès du Livre.
** *L'Ibis indomptable*, Michel Lafon, 2000. Repris au Grand Livre du Mois, au Livre de Poche (2002).
*** *Au royaume du Sublime*, Michel Lafon, 2000. Repris au Grand Livre du Mois, au Livre de Poche (2002).

3) Aménophis (trilogie), Michel Lafon, *romans* :
* *Le Prince de lumière*, Michel Lafon, 2001. Repris au Grand, Livre du Mois (2001) au Livre de Poche et par Succès du Livre.
** *Le Breuvage d'amertume*, Michel Lafon, 2001. Repris au Grand Livre du Mois, au Livre de Poche et par Succès du Livre.
*** *Vénérable Tiyi*, Michel Lafon, 2002. Repris au Grand Livre du Mois, au Livre de Poche et par Succès du Livre.

4) Néfertiti et Akhenaton (trilogie), Michel Lafon, *romans* :
* *La Belle est venue*, Michel Lafon, 2002. Repris au Grand Livre du Mois (2003).

** *L'Horizon d'Aton*, Michel Lafon, 2002. Repris au Grand Livre du Mois.
*** *Le Faucon d'or*, Michel Lafon, 2003. Repris au Grand Livre du Mois.

5) *Toutankhamon* (trilogie), Michel Lafon, *romans* :
* *L'Héritier*, Michel Lafon, 2003.
** *La Fille de Néfertiti*, Michel Lafon, 2004 (à paraître).
*** *Le Pharaon assassiné*, Michel Lafon, 2004 (à paraître).

Violaine Vanoyeke, Les Pharaons mènent à la vie éternelle, *autobiographie*, Michel Lafon, 2001. Repris au Livre de Poche, 2002.

Zénobie, l'héritière de Cléopâtre, *histoire*, Michel Lafon, 2002. Repris au Livre de Poche.

Les Voluptueuses, de l'Égypte à Rome, *histoire*, Michel Lafon, 2003.

Discographie

Bach, *Beethoven*, *Debussy*, *Chopin*, R.E.M., Lyon, Violaine Vanoyeke, piano.
Chopin, *Debussy*, *Schumann*, R.E.M., Lyon, Violaine Vanoyeke, piano.
Torrent, R.E.M., Lyon, Violaine Vanoyeke, piano.
Cœur chromatique, R.E.M., Lyon, Violaine Vanoyeke, piano.

Violaine Vanoyeke est l'auteur de nombreuses préfaces et articles parus dans des revues spécialisées et dans *Historia*, *Chroniques de l'Histoire*, *Le Spectacle du monde*, *Le Quotidien de Paris*, *L'Histoire*, *Science et Vie*, *France-Soir*, *Géo*, *Voyager, Version Femme*, *Vous et votre avenir*, *Croisières*, *Magazine*, *Bon Voyage*…

Composition réalisée par INTERLIGNE

Imprimé en France sur Presse Offset par

BRODARD & TAUPIN

GROUPE CPI

La Flèche (Sarthe).
N° d'imprimeur : 28188 – Dépôt légal Éditeur : 55811-03/2005
Édition 01
LIBRAIRIE GÉNÉRALE FRANÇAISE – 31, rue de Fleurus – 75278 Paris cedex 06.
ISBN : 2 - 253 - 10871 - 5

31/0871/9